Dagmar Hoßfeld

Internat Lindental

Glück im Sattel

KOSMOS

Umschlaggestaltung von Henry's Lodge, Zürich, Schweiz
unter Verwendung eines Fotos von Istockphoto Copyright wundervisuals.

In diesem Buch sind folgende Bände der Reihe Pferdeinternat Rosenberg enthalten:
Ein Fohlen für Karfunkel, Dagmar Hoßfeld

Die Rivalin, Dagmar Hoßfeld

Unser gesamtes lieferbares Programm und viele
weitere Informationen zu unseren Büchern,
Spielen, Experimentierkästen, DVDs, Autoren und
Aktivitäten findest du unter **kosmos.de**

FSC www.fsc.org
MIX
Papier aus verantwortungsvollen Quellen
FSC® C014496

Gedruckt auf chlorfrei gebleichtem Papier

ISBN 978-3-440-15339-0
Lektorat: Janine Hartenstein
Produktion: DOPPELPUNKT, Stuttgart
Grundlayout und Satz: DOPPELPUNKT, Stuttgart
Druck und Bindung: GGP Media GmbH, Pößneck
Printed in Germany / Imprimé en Allemagne

Internat Lindental

Glück im Sattel

Ein Fohlen für Rebecca 5

Rivalen in Lindental 129

Die Freundinnen

Bente Brandstätter: blond, blaue Augen; neugierig. Überzeugte Tierschützerin und Redakteurin der Schülerzeitung. Ihr Pferd: die Holsteinerstute Flippi, Fuchs, viermal weiß gestiefelt.

Karolin »Karlchen« Karlsson: Dänin, brauner Wuschelkopf; fröhlich, frech und aufmüpfig. Ihr gehört der dicke Norweger Schnute (genauso frech wie seine Besitzerin).

Kiki van der Slooten: Belgierin, schwarze Haare; Musikgenie, verträumt. Spezialität: Springreiten. Ihr Pferd: Torphy, ein dunkelbrauner Wallach.

Rebecca Mangold: raspelkurze Haare; ruhig, vernünftig, intelligent. Stipendiatin in Lindental. Ihre Lieblingsdisziplin: Dressur mit ihrer Rappstute Karfunkel.

Dagmar Hoßfeld
Internat Lindental

Ein Fohlen für Rebecca

1

»Es schneit!« Karlchen war von ihrem Schreibtisch aufgesprungen und starrte aus dem Fenster. »Bente, der erste Schnee!«

»Was?« Bente schob sich neben ihre Freundin und spähte ebenfalls hinaus. »Tatsächlich«, sagte sie belustigt. »Du, das sind mindestens drei, nein, Moment, vier bis fünf Schneeflocken pro Quadratmeter! Wahnsinn, wir werden einschneien!«

Karlchen achtete nicht auf den spöttischen Unterton. »Der erste Schnee«, sagte sie noch einmal verträumt und machte dabei ein Gesicht wie an Weihnachten. »Ich kann Snude vor einen Schlitten spannen oder dich auf Skiern hinterherziehen. Wir können einen Schneemann bauen und eine Schneeballschlacht veranstalten. Hach, ich liebe den Winter!« Karlchen bestaunte noch immer die vereinzelten Schneeflocken.

»Klar, wir können uns auch prima erkälten«, entgegnete Bente trocken. Sie schüttelte sich und trat vom Fenster zurück. »Die paar Flocken bleiben bestimmt noch nicht liegen. Spar dir dein umfangreiches Wintersportprogramm lieber noch ein bisschen auf. Mein Opa hat gesagt, wir bekommen keinen richtigen Winter mehr. Und der kennt sich aus mit den Jahreszeiten.«

»Ach, dein Opa«, brummte Karlchen. »Der hat doch nur Angst, dass er wegen der Kälte Rheuma kriegt.«

Bente warf ihr ein Kissen an den Kopf. »Sag nichts gegen meinen Opa!«, rief sie empört.

Gerade als Karlchen das Kissen zurückwerfen und sich mit einem wilden Schrei auf die Zimmergenossin stürzen wollte, wurde die Tür geöffnet.

»Schon gesehen, Mädels? Es schneit!« Ein schwarzhaariges Mädchen schob seinen Kopf durch die Tür, zog ihn aber schnell wieder zurück, als das Kissen knapp an ihrer Nase vorbeisauste. »Begrüßt man so in Dänemark den ersten Schnee?«, kicherte sie. »Mit tief fliegenden Kuschelkissen?«

»Komm schnell rein, Kiki!«, rief Bente. »Diese ausgeflippte Dänin hat meinen Großvater beleidigt! Los, hilf mir!«

Bente und Karlchen balgten sich um das Kissen. Kiki schüttelte den Kopf. »Ihr benehmt euch wie Babys«, meinte sie. »Wollt ihr nicht langsam mal erwachsen werden?«

»Nö!«, riefen Karlchen und Bente im Chor.

»Ihr macht einen Krach, dass es nicht auszuhalten ist!« Ein zweites Mädchen lugte um die Ecke in Bentes und Karlchens Zimmer. »Wir schreiben morgen Physik und ich habe noch eine Menge Stoff durchzuarbeiten. Also benehmt euch wie anständige Internatsbewohner und seid endlich ruhig!«

»Hi, Rebecca!«, grinste Karlchen fröhlich. »Schön, dass du da bist. Wir freuen uns nur ein bisschen über den ersten Schnee. Komm rein und freu dich mit uns!«

Rebecca fuhr sich durch die streichholzkurz geschnittenen Haare und rückte ihre Brille zurecht. »Schnee ist lediglich ein temperaturbedingter Aggregatzustand von Wasser«, erwiderte sie. »Ich sehe keinerlei Veranlassung, deswegen in übertriebene Hysterie zu verfallen.«

Einen Moment waren die Freundinnen sprachlos. Dann prustete Bente los. Karlchen warf Rebecca das Kissen vor die Brust. Kiki kicherte.

»Ist was?«, fragte Rebecca spitz.

»Du müsstest dich mal reden hören.« Kiki kicherte immer noch. »Man hat den Eindruck, du würdest aus einem schlauen Buch vorlesen. Woher nimmst du das nur?«

Rebecca zog die Augenbrauen hoch, aber dann grinste sie. »Keine Ahnung«, gab sie zu. »Wahrscheinlich ist es angeboren. Aber seid trotzdem ein bisschen leiser, okay?«, bat sie die Freundinnen. »Die Klausur morgen wird's in sich haben. Ihr solltet eure Nasen auch lieber in die schlauen Bücher stecken, anstatt sie euch am Fenster platt zu drücken, nur um ein paar Schneekristalle zu bewundern.«

Wenig später war Ruhe eingekehrt. Kiki und Rebecca waren in ihr benachbartes Zimmer zurückgekehrt. Karlchen und Bente saßen an ihren Schreibtischen und versuchten, sich auf die bevorstehende Physikklausur zu konzentrieren. Ab und zu seufzte eines der Mädchen, während es sich Notizen machte oder etwas las. Karlchen hob immer wieder den Blick, um aus dem Fenster zu schauen. Es hatte bereits aufgehört zu schneien.

Langsam kam der Abend heran. Das Internat Lindental lag im letzten Dämmerlicht des späten Tages. Die hübsch restaurierte Fassade des alten Hauptgebäudes wurde von hellen Scheinwerfern angestrahlt und aus den zahllosen hohen Fenstern fiel warmes Licht hinaus in den stillen Schlosspark. Die Schülerinnen und Schüler hatten sich in ihre Zimmer zurückgezogen. Es war die Zeit des Abend-Silentiums, die Zeit zwischen dem Abendessen und der Bettruhe, die die Mädchen und Jungen nutzten, um zu lernen, zu lesen, um sich zu unterhalten, zu spielen oder sich vom Tag auszuruhen.

Als die Abendglocke ertönte und die Bettruhe für die Unter- und Mittelstufe einläutete, zuckte Bente zusammen.

»Ist es schon so spät?«, fragte sie verwundert.

Karlchen rieb sich müde die Augen. »Mhm«, machte sie. »Zeit zum Schlafengehen. Was jetzt nicht in meinem Gehirn ist, kommt sowieso nicht mehr rein.« Entschlossen klappte sie das Physikbuch zu. »Hey, ich hab eine geniale Idee!«, rief sie plötzlich. Sie stand auf und schob das Buch tief unter ihr Kopfkissen.

»Und du glaubst, das wirkt?«, fragte Bente zweifelnd.

»Klar, das hat schon meine Urgroßmutter so gemacht«, erwiderte Karlchen. »Alles, was in dem Buch steht, kann auf diese Weise durch das Kopfkissen direkt ins Gehirn eindringen und wird dort quasi im Schlaf gespeichert.«

»Okay, wenn du meinst.« Bente steckte ihr Physikbuch ebenfalls unters Kopfkissen. »Schaden kann's jedenfalls nicht, oder?«

»Auf keinen Fall«, erwiderte die Dänin zufrieden.

»Weißt du was, Karlchen?«, fragte Bente nach dem Zähneputzen. »Deine Urgroßmutter und mein Opa würden bestimmt gut zusammenpassen.«

»Wie kommst du darauf?«

»Na, mein Opa versteht was vom Wetter und deine Uroma

vom Lernen im Schlaf«, antwortete Bente. »Das sind einfach Naturtalente!«

»Stimmt«, bestätigte Karlchen. Sie genehmigte sich eine kleine Nugatpraline als Betthupferl und verschwand noch einmal im Badezimmer, um sich den Mund auszuspülen. »Nur leider hat dein Opa ja bereits eine Frau. Und meine Uroma lebt schon lange nicht mehr.«

»Schade eigentlich«, fand Bente. Sie zog sich die Bettdecke bis unters Kinn. »Meinst du, es schneit heute Nacht noch ein bisschen?«

»Möglicherweise.« Karlchen krabbelte in ihr Bett und löschte das Licht. »Wir werden's sehen.«

Am nächsten Morgen stellten die Freundinnen fest, dass es in der Nacht tatsächlich noch geschneit hatte. Feiner, pulvriger Schnee lag wie Puderzucker auf dem Vorplatz und in den Parkanlagen des Pferdeinternats.

Während Karlchen und Bente aus ihren Schlafanzügen schlüpften und sich für den Tag fertig machten, warfen sie immer wieder Blicke aus dem Fenster, um sich zu vergewissern, dass der Schnee noch da war.

»Meine Cousine Laura und ich haben früher immer die Ponys vom Auenhof vor unsere Schlitten gespannt. Das war spitze«, schwärmte Bente. »Und Opa Albert hatte einen alten Pferdeschlitten, der von einem riesigen Kaltblüter gezogen wurde. Ob's den noch gibt?«

»Wen meinst du?«, kicherte Karlchen. »Lauras Opa Albert oder den Kaltblüter?«

»Den Pferdeschlitten natürlich!«, erwiderte Bente. Sie

drohte Karlchen mit der Bürste, mit der sie gerade versuchte, so etwas wie Ordnung in ihre Haarpracht zu bringen.

»Ach so.« Karlchen zog grinsend den Kopf ein.

Im Internat herrschte trotz der frühen Uhrzeit schon lebhaftes Treiben. Das neue Schulhalbjahr war erst ein paar Tage alt, und wie immer nach den Ferien gab es überall auf den langen Gängen lautstarke Begrüßungsrufe. Die Mädchen und Jungen des Reitinternats berichteten von den Winterferien und übertrumpften sich gegenseitig mit den Schilderungen ihrer Silvesterpartys.

»Ich war Silvester in Sydney«, schwärmte Marsha, ein Mädchen aus der Oberstufe. »Mein Daddy ist mit uns auf seiner Motorjacht rausgefahren und wir haben in der Bucht vor dem Hafen geankert. Um Mitternacht gab es ein riesiges Feuerwerk vor der Oper von Sydney. Und wir haben echten Champagner getrunken.«

Bente verzog das Gesicht. »Was ist so toll daran, Silvester in Sydney zu feiern«, zischte sie im Vorbeigehen, »wenn man aus Australien stammt?«

Marsha tat, als hätte sie nichts gehört. Bente wandte sich an ihre Freundinnen und sagte: »Ist doch wahr, oder?«

Die Freundinnen waren auf dem Weg in den Speisesaal. In kleinen Grüppchen schoben sich die Unter- und Mittelstufenschüler durch die breite Tür und suchten nach freien Plätzen an den langen Tischen.

»Hab ich einen Kohldampf!« Karlchen rieb sich in freudiger Erwartung den Bauch.

»Es geht nichts über ein ausgewogenes Frühstück«, bemerkte Rebecca, als sie sich neben sie setzte. »Das Frühstück bildet die Grundlage für den Tag. Es ist ungemein wichtig, darauf zu achten, dass …«

»Dass ich meine Haferflocken bekomme«, bremste Karlchen die Freundin aus. »Ich stiefel gleich mal los und sicher mir meine Portion.«

»Ich glaub nicht, dass du dir Sorgen machen musst, jemand könnte dir die Haferflocken vor der Nase wegschnappen.« Bente stupste Karlchen liebevoll an.

»Nee, soviel ich weiß, bist du so ziemlich die Einzige, die das Zeug isst«, schloss sich Kiki Bentes Meinung an. »Außer den Pferden natürlich.«

Karlchen grinste. »Witzig, echt. Trotzdem geh ich jetzt ans Büfett. Kommt ihr mit?«

»Wer ist das denn?« Rebecca deutete auf ein schlankes junges Mädchen, das sich am Eingang zum Speisesaal mit der Küchenleiterin, Frau Wuttig, unterhielt und dabei temperamentvoll gestikulierte. Das Mädchen hatte knallrote, sehr kurz geschnittene Haare, die in alle Himmelsrichtungen vom Kopf abstanden, und ein lustiges Gesicht mit lebhaften Augen. Zu einem apfelgrünen Pulli trug es eine kanariengelbe Wildlederhose und flache Stiefeletten.

»Keine Ahnung, noch nie gesehen.« Bente zuckte die Achseln und belud ihr Tablett mit Brötchen, Butter und Aufschnitt. Sie musterte das fremde Mädchen. »Wahrscheinlich eine neue Schülerin. Sie sieht älter aus als wir. Oberstufe, vermute ich.«

»Sie sieht aus wie ein kleiner tropischer Vogel, findet ihr nicht?«, raunte Kiki den anderen zu. »So farbenfroh und zierlich.«

»Mich erinnert sie eher an Pumuckl«, entgegnete Rebecca ungerührt. »Die Farbkombination ist jedenfalls ziemlich gewagt. Wie kann man nur solche Klamotten tragen, wenn man Haare hat wie ein Feuermelder?«

Kiki prustete los. »Mensch, Rebecca, seit wann bist du so gemein?«

Rebecca versenkte wortlos einen Teebeutel in ihrer Tasse und nahm sich zwei Scheiben Knäckebrot.

»Ist das dein ausgewogenes Frühstück?«, fragte Karlchen, als die Freundinnen sich mit ihren Tabletts hinsetzten.

»Jawohl, Karlchen, das ist es.« Rebecca lächelte. »Wie ihr alle wisst, schreiben wir in der ersten Stunde Physik. Zu viel Ballast im Magen lässt das Gehirn träge werden. Daher esse ich heute nur wenig.«

Karlchen verdrehte die Augen und rührte genussvoll in ihrer doppelten Portion Haferflocken mit Milch und Zucker. »Mir persönlich ist mein Magen wichtiger als mein Gehirn«, erwiderte sie mümmelnd.

»Ja, Karlchen«, seufzte Rebecca. »Das glaub ich dir aufs Wort!«

Oberstudienrat Dr. Weselberg war vor den Weihnachtsferien lange krank gewesen. Die Physikklausur hatte verschoben werden müssen und wurde nun gleich zu Beginn des neuen Halbjahres geschrieben. Die Klasse stöhnte, nur Karlchen wirkte ungewöhnlich gelassen. »Was soll's«, sagte sie fröhlich. »Dann haben wir's wenigstens hinter uns!«

»So kann man's natürlich auch sehen.« Bente raufte sich die Haare, während sie die erste Aufgabe studierte.

»Ich darf doch sehr um Ruhe bitten, Herrschaften!«, sagte Herr Dr. Weselberg laut. »Die wertvolle Zeit, die ihr jetzt mit Schwatzen vergeudet, wird euch hinterher bei der Lösung der Aufgaben fehlen.« Streng musterte er die Klasse. »Also bitte fangt an.«

Karlchen streckte sich kurz und nahm sich die Klausur vor. »Drück mir mal schön die Hufe, Snude«, bat sie in Gedanken ihr Fjordpferd Schnute, das auf der Koppel hinter dem Schlosspark stand. »Später toben wir ein bisschen durch den Schnee.«

Kiki stöhnte leise auf. Sie wendete das Aufgabenblatt hin und her und kaute dabei verbissen auf ihrem Füller. Bente warf der Freundin einen fragenden Blick zu, den diese mit einem Achselzucken erwiderte. Auch Rebecca war aufmerksam geworden. Sie peilte die Lage und wartete auf einen günstigen Augenblick. Als Herr Dr. Weselberg aus dem Fenster schaute, schob sie Bente blitzschnell einen kleinen Zettel zu, den diese an Kiki weitergab.

»Danke!«, formte Kiki wortlos die Lippen in Rebeccas Richtung. Die zwinkerte ihr kurz zu und senkte wieder den Kopf.

Die Stunde zog sich zäh dahin. So kurz nach den Ferien steckten zwar alle voller Energie, waren andererseits aber mit ihren Gedanken noch ganz woanders. Die Lehrer wussten das natürlich, und auch Dr. Weselberg sagte milde, nachdem es geläutet hatte und er die Arbeitsbogen eingesammelt hatte: »Schönen Dank für die konzentrierte Arbeit, aber selbstverständlich werde ich diese Klausur nur als Übungsarbeit werten. Der eigentliche Test folgt in der kommenden Woche.«

»Was!?«, entfuhr es Kiki. »Dann haben wir uns ganz umsonst abgerackert?«

»Nichts ist umsonst beziehungsweise unnötig«, entgegnete Herr Dr. Weselberg. »Wie sagt man so schön: Übung macht den Meister.« Er steckte die Bogen in einen Hefter, den er in seine Aktentasche schob. »In diesem Sinne wünsche ich noch einen schönen Tag allerseits.« Er drehte sich um und verließ hoch erhobenen Hauptes das Klassenzimmer.

»Das ist nicht fair!«, schimpfte Kiki. »So ein Miesling! Uns hier schwitzen zu lassen für nichts und wieder nichts!«

»Hey, komm runter«, bat Rebecca. »Immerhin hast du jetzt noch eine ganze Woche Zeit zum Lernen.«

Kiki schluckte. »Stimmt. Und danke übrigens für deine Hilfe«, sagte sie kleinlaut. »Ohne dich hätte ich wahrscheinlich sogar diese bescheuerte Übungsarbeit in den Sand gesetzt.«

»Siehste.« Karlchen schlug der Freundin auf die Schulter. »Rebecca hat recht: Du kannst froh sein, dass du noch ein bisschen lernen darfst.«

»Na, darauf könnte ich gut verzichten«, maulte Kiki.

Sie hatte sich gerade wieder ein bisschen beruhigt und mit ihrem ungerechten Schülerdasein abgefunden, als Frau Dr. Paulus den Raum betrat, dicht gefolgt von einer rothaarigen Person in quietschgelben Hosen.

Frau Dr. Paulus war die Leiterin des Internats, streng, aber gerecht. Sie räusperte sich laut, um sich Gehör zu verschaffen.

»Hey, das ist ja der tropische Vogel von vorhin«, flüsterte Karlchen. »Ob der Kolibri doch in unsere Klasse kommt? Dann muss er aber ein paarmal sitzen geblieben sein.«

Frau Dr. Paulus hob eine Augenbraue und musterte die Klasse. Der »Kolibri« an ihrer Seite grinste.

»Ich möchte euch eure neue Lehrerin für Englisch und Erdkunde vorstellen«, sagte die Pauli. »Miss Janet Wedgewood hat in Cambridge, England, studiert und unterrichtet. Ich freue mich, dass sie sich entschlossen hat, unser Kollegium zu unterstützen, und ich möchte euch herzlich bitten, Miss Wedgewood freundlich aufzunehmen.«

»Ich fass es nicht!«, entfuhr es Karlchen.

»Pumuckl als Englischlehrerin!« Bente hatte vergessen zu flüstern. Alle hatten gehört, was sie gesagt hatte, auch die Pauli und der Kolibri. Bente wurde knallrot. »Oh, sorry«, murmelte sie hastig. Durch die Klasse lief ein unterdrücktes Kichern.

Frau Dr. Paulus schüttelte leicht den Kopf und fuhr fort: »Ihr wisst ja, dass ich den Englischunterricht in eurer Klasse nur übergangsweise übernommen hatte. Ab heute ist Miss Wedgewood für den Unterricht zuständig.« Sie gab der jungen Frau die Hand und lächelte sie aufmunternd an. »Viel Glück«, sagte sie und: »Dann lasse ich Sie jetzt mit Ihrer Klasse allein.«

Nachdem die Direktorin das Klassenzimmer verlassen hatte, herrschte zunächst einmal Schweigen. Miss Wedgewood stand vor der Tafel.

»Ich freue mich, hier sein zu dürfen«, sagte sie schließlich in akzentfreiem Deutsch. Ihre Stimme hatte einen warmen Klang. »Und ich hoffe, dass wir gut miteinander arbeiten werden.«

Alle lächelten und nickten. Bente nickte am eifrigsten.

2

»Meine Güte, war das peinlich!« Bente verbarg das Gesicht in den Händen und stöhnte. Sie stand mit den anderen auf dem Pausenhof. »Hab ich wirklich Pumuckl zu ihr gesagt?«

»Ja, das hast du. Und zwar laut und deutlich.« Kiki biss in ihren Pausenapfel, dass es nur so krachte.

Bente stöhnte noch einmal. »Ich glaub, Laura hat recht. Sie ist schon lange der Meinung, dass ich lieber nachdenken sollte, bevor ich rede, und nicht umgekehrt.«

»Na ja, ihr müsst zugeben, dass Miss Wedgewood wirklich sehr jung aussieht«, mischte sich Rebecca ein. »Man könnte sie glatt für eine Schülerin halten. Aber wenn sie in Cambridge studiert und bereits unterrichtet hat, können wir wohl davon ausgehen, dass sie zumindest volljährig ist.«

»Ich find's cool, dass wir endlich mal eine junge Lehrerin gekriegt haben«, meinte Karlchen. Sie erinnerte sich mit Schaudern an Miss Wedgewoods Vorgänger, Mr Saunders, einen eingebildeten Briten mit einer Abneigung gegen alles, was mit Pferden zu tun hatte. Karlchen war heftig mit Mr Saunders aneinandergeraten und hatte ihm keine Träne nachgeweint, als er das Internat mit fliegenden Fahnen verlassen hatte. »Der Kolibri bringt wenigstens mal ein bisschen Farbe in dieses verstaubte Gemäuer. Ein paar unserer Lehrkräfte bewegen sich doch langsam auf ihr Verfallsdatum zu, oder nicht?«

Die Freundinnen stimmten ihr zu.

»Ob ich mich bei ihr entschuldigen soll?«, fragte Bente. »Ich meine, für den Pumuckl?«

Karlchen winkte ab. »Quatsch, so wie die aussieht, hat sie eine Menge Humor!«

Bente war ein wenig beruhigt. Trotzdem nahm sie sich vor, ihrer Cousine später eine E-Mail zu schicken und sie um ihren Rat zu fragen. Laura dachte in solchen Dingen immer sehr praktisch.

»Vielleicht weiß sie gar nicht, wer oder was Pumuckl ist.« Ein großer, blonder Junge baute sich neben den Mädchen auf. Er hatte Bentes letzten Satz gehört. »Oder hast du Angst um deine Englisch-Zensur? Dann würde ich mir an deiner Stelle tatsächlich eine nette Entschuldigung überlegen.« Er wandte sich grinsend um und gab Rebecca einen Kuss auf die Wange.

»Hi, Dani«, lächelte Rebecca. »Ich hab dich schon vermisst. Erzähl mir nicht, dass du in jeder freien Minute für die Schule lernst!«

»Nö, das nicht gerade«, gab er zu. »Ich bin ziemlich viel mit Mystery unterwegs, und außerdem bin ich zum Kapitän der Hockey-Mannschaft gewählt worden. Im Moment arbeite ich einen neuen Trainingsplan aus, um die Truppe ein bisschen auf Vordermann zu bringen.«

Daniel war seit dem letzten Sommer Rebeccas Freund. Er sah nicht nur umwerfend gut aus und hatte ein strahlendes

Naturell, er war auch noch die Sportkanone des Internats. Obwohl seine schulischen Leistungen ständig unter den zahlreichen Aktivitäten litten, trainierte er mit seinem Hengst Mystery für eine Vielseitigkeitsprüfung und schwitzte im Kraftraum, um sich in Form zu halten. Er spielte Volleyball und Hockey und wirbelte ständig herum, dass Rebecca manchmal schwindelig wurde. Nach einem schweren Reitunfall, bei dem er sich das Bein gebrochen hatte, hatte Rebecca eigentlich gehofft, Daniel würde etwas ruhiger werden. Aber Pustekuchen! Seit er die Krücken nicht mehr brauchte und nur noch eine blasse Narbe an den Unfall erinnerte, war seine unbändige Energie ungebremst wieder zum Vorschein gekommen.

»Meine Güte, bist du braun«, staunte Kiki. »Warst du in der Sonne?«

»Skilaufen in der Schweiz«, erwiderte Daniel. Die Pausenglocke schrillte. Er hauchte Rebecca einen Kuss auf die Stirn und drehte sich um. »Sorry, ich muss los. Wir sehen uns später!«

»Wenn's noch mehr schneit, kann er endlich mal sein Snowboard auspacken«, meinte Karlchen, während die Freundinnen ins Schulgebäude zurückschlenderten.

Bente blieb stehen. »Wo soll Daniel denn hier snowboarden?«

Karlchen überlegte nicht lange. »Am Strand natürlich! Da gibt's doch jede Menge Dünen!«

»Snowboarden in den Dünen?« Bente runzelte die Stirn. »Ob das funktioniert?«

»Warum nicht? Wir könnten eine völlig neue Fun-Sportart

erfinden«, schlug Kiki vor. »Dünen-Snowboarden an der Nordsee, der ultimative Kick! Hört sich gut an, findet ihr nicht?«

»Da ist sie wieder. Miss Kolibri.« Karlchen deutete auf Miss Wedgewood, die gerade schwungvoll in einem Klassenzimmer verschwand.

»Also, ihr Outfit ist wirklich gewöhnungsbedürftig«, fand Rebecca. Sie wunderte sich. »Frau Dr. Paulus achtet doch sonst so streng auf eine gewisse Kleiderordnung im Internat. Ich kann mir nicht vorstellen, dass der Kolibri noch lange in diesen schrillen Sachen herumlaufen wird.«

»Vielleicht hat sie ihre Koffer noch nicht ausgepackt«, mutmaßte Karlchen.

»Mir gefällt's!« Kiki lachte. »Es muss doch nicht immer so ein langweiliges graues Flanellkostüm sein wie bei der Pauli. Ist doch spießig!«

Am Nachmittag stand theoretische Pferdekunde auf dem Stundenplan. Als die Freundinnen in Richtung Reithalle marschierten, in der der Unterricht stattfinden sollte, erlebten sie die nächste Überraschung des Tages: Miss Wedgewood, die bereits kurz nach ihrer Ankunft mit zwei passenden Spitznamen bedacht worden war – Kolibri und Pumuckl –, was einen absoluten Rekord in der Internatsgeschichte darstellte, kam ihnen entgegen. Und sie war nicht allein. An ihrer Seite bewegte sich etwas Großes, Langbeiniges, das über und über mit grauem Zottelfell bedeckt war und im Schnee schnüffelte.

»Hilfe!«, schrie Kiki auf und versteckte sich hinter Rebeccas Rücken. »Was ist das denn?«

»Das ist ein Hund, liebe Kiki«, erwiderte Rebecca gelassen. »Ein Irischer Wolfshund, wenn ich nicht irre. Wie der Name schon sagt, stammt diese Rasse aus Irland. Sie zeichnet sich durch einen ausgesprochen sanften Charakter aus und durch …«

»Durch eine wahnsinnige Größe!«, vollendete Bente den Satz. Wie die anderen war sie stehen geblieben und starrte der Lehrerin und dem Riesenhund entgegen. »Rebecca, bist du sicher, dass das ein Hund ist und kein Wolf?«

Janet Wedgewood winkte. Sie hielt den Hund, der ihr bis über die Hüfte reichte, am Halsband fest und tätschelte ihn sanft. »Keine Angst!«, rief sie fröhlich. »Lawrence tut nichts!«

»Lawrence?« Bente rümpfte die Nase. »Mich erinnert er mehr an den Hund von Baskerville!«

Die Mädchen standen immer noch wie angewurzelt da. Kiki warf einen ängstlichen Blick über Rebeccas Schulter. »Wenn er noch näher kommt, lauf ich weg«, jammerte sie.

»Das würde ich dir nicht raten«, meinte Rebecca. »Damit könntest du seinen Jagdinstinkt wecken.«

»Und dann – krrt!« Karlchen machte ein düsteres Gesicht und fuhr sich mit der Hand über die Kehle. »Feierabend, Kiki. Du wirst als Blutwurst enden!«

Kiki stöhnte auf. Als Miss Wedgewood und Lawrence nur noch ein paar Schritte entfernt waren, kniff sie die Augen zusammen.

»Hello, girls«, sagte die neue Lehrerin freundlich. »Ihr seid auf dem Weg in die Reithalle?«

Die Mädchen nickten, Kiki mit geschlossenen Augen. Als sie etwas Feuchtes an ihrer Hand spürte, quiekte sie leise.

Lawrence hatte ihr mit seiner Zunge über die Finger geleckt und schnupperte nun sehr interessiert an ihrer Hand.

Miss Wedgewood lachte. »Er mag dich! Das ist seine Art, dich zu begrüßen.«

»Ach«, würgte Kiki hervor. »Ist ja nett.« Vorsichtig zog sie ihre Hand zurück und warf dem Hund einen misstrauischen Blick zu. Aber Lawrence hatte sich schon wieder von ihr abgewendet und ließ sich von Bente und Karlchen das Fell kraulen.

»Ist der süß!« Bente hatte sich vor Lawrence hingekniet und streichelte ihn hinter den Ohren. »Der würde unheimlich gut zu Apollo passen, Lauras Hund. Der ist auch so riesig, nur ein bisschen wuscheliger.«

»Echt knuffig«, stimmte Karlchen ihr zu, »und fast so groß wie mein Snude. Kann man auf dem reiten?«, fragte sie Miss Wegdewood freundlich.

»My goodness, nein!«, lachte die Lehrerin, wobei sich rund um ihre Augenwinkel viele kleine Fältchen zeigten. »Zum Reiten nehme ich mein Pferd, eine Lusitanostute. Sie heißt Santana.«

»Sie reiten?«, fragte Bente neugierig. »Das ist ja cool!« Erst jetzt bemerkte sie, dass Miss Wedgewood die farbenfrohe Kleidung vom Vormittag gegen lederbesetzte Reithosen in schlichtem Grau und einen Wollpullover mit Rollkragen und Norwegermuster getauscht hatte.

»Ja, leidenschaftlich gerne«, erwiderte die Lehrerin. »Genau wie ihr, nehme ich an.« Sie musterte die Mädchen der Reihe nach.

»Das ist ja super!«, rief Karlchen. »Wir hatten noch nie eine Englischlehrerin, die geritten ist! Ihr Vorgänger war eine ziemliche Niete, wissen Sie. Der hat doch tatsächlich behauptet, Pferde seien widerlich. Stellen Sie sich das mal vor! Ein richtiger Miesling war das!«

Karlchen bekam von Bente einen unsanften Tritt in die Kniekehle. »Karlchen«, zischte sie.

Aber Miss Wedgewood lachte nur. Sie schien überhaupt sehr viel und sehr gerne zu lachen, wie Karlchen feststellte. Der Kolibri gefiel ihr von Minute zu Minute besser!

»Du gehst in meine Klasse, stimmt's?«, fragte Miss Wedgewood. »Ihr alle drei, nicht? Ihr dürft es mir nicht übel nehmen, wenn ich eure Namen noch nicht kenne. Am Anfang werde ich sicher noch eure Hilfe brauchen.«

Kein Problem, fand Karlchen. Sie machte gleich den Anfang und stellte sich vor, wobei sie betonte, dass sie zwar Karolin hieß, aber eigentlich nur auf Karlchen hörte – im Notfall eventuell auch auf Karo. Die anderen nannten ebenfalls ihre Namen.

»Und wo ist Ihr Pferd?«, erkundigte sich Rebecca. »Haben Sie's nicht mitgebracht?«

»Santana kommt in den nächsten Tagen mit einer internationalen Pferdespedition«, antwortete Kolibri.

Endlich traute sich Kiki hinter Rebecca hervor. »Eine Spedition für Pferde? So was gibt's?«

»Sicher, sie befördern auch wertvolle Turnier- und Zuchtpferde. Ich kann es kaum erwarten, bis Santana endlich hier ist.« Miss Wedgewood seufzte. »Wir waren noch nie länger als zwei Tage voneinander getrennt.«

Die Freundinnen sahen sich an. Sie konnten gut nachempfinden, wie ihre neue Lehrerin sich fühlen musste.

»Machen Sie sich mal keine Sorgen. Ihrer Stute geht's bestimmt gut«, versicherte Karlchen. »In ein paar Tagen können Sie sie wieder in die Arme schließen!«

Miss Wedgewood lächelte dankbar, dann sah sie auf ihre Uhr. »Ich glaube, wir sollten uns ein bisschen beeilen. Der theoretische Unterricht hat sicher schon angefangen.«

»Himmel, ja!« Bente zuckte zusammen. »Herr von Hohensee wird sauer, wenn wir zu spät kommen!« Sie stutzte. »Sie nehmen am theoretischen Unterricht teil?«

»Ja, warum nicht?« Die Lehrerin griff in Lawrences Halsband und führte ihn vorwärts. »Man lernt schließlich nie aus. Habt ihr Lust, mir nachher den Stall zu zeigen? Und eure Pferde? Ich bin schon sehr gespannt!«

Die Mädchen beeilten sich, ihre neue Lehrerin einzuholen.

»Ja, klar, machen wir gerne«, sagte Kiki, während sie den beunruhigenden Gedanken verscheuchte, dass der riesenhafte Lawrence durch den Stall stromern und Wasser aus einer Pferdetränke schlabbern könnte. Dieser Wolfshund würde alle Pferde scheu machen! Hoffentlich würde Miss Wedgewood ihren Hund wenigstens nicht mit zum Unterricht in die Reithalle nehmen. Die Vorstellung, in Lawrences Gegenwart Pferdekunde büffeln zu müssen, behagte ihr überhaupt nicht.

»Lawrence ist echt klasse! Und der Kolibri erst recht«, stellte Karlchen dagegen sehr zufrieden fest. »Einsame Oberklasse, findet ihr nicht?« Sie warf Lawrence einen Stock zu, den sie vom Boden aufgehoben hatte. Lawrence schnappte den Stock aus der Luft und zerbiss ihn mühelos in zwei Teile. Kiki sah mit Schaudern das kräftige Gebiss des Hundes aufblitzen. »Oh Hilfe«, dachte sie. »Ein Hund im Internat!«

3

»Kann es sein, dass deine Stute rossig ist?«, fragte Miss Wedgewood Rebecca. »Oder ist sie immer so nervös?«

Die kleine Gruppe stand vor Karfunkels Box. Die Rappstute hatte die Ohren angelegt und schnappte missmutig in die Luft. »Nein, sonst ist Karfunkel nicht so zickig«, seufzte Rebecca. »Ich glaub, Sie haben recht.«

»Rossig?«, fragte Karlchen. »Dann könnte sie ja ein Fohlen empfangen!«

»Stimmt.« Hartwig von Hohensee, der Reitlehrer des Internats, war hinzugetreten. »Ich werde die Dame nachher mit den anderen Stuten auf die Weide schicken, damit sie sich abregen kann. In diesem Zustand sind Stuten ziemlich anstrengend. Du wirst im Reitunterricht deine Mühe mit ihr haben, Rebecca.«

Rebecca nickte. »Frische Luft und Bewegung tun ihr bestimmt gut. Vielleicht ist sie dann in der Reitstunde ein bisschen ruhiger.« Sie reichte Karfunkel einen kleinen Apfel und ging mit den anderen weiter.

Kiki achtete darauf, ausreichend großen Sicherheitsabstand zu Lawrence zu halten. Miss Wedgewood hatte ihren Hund tatsächlich mit zum theoretischen Unterricht in die

Reithalle genommen, wo er zu Kikis Erleichterung allerdings die ganze Stunde brav zu Füßen seines Frauchens gelegen und tief und fest geschlafen hatte. Jetzt trottete er gelangweilt durch den Stall und schnupperte nur hin und wieder an einer Boxentür oder einem Futtereimer. Trotzdem: Kiki hatte großen Respekt vor Hunden – zumal wenn sie, wie Lawrence, die Größe eines ausgewachsenen Shetlandponys hatten.

Als die Mädchen mit Miss Wedgewood und Herrn von Hohensee an der Geschirrkammer vorbeigingen, rief eine Stimme: »Hey, werden arme Pferdepfleger nicht begrüßt?« Ein Junge in Reithosen und langen Stiefeln schob seinen braunen Haarschopf durch die Tür. »Schönen guten Tag, die Herrschaften!«

»Hallo, Patrick!«, rief Karlchen. »Hast du Stubenarrest oder warum versteckst du dich in der Sattelkammer?«

»Ich fette Snorris Lederzeug. Wenn's noch mehr Schnee gibt, will ich ihn vor einen Schlitten spannen«, antwortete Patrick. Er starrte Miss Wedgewood an. »Bist du neu hier? Pass bloß auf, wenn du in den Hengststall gehst.« Er deutete auf die roten Haare der jungen Frau. »Es gibt Hengste, die reagieren aggressiv auf Rot. So ähnlich wie Stiere.«

»Patrick!«, stöhnte Kiki entsetzt auf. »Das ist Miss Wedgewood, unsere neue Lehrerin!«

Der Junge riss die Augen auf. »Echt? Oh Mann! 'tschuldigung!« Er trat einen Schritt zurück und wäre fast über einen Besen gestolpert.

»Schon gut«, lächelte Miss Wedgewood. »Das passiert mir öfter, kein Problem.« Sie reichte ihm die Hand. »Und du? Bist du der Stallbursche?«

»Ja, so was in der Art.« Patrick war angehender Pferdewirt. Er kümmerte sich um die Pferde, ritt und versorgte sie neben seinem Islandwallach Snorri, der mit Schnute und den anderen Ponys das ganze Jahr über draußen stand. Kiki war seit ein paar Monaten seine feste Freundin. »Sind Sie Engländerin?«, fragte er neugierig.

Miss Wedgewood nickte.

»Sie sprechen aber gut Deutsch«, staunte Patrick. »Man hört gar keinen Akzent.«

»Na toll«, seufzte Karlchen. »Ich leb schon seit zwei Jahren hier und spreche täglich Deutsch, aber trotzdem hört jeder sofort, dass ich aus Dänemark komme.«

»Geht mir genauso«, meinte Kiki, die aus Belgien stammte. Sie wandte sich an Miss Wedgewood: »Also, was ist Ihr Geheimnis?«

»Erstens hatte ich eine deutsche Großmutter, die sich nur in ihrer Muttersprache mit mir unterhalten und mir alte deutsche Märchen vorgelesen hat«, erklärte der Kolibri bereitwillig. »Zweitens hatte ich seit der fünften Klasse Deutschunterricht in der Schule, und drittens« – sie machte eine kurze Pause – »habe ich einen deutschen Freund. Das ist ja unter anderem der Grund, weshalb ich nach Deutschland gekommen bin. Oliver arbeitet nicht weit von hier als Ingenieur.«

»Hach ja, die Liebe …«, summte Bente vor sich hin. »Sie überwindet alle Grenzen.« Die anderen lachten. Bente wurde rot. »Ich wollte doch nur sagen, wie romantisch ich es finde, wenn jemand aus Liebe sein Heimatland verlässt.«

»Klar, wir haben's kapiert«, grinste Karlchen. »Und da wir jetzt alle Pferde in diesem Stall gesehen und dabei was über die Liebe erfahren haben, schlage ich vor, dass wir zu den Ponys gehen. Ich hab Snude schon seit Ewigkeiten nicht mehr gesehen!«

»Heja, Snude!«, rief sie schon von Weitem, als sie wenig später mit den anderen zur Ponyweide stapfte. »Sehen sie nicht aus wie Eisbären?«

»Aber echt!« Kiki staunte. »Meine Güte, haben die ein dickes Winterfell!«

Schnute stand etwas abseits von der Herde und zupfte am spärlichen Gras. Immer wieder kratzte er mit dem Vorderhuf Schnee zur Seite, um an die Halme darunter zu gelangen. Bommel, ein runder Haflinger, der Bentes jüngeren Zwillingsbrüdern Benjamin und Bastian gehörte, hob den Kopf und wieherte. Auch er hatte sein glattes, rotbraunes Haarkleid gegen einen flauschigen Pelz eingetauscht. Seine dicke blonde Mähne fiel ihm schräg übers Gesicht und verlieh ihm ein spitzbübisches Aussehen.

Die Mädchen lehnten sich gegen den Weidezaun und betrachteten die Ponyherde. Auch Miss Wedgewood war angetan. »Sie erinnern mich an die Dartmoor- und Welshponys zu Hause«, sagte sie, während sie Lawrence über den Kopf strich. »Das sind noch richtige Wildlinge, die das ganze Jahr über im Gelände herumstromern.«

Karlchen versuchte, ihren Norweger an den Zaun zu locken. Aber der blinzelte ihr nur kurz zu und scharrte weiter im Schnee.

»Bekommen sie überhaupt kein Zusatzfutter?«, fragte Bente besorgt.

»Doch, klar.« Karlchen zeigte auf einen Unterstand am Rande der Koppel. »Da liegt immer frisches Heu bereit und abends bekommen sie Kraftfutter. Aber keine Bange, Robustpferde fühlen sich wohl, wenn es frostig und bitterkalt ist.«

»Bin ich froh, dass ich nicht als Robustpferd auf die Welt gekommen bin.« Kiki trat von einem Fuß auf den anderen und zog die Schultern hoch. »Wollen wir nicht langsam zurück? Bald gibt's Abendbrot. Und außerdem sterbe ich demnächst an Unterkühlung«, fügte sie bibbernd hinzu.

Miss Wedgewood verabschiedete sich von den Mädchen. Sie wollte noch einen Spaziergang mit Lawrence machen. »Wir sehen uns morgen im Unterricht«, sagte sie und winkte fröhlich zum Abschied.

Ausgelassen rannten die Freundinnen auf das hell erleuchtete Schloss zu. Wie immer, wenn sie das vertraute Gebäude so vor sich sahen, überfiel die Mädchen ein wohliges Gefühl von Geborgenheit und Wärme.

»Ich will nie wieder von hier weg«, sagte Karlchen, als sie neben den anderen die breiten Stufen emporstieg. »Lindental ist der schönste Ort der Welt!«

Bente musterte die Freundin spöttisch. »Dann streng dich mal schön an«, meinte sie, »und versuch einfach, jedes Jahr sitzen zu bleiben. Sonst naht auch für dich spätestens mit dem Abitur der Abschied vom Reitinternat.«

»Ja, schade, dass man die Zeit nicht anhalten kann.« Rebecca sah die Freundinnen an. »So wie jetzt müsste es immer sein.«

4

Als die Freundinnen am nächsten Tag beim gemeinsamen Mittagessen saßen, wurde plötzlich die Tür zum Speisesaal aufgerissen. Sven, ein Mitschüler, stürmte in den Saal und rief: »Daniel Barenthien, du sollst sofort zum Stall kommen! Mystery ist ausgebrochen und mischt die Stutenherde auf!«

»Was?!« Daniel war aufgesprungen.

»Herr von Hohensee hat schon die Pauli alarmiert«, sagte Sven. »Du sollst dich beeilen. Er kriegt deinen Hengst nicht zu fassen.«

Auch Rebecca sprang von ihrem Stuhl auf. »Du liebe Güte! Karfunkel ist mit den anderen Stuten draußen!«

»Und sie ist rossig!« Kiki fasste die Freundin am Ärmel.

»Na, das kann ja lustig werden!« Karlchen verschlang das letzte Stück Gemüsepizza im Stehen. »Los, worauf warten wir!«

Seite an Seite rannten die Mädchen aus dem Schloss. Daniel und Sven liefen schon weit voraus. »Wenn Karfunkel etwas passiert«, stieß Rebecca hervor, »bring ich Daniel um. Und seinen Hengst gleich dazu!«

Karlchen kicherte. »Was soll deinem Goldstück schon passieren?«

»Außer, dass sie vielleicht ein süßes, kleines Fohlen bekommt?« Bente wäre auf der dünnen Schneedecke fast ausgerutscht, fing sich aber schnell wieder. Rebecca warf ihr einen düsteren Blick zu.

»Mal bloß nicht den Teufel an die Wand«, knurrte sie.

»Wieso?«, fragte Kiki von der Seite. »Ich würde mich freuen, wenn Torphy ein Fohlen bekommen würde. Leider ist er ein Wallach. Da ist die Wahrscheinlichkeit eher gering.«

»Ihr raubt mir manchmal wirklich den letzten Nerv!«, schnaubte Rebecca. »Aber jetzt lasst uns erst mal sehen, was überhaupt passiert ist.«

»Du meinst, ob überhaupt was passiert ist«, korrigierte Kiki grinsend.

Schon von Weitem konnten die Mädchen sehen, dass die kleine Stutenherde, unter ihnen die pechschwarze Karfunkel, nervös am Zaun entlangtrabte. Sven war stehen geblieben und sprach beruhigend auf sie ein. Daniel zögerte nicht lange. Mit einem Satz sprang er über den Koppelzaun. Herr von Hohensee und Patrick standen bereits auf der Weide und versuchten, einen großen Rappschimmel in eine Ecke zu drängen.

»Seht euch diesen Angeber an!«, sagte Bente.

»Wen meinst du? Daniel?«, fragte Karlchen. Sie beobachtete, wie Rebeccas Freund ein paar Worte mit Hartwig von Hohensee wechselte und sich seinem Hengst von der Seite näherte.

»Quatsch, doch nicht Daniel.« Bente schüttelte den Kopf. »Seinen Hengst meine ich, Mystery! Das ist ein echter Muskelprotz!«

»Da hast du recht«, seufzte Rebecca. »Er führt sich auf wie

ein Pascha im Harem.« Sie kletterte ebenfalls über den Zaun und ging langsam auf die Stuten zu, die, eng aneinandergedrängt, stehen geblieben waren. »Ganz ruhig«, sagte Rebecca mit dunkler Stimme. »Ich tu euch nichts. Komm, Karfunkel. Komm zu mir, meine Kleine.« Sie streckte eine Hand aus und hielt sie der Rappstute hin. Karfunkel schnaubte und zuckte mit den Ohren.

»Ich glaub nicht, dass das eine gute Idee ist«, rief Bente der Freundin zu. »Pass auf, dass sie nicht durchgehen!«

Rebecca nickte angespannt. Sie konzentrierte sich auf ihr Pferd und ließ es keine Sekunde aus den Augen.

Daniel, Patrick und Herr von Hohensee hatten es inzwischen geschafft, Mystery in die hintere Ecke der Koppel zu treiben. Der Hengst warf den Kopf hoch und schnaubte. Sein langer Schweif peitschte hin und her. Er spürte, dass er in die Enge getrieben worden war, und versuchte immer wieder auszubrechen. Doch Herr von Hohensee und die beiden Jungen hatten die Arme ausgebreitet und bildeten eine Kette. Mystery senkte den Kopf und scharrte mit dem Vorderhuf im Schnee. Er sah aus wie ein kampfbereiter Stier.

»Hey, Mystery!«, rief Daniel seinem Schimmel zu. »Beruhige dich!«

Mystery stutzte, als er die vertraute Stimme hörte, und spitzte die Ohren. Mit weit geöffneten Nüstern nahm er Witterung auf. Es schien, als würde er sich ein wenig beruhigen. Herr von Hohensee nickte. Daniel ging langsam auf Mystery zu. Während er sich dem Hengst im Zeitlupentempo näherte, sprach er unentwegt auf ihn ein. Kurz bevor er ihn erreichte, blieb er stehen.

»Pack zu!«, flüsterte Karlchen. »Los, schnapp ihn dir!« Sie stand mit Kiki, Bente und Sven am Zaun und beobachtete atemlos das Geschehen. Kiki biss sich vor Anspannung in einen Fingerknöchel.

Daniel wartete. Sein Hengst schien zu überlegen. Er hob den Kopf und warf den Stuten einen sehnsüchtigen Blick zu, doch dann prustete er und ging auf Daniel zu. Ganz ruhig griff der seinem Pferd in die Mähne und hielt es fest.

»Puh!«, schnaufte Bente und wischte sich eine imaginäre Schweißperle von der Stirn.

Sven öffnete das Gatter und ließ Daniel und Mystery hindurch. Der große Trakehner folgte seinem Besitzer wie ein zahmes Hündchen. Daniel grinste, als er den Ausreißer zurück in den sicheren Stall brachte.

In der Zwischenzeit waren Herr von Hohensee und Patrick zu Rebecca gegangen und halfen ihr, die aufgescheuchten Stuten zu beruhigen. Der Reitlehrer vergewisserte sich, dass seinen vierbeinigen Schützlingen nichts passiert war. Auch sein Gesicht war erleichtert. Plötzlich hörte man Rebeccas aufgebrachte Stimme.

»Wie konnte das passieren, verdammt noch mal?«, schimpfte sie laut. »Warum hast du nicht aufgepasst, Patrick?«

»Hey, jetzt wird sie aber unfair!« Kiki kletterte durch die Querlatten des Zauns. Bente und Karlchen sahen sich kurz an, dann folgten sie der Freundin.

»Wow, das wird ja noch richtig spannend«, freute sich Karlchen. Sie griff in die Seitentasche ihrer Steppjacke und holte zwei zerdrückte Schokoriegel hervor. Sie hielt Bente einen hin. »Willst du?«

»Klar, her damit.« Bente griff zu. »Im Kino muss ich auch immer was knabbern. Und das hier ist besser als Kino. Oh Mann, wenn ich das Laura erzähle … Ich muss sie nachher unbedingt anrufen und ihr alles berichten!«

Zwischen Rebecca und Patrick war inzwischen ein lautstarker Streit entbrannt.

»Du hast die Verantwortung für die Hengste!«, fuhr Rebecca den Jungen an. »Wie konnte Mystery ausbrechen?«

Patrick starrte sie fassungslos an. »Du gibst mir die Schuld?«, würgte er schließlich hervor. Er raufte sich die Haare. »Du denkst, es ist meine Schuld, dass Mystery über den Zaun gesprungen ist?«

»Jawohl, genau das!«, zischte Rebecca. »Eins sage ich dir: Wenn Karfunkel bei dieser Aktion irgendetwas zugestoßen sein sollte, mache ich dich dafür haftbar!«

»Manno«, brummte Bente. »Jetzt übertreibt sie aber ein bisschen.«

»Das finde ich allerdings auch!« Kiki stellte sich demonstrativ neben Patrick und funkelte Rebecca böse an.

Karlchen war sprachlos. Sie angelte noch einen Riegel aus ihrer Jackentasche und schien das Spektakel zu genießen. Mit großen Augen, den Mund voll köstlicher Schokolade, wanderte ihr Blick begeistert hin und her. Die Stuten, um die sich im Moment niemand kümmerte, senkten die Köpfe und fingen an zu grasen. Herr von Hohensee schüttelte kurz den Kopf. Dann machte er einen großen Schritt vorwärts und stellte sich wie ein Ringrichter zwischen die beiden Streithähne.

»Nun macht mal halblang«, versuchte er sie zu beschwichtigen. »Bei meiner letzten Stallrunde stand Mystery ganz brav auf seinem Paddock. Er muss die rossige Stute gewittert haben und über die Außenmauer seines Auslaufs gesprungen sein. Wenn du also jemanden angreifen und verantwortlich machen möchtest, wende dich bitte an mich, Rebecca. Ich war als Letzter im Hengststall. In diesem Fall habe ich also die Schuld. Falls man überhaupt von Schuld reden kann«, fügte er hinzu. »Es ist schließlich nichts passiert.«

»Nichts passiert?«, wiederholte Rebecca mit schriller Stimme. »Und was ist, wenn Karfunkel ein Fohlen bekommt?«

»Dann freust du dich hoffentlich«, knurrte Patrick. »Mystery ist ein super Hengst. Du weißt genau, wie er deine Stute anhimmelt. Es war doch klar, dass er jede Gelegenheit nutzen würde, um in ihre Nähe zu kommen.«

»Und umgekehrt genauso«, fügte Kiki giftig hinzu. »Wer weiß, Rebecca, vielleicht hat deine süße kleine Karfunkel ihn so lange angeschmachtet, bis er nicht mehr widerstehen konnte. Wahrscheinlich stand sie die ganze Zeit hier am Zaun und hat ihm zugewiehert: Komm schon, mein stolzer Hengst, komm zu mir!«

Karlchen prustete los.

»Romeo und Julia«, grinste Bente. »Schon vergessen, Rebecca? Die schwarze Stute und der weiße Hengst?«

»Ach, ihr spinnt doch alle!« Rebecca drehte sich um und stapfte wütend davon.

»Oha, jetzt bekommt der arme Daniel sein Fett weg«, vermutete Bente, als sie sah, dass Rebecca im Hengststall verschwand.

»Logo«, mümmelte Karlchen zwischen zwei Happen ihres

letzten Schokoladenriegels. »Schließlich muss er die Alimente für das uneheliche Fohlen seines Hengstes zahlen!«

»Echt?« Bente riss die Augen auf.

Karlchen machte ein todernstes Gesicht. »Klar, was dachtest du denn?«

Kiki hatte im Moment keinen Sinn für Karlchens Witze. Patrick tat ihr leid. »Sollen wir dir helfen, die Stuten in den Stall zu bringen?«

»Gerne.« Patrick lächelte dankbar. »Sonst kommt mir womöglich eine der Damen abhanden. Mir reicht's für heute, ehrlich gesagt.«

»Mir auch«, seufzte Herr von Hohensee. »Was für eine Aufregung!«

Die Mädchen halfen Patrick und dem Reitlehrer, die Stuten zurück in den Stall zu führen. Von Rebecca war weit und breit nichts zu sehen.

Kiki hatte ihre beste Freundin selten so wütend erlebt. Üblicherweise löste Rebecca Konflikte mit Worten und Argumenten. Warum war sie nur so ausgeflippt? Ausgerechnet Rebecca, die Vernünftigste und Ruhigste von allen! Und wie kam sie dazu, den armen Patrick vor allen Leuten so herunterzumachen? Kiki war stinksauer.

Als sie am späten Nachmittag das gemeinsame Zimmer betrat, saß Rebecca an ihrem Schreibtisch und las. Sie hob nicht einmal den Kopf, als Kiki hereinkam.

Kiki konnte nicht sehen, um was für ein Buch es sich handelte, aber sie nahm an, dass es sich um Rebeccas Lieblingslektüre handelte: eine physikalische Formelsammlung.

»Na toll!«, dachte sie erbost. »Jetzt macht Madame einen auf eingeschnappt!«

Sie holte ihren iPod aus der Nachttischschublade und setzte sich den Kopfhörer auf. Als sie sich aufs Bett legte und die Augen schloss, erklangen die Brandenburgischen Konzerte.

Kiki entspannte sich. Sie war mit klassischer Musik aufgewachsen. Ihre Großmutter war eine berühmte Konzertpianistin gewesen. Kiki hatte deren musisches Talent geerbt und aufgrund ihrer Begabung einen Platz als Stipendiatin im Reitinternat erhalten. Als Violinistin hatte sie schon einige Erfolge gefeiert. Sie gab Konzerte, nahm an Talentwettbewerben teil und plante gemeinsam mit Patrick, der ebenfalls ein Faible für Klassik hatte, eine eigene CD. Ihren Ärger über Rebecca vergaß sie für den Moment. Sie hörte auch nicht, als es an der Tür klopfte.

Rebecca rief ärgerlich »Herein!«, blieb aber am Schreibtisch sitzen. In der spiegelnden Fensterscheibe sah sie, wie sich zuerst eine Packung Schokoküsse und dann nacheinander Karlchens und Bentes Köpfe durch den Türspalt schoben.

»Stören wir?«, fragte Karlchen.

»Ja!«, war Rebeccas unfreundliche Antwort. Sie drehte sich auf ihrem Stuhl um und musterte die Freundinnen.

»Na gut, dann gehen wir wieder«, meinte Bente. »Wir können die Schokoküsse auch alleine essen.« Sie wandte sich schon wieder um, als Rebecca »Moment!« rief und: »War doch nicht so gemeint!«

Karlchen stellte die Packung mit den Köstlichkeiten auf das Bett und kitzelte Kiki an den Füßen. Zuerst wackelte Kiki nur mit den Zehen und machte ein unwirsches Gesicht, aber schließlich schlug sie doch die Augen auf. Etwas verwirrt sah sie sich um.

»In diesem Zimmer herrschen schlechte Schwingungen«, stellte Bente fest.

»Deshalb sind wir doch gekommen«, grinste Karlchen. »Schokoküsse sind perfekte Friedensstifter. Sie sind süß und lecker und …« Sie überlegte, wobei sie die Stirn in Falten zog wie ein junger Dackel. »Und man kann prima mit ihnen anstoßen!«, schloss sie triumphierend.

»Anstoßen?« Kiki hatte die Kopfhörer abgenommen und sich aufgesetzt.

»Jo, das geht so.« Karlchen öffnete die Packung und nahm zwei Schokoküsse heraus. Einen behielt sie in der Hand, den anderen gab sie Bente. Dann holte sie Schwung und klatschte mit ihrem Schokokuss gegen den von Bente. Beide zerbrachen, aber Karlchen lachte. »Matschig schmecken sie am besten!«

»Und man darf den friedensstiftenden Unterhaltungswert nicht außer Acht lassen«, sagte Bente ernst. »Ach, Rebecca … Ich soll dich von meiner Cousine grüßen. Laura findet es total cool, dass Karfunkel vielleicht ein Fohlen bekommt. Schöne Grüße und alles Gute für die werdende Mutter, hat sie gesagt. Sie kommt dann, um sich das Fohlen anzugucken, wenn's so weit ist.«

Rebecca rollte mit den Augen.

Bente und Karlchen achteten nicht auf sie. Zufrieden vertilgten sie ihre lädierten Schokoküsse und leckten sich die Finger ab.

Karlchen hielt Kiki die Schachtel hin. »Wollt ihr auch mal?«

»Ist das ein dänischer Volkssport oder etwas in der Art?« Rebecca runzelte zwar die Augenbrauen, aber um ihre Mundwinkel spielte ein amüsiertes Lächeln.

»Klar, das haben schon die alten Wikinger so gemacht«, erklärte Karlchen.

»Die Wikinger kannten schon Schokoküsse?«, wunderte sich Bente. »Echt?«

Karlchen starrte die Freundin an, dann prustete sie laut los. Auch Kiki und Rebecca fingen an zu lachen, als sie Bentes begriffsstutziges Gesicht sahen.

»Ach, Bente, du bist unbezahlbar!«, kicherte Rebecca.

»Wenn ich damit zur Stimmungsverbesserung beitragen kann«, meinte Bente. »Bitte sehr, gern geschehen.«

Karlchen trat an den Schreibtisch und betrachtete ein kleines Solar-Modell, mit dem Rebecca im letzten Jahr den ersten Platz beim Jugend-forscht-Wettbewerb und einen Sonderpreis für alternative Energienutzung gewonnen hatte. Rebecca galt als hochintelligent und war ein echter Überflieger im Bereich der Naturwissenschaften. Auch sie besuchte das Internat als Stipendiatin. Karlchens Blick fiel auf das aufgeschlagene Buch neben dem Modell. »Was liest du da?«, erkundigte sie sich neugierig.

»Ein Buch über Pferdehaltung und Fohlenaufzucht«, gab Rebecca zerknirscht zu.

»Was!?«, entfuhr es Kiki. »Heißt das …?«

»Ich versuche, mich auf die Eventualitäten vorzubereiten«, brummte Rebecca. »Was bleibt mir anderes übrig?«

Ein paar Sekunden herrschte verblüffte Stille.

»Du glaubst, dass Karfunkel schwanger ist?«, brach Karlchen schließlich das Schweigen.

»Bei Stuten spricht man von Trächtigkeit«, seufzte Rebecca, »nicht von Schwangerschaft.«

»Und du würdest es nicht mehr schlimm finden, wenn Karfunkel schwanger, äh, trächtig wäre?«, hakte Bente nach.

Rebecca zögerte. »Ich hab vorhin mit Daniel gesprochen. Mystery war über eine Stunde bei den Stuten und die Wahrscheinlichkeit, dass er Karfunkel gedeckt hat, liegt logischerweise bei runden einhundert Prozent.« Sie nahm ihre Brille ab und putzte sie mit einem Zipfel ihres Pullis. »Es gibt zwar keine Augenzeugen, aber ich geh mal davon aus, dass es geklappt hat.«

»Ein Fohlen!« Karlchen wirbelte im Zimmer herum. »Vielleicht hat Mystery ja alle Stuten gedeckt. Dann wimmelt es im nächsten Frühjahr nur so von Fohlen im Stall!«

Bente zeigte ihr einen Vogel. »Jetzt übertreibst du aber ein bisschen!«

Kiki wandte sich an Rebecca. »Was hat Daniel denn zu der ganzen Sache gesagt?«, erkundigte sie sich vorsichtig. »Als Mysterys Besitzer ist er doch in gewisser Hinsicht beteiligt.«

»Der sieht das Ganze eher sportlich.« Rebecca winkte ab. »Er freut sich und außerdem ist er der Meinung, dass es sowieso früher oder später passiert wäre. Ihr kennt ja seine Einstellung zu diesem Thema. Wahrscheinlich hat er damit sogar recht.«

»Und was ist mit dir?«, bohrte Kiki weiter. »Würdest du dich denn auch ein kleines bisschen freuen?«

Wieder zögerte Rebecca mit ihrer Antwort. »Ja«, sagte sie schließlich, »schon, aber den Zeitpunkt hätte ich gerne selbst ausgewählt. Deshalb bin ich auch so ausgeflippt.« Sie sah Kiki an. »Tut mir leid, dass ich so biestig zu Patrick war. Ich werde mich bei ihm und Herrn von Hohensee entschuldigen.«

Kiki lächelte zufrieden.

»Dass Karfunkel ausgerechnet jetzt rossig war, kann ich schließlich niemandem vorwerfen«, fuhr Rebecca fort und seufzte noch einmal. »Wahrscheinlich ist es Schicksal und sollte einfach passieren.«

»Nun hör mal auf zu seufzen«, bat Karlchen. »Solange der Tierarzt Karfunkel nicht untersucht hat, steht schließlich noch gar nicht fest, dass sie wirklich ein Fohlen bekommt. Also: Nerven bewahren, abwarten und Tee trinken, würde ich vorschlagen.«

»Genau.« Bente nickte heftig. »Betrachte das Fohlen – wenn es denn eins gibt – einfach als Geschenk des Himmels«, schlug sie vor. »Als Krönung der Liebe zwischen Mystery und Karfunkel sozusagen.«

»Gute Idee!« Karlchen nahm vier Schokoküsse aus der Packung und hielt sie den Freundinnen hin. »Und jetzt lasst uns endlich anstoßen. Ein neuer Erdenbürger – egal, ob mit Händen, Füßen und Haaren oder mit vier Hufen und Fell – muss schließlich gebührend gefeiert werden!«

5

In den nächsten Wochen hatte Rebecca nur wenig Gelegenheit für Grübeleien über »ungelegte Eier«, wie Bente sich ausdrückte. Es standen eine Menge Klausuren an, die Lehrer kannten kein Erbarmen und nebenbei tüftelte sie an einem neuen Projekt für den nächsten Jugend-forscht-Wettbewerb. Der Tierarzt hatte inzwischen bestätigt, was alle schon vermutet hatten: Karfunkel war trächtig. Rebecca hatte sich weder gefreut noch geärgert, sondern die Mitteilung einfach hingenommen.

»Wahrscheinlich brauchst du nur ein bisschen Zeit, um dich an den Gedanken zu gewöhnen«, vermutete Karlchen. »Immerhin hast du bald zwei Pferde zu versorgen.«

Rebeccas Antwort war ein vieldeutiges Seufzen. »Erinnere mich daran, wenn's so weit ist«, bat sie. »Ich hab keine Lust, mir jetzt schon den Kopf darüber zu zerbrechen, wie ich zwei Pferde ernähren soll.«

»Sag nur rechtzeitig Bescheid, wenn das Fohlen kommt«, mischte Bente sich ein. »Laura und ihr Freund Fynn wollen unbedingt bei der Geburt dabei sein. Sobald die Wehen einsetzen, soll ich sie anrufen und sie springen in den Zug.«

»Spinnst du?«, fragte Rebecca amüsiert. »Nicht mal der

Tierarzt kann den Geburtstermin auf den Tag genau bestimmen. Sag deiner Cousine einen schönen Gruß, aber das wird wohl nichts. Außerdem«, fügte sie hinzu, »bringen die meisten Stuten ihre Fohlen ganz allein zur Welt, und zwar nachts, wenn niemand dabei ist. Ich hatte nicht vor, aus Karfunkels Niederkunft eine Showveranstaltung zu machen.«

»Schade eigentlich«, erwiderte Bente, »aber okay, ich sag's ihr.«

Kiki gab der Freundin einen Stups. »Ist ja noch ein bisschen hin. Vielleicht sind Laura und Fynn gerade zufällig zu Besuch, wenn das Fohlen kommt. Kann doch sein, oder?«

»Träum weiter«, sagte Rebecca nur. Für sie war das Thema erledigt.

Miss Wedgewood hatte sich trotz ihrer Fröhlichkeit als unnachgiebige Pädagogin entpuppt. Sie unterrichtete interessant und spannend, verlangte aber im Gegenzug von ihrer Klasse volle Konzentration und Mitarbeit. Einige murrten. Sie hatten nicht erwartet, dass der Kolibri so streng sein konnte. »Ich mag sie trotzdem«, meinte Kiki. »Auch wenn sie ständig an meiner Aussprache rummäkelt.«

Mittlerweile war auch Santana, Miss Wedgewoods Pferd, im Reitinternat angekommen. Die Schimmelstute brachte dem Kolibri – jedenfalls unter der pferdebegeisterten Mehrheit der Schüler – einige Pluspunkte. Schon als Miss Wedgewood die schneeweiße Portugiesin aus dem Transporter geführt hatte, hatten alle den Atem angehalten. Santana hatte auf dem Schlosshof verharrt, sich samtäugig umgesehen und schließlich ganz leise gewiehert. Brav hatte sie sich in den

Stutenstall führen lassen. Mit ihrer Boxennachbarin Flippi, Bentes Holsteiner Fuchsstute, hatte sie schnell Freundschaft geschlossen. Und nun stand die Schimmeldame nach der anstrengenden Reise im Stall, begrüßte jeden der zahlreichen neugierigen Besucher mit sanftem Wiehern und benahm sich nahezu vorbildlich.

»Ob sie wohl nur Englisch versteht?«, fragte Kiki die Freundinnen. Sie standen vor Santanas Box und bewunderten die Stute, der die lange Mähne wie ein Schleier über die Augen fiel.

»Gut möglich«, meinte Bente.

Karlchen lachte. »Ist doch super! Dann können wir Pumuckls Englischunterricht gleich in die Praxis umsetzen. Good morning, Miss Santana«, sagte sie würdevoll zu dem Pferd. »How are you today?«

Santana prustete dunkel und ließ sich die Stirn kraulen.

»Sie scheint dich verstanden zu haben«, staunte Bente. »Eigentlich erstaunlich, bei deiner Aussprache ...«

Karlchen knuffte die Freundin zwischen die Rippen, wobei ihr Blick aus dem Stallfenster fiel. »Wow!«, rief sie. »Look, girls! It snows!«

»It is snowing, Karlchen! Wenn du uns schon mit deinen Fremdsprachenkenntnissen beeindrucken willst, mach es bitte richtig«, bat Rebecca und sah nun ebenfalls aus dem Fenster. »Tatsächlich. It's snowing!«

Der Winterhimmel über dem Reitinternat war wolkenverhangen und grau, die blasse Sonne stand tief über dem kleinen Wäldchen, das an den Schlosspark grenzte. Dicke weiße Flocken fielen leise herab. Karlchen war begeistert.

»Schön weiterschneien!«, rief sie den Flocken zu. »Und nicht gleich wieder wegschmelzen!«

Bente grinste. »Keine Bange, bei Temperaturen unter dem Gefrierpunkt schmilzt so schnell nichts weg. Das weiß sogar ich und Physik gehört nicht gerade zu meinen Stärken.«

Alle lachten. Santana hob den Kopf. Auch sie schaute aus dem Fenster. Ihre schwarzen Augen bekamen einen ganz verträumten Ausdruck.

Die Freundinnen verabschiedeten sich von ihr und liefen aus dem Stall. Draußen tobten sie über den Schlosshof. Karlchen versuchte, Schneeflocken mit dem Mund aufzufangen, und verschluckte sich. Bente rutschte aus und landete unsanft auf dem Po.

Angelockt durch das laute Lachen und Kichern der Mädchen streckten Patrick und Daniel ihre Köpfe aus der Tür des Hengststalls.

»Dürfen wir mitmachen?«, rief Patrick.

»Nö, das ist nur was für Mädchen!«, rief Karlchen zurück.

»Bleibt lieber im warmen Stall!«, krähte Bente. »Jungs erkälten sich viel zu schnell!«

Das konnten die Freunde natürlich nicht auf sich sitzen lassen. Mit entschlossenen Gesichtern stürmten Daniel und Patrick aus dem Stall, bückten sich und kratzten ein bisschen Schnee zusammen. Ihre Schneebälle wurden zwar nicht besonders groß – dafür reichte der Schnee noch nicht aus –, aber sie verfehlten ihre Ziele nicht. Daniel traf Karlchen am Kopf und schoss ihr glatt die Mütze herunter; Patricks Schneeball erwischte Kiki am Oberschenkel.

»Rache!«, schrie Bente. Mit beiden Händen fegte sie

Schnee zusammen und machte einen unförmigen Schneeball daraus, den sie Patrick mit voller Wucht vor die Brust schleuderte. Die Freundinnen machten es ihr nach.

Im Nu war die schönste Schneeballschlacht im Gange, die noch schöner gewesen wäre, wenn mehr Schnee gelegen hätte. Aber es schneite nun immer heftiger und die Flocken wurden größer und dichter.

»Waffenstillstand!«, rief Rebecca schließlich und hob beide Hände. »Ich kann nicht mehr!« Ihr Gesicht war gerötet, ihre Augen blitzten. Daniel kam auf sie zu, hob sie hoch und gab ihr einen Kuss.

»Okay, Schneeprinzessin«, lachte er. »Mir reicht es auch.«

Sie gingen in den Stall, um sich aufzuwärmen.

»Junge, das war klasse!« Karlchens Nase leuchtete rot. Sie blies sich in die Hände, um sie wieder aufzutauen. »Und morgen machen wir Skijöring!«

»Ski was?«, fragte Kiki.

»Skijöring«, wiederholte Karlchen. »Das ist eine skandinavische Wintersportart. Man lässt sich von einem Pony auf Skiern ziehen.«

»Das kenn ich!«, rief Bente. »Das haben Laura und ich früher auch mal gemacht! Opa Albert hat uns gezeigt, wie's geht. Das macht riesigen Spaß!«

»Man lässt sich von Ponys ziehen?«, fragte Kiki skeptisch. »Und das klappt?«

»Klar«, erwiderte Karlchen trocken. »Was glaubst du, wie ich früher im Winter zur Schule gekommen bin?«

»Lass mich raten: Schnute hat dich gezogen«, tippte Kiki.

»Genau«, erwiderte Karlchen mit einem Grinsen.

Patrick war Feuer und Flamme. »Ich hab schon mal was davon gehört. Das würde ich gerne mit Snorri ausprobieren.«

»Vorausgesetzt, es schneit weiter«, gab Rebecca zu bedenken.

»Ach, davon geh ich einfach mal aus«, meinte Karlchen unbekümmert. »Guck dir mal den Himmel an. Da hängt noch 'ne Menge Schnee drin!«

»Okay, du Spitzenmeteorologin«, erwiderte Rebecca, »dann verrate uns doch mal, was wir – außer Schnee in ausreichender Menge natürlich – noch alles zu diesem Skijöring brauchen.«

»Skier?«, mutmaßte Bente und zog die Nase kraus.

Karlchen nickte. »Wir haben drei Ponys, die infrage kommen«, sagte sie eifrig. »Snude, Snorri und Bommel. Für Snude hab ich ein Brustgeschirr. Wie sieht's bei euch aus?«

»In der Geschirrkammer hängen ein paar alte Geschirre, die Snorri und Bommel passen könnten«, meinte Patrick. »Wir müssten sie nur einfetten und den Ponys anpassen.«

»Fein, dann brauchen wir also nur noch drei Paar Skier«, sagte Karlchen. »Drei Ponys, drei Reiter und drei Leute, die auf Skiern hinterhergezogen werden. Das passt doch wunderbar!«

»Auf dem Dachboden des Schlosses liegen bestimmt noch Skier«, bemerkte Rebecca. »Früher gab's hin und wieder Klassenfahrten im Winter. Wir haben doch diese Partnerschule im Harz.«

»Stimmt!«, rief Kiki. »Herr Hartmann schwärmt heute noch von seinen Skireisen.«

»Okay, dann fragen wir Harti mal, ob er noch ein paar

staubige Bretter in seinem Fundus hat.« Daniel ging zur Stalltür und schob sie schwungvoll auf. »Super, es schneit immer noch. Unser Experiment Skijöring kann steigen!« Seine Bedenken behielt er lieber für sich. Er war sich nicht sicher, ob die Ponys – ausgenommen Schnute vielleicht, der daran gewöhnt war – sich so ohne Weiteres vor Langlaufskier spannen lassen würden. »Das kann ja heiter werden«, dachte er bei sich, während er sich und seine Freunde schon hinter durchgehenden Ponys durch den Tiefschnee pflügen sah. Aber Daniel wäre nicht Daniel, wenn er nicht auch diese sportliche Herausforderung angenommen hätte.

Der nette Herr Hartmann war nicht nur Lehrer für Bio und Geschichte, er war auch der Schloss-Archivar und somit Herr über sämtliche Keller- und Bodenschlüssel des Internats.

»Ob ich Langlaufskier habe?«, fragte er. »Na klar! Wie viele braucht ihr?«

»Nur drei Paar«, antwortete Kiki. »Es wär echt toll, wenn Sie sie uns ausleihen könnten.«

Herr Hartmann ließ sich von ihren geplanten Wintersportaktivitäten berichten, während er gemeinsam mit ihnen auf den Boden stieg und eine Kammer öffnete.

»Skijöring«, sagte er beeindruckt. »Klingt interessant.« Nachdenklich betrachtete er die Reihen der Skier, die ordentlich an einer langen Wand des Bodenraums lehnten, wählte drei Paar aus und gab sie den Freundinnen. »Stöcke braucht ihr wohl nicht, wenn ich euch richtig verstanden habe?«

»Nee«, erwiderte Karlchen. »Die Hände braucht man, um sich an den Leinen festzuhalten. Ist doch logisch.«

»Ja, äh, sicher.« Der Lehrer kraulte sich bedächtig das Kinn, griff ein weiteres Paar Ski aus der Reihe und lächelte. »Wisst ihr was? Wenn ihr schon mal dabei seid, könntet ihr rund ums Schloss eine schöne Loipe ziehen. Ich bekomme auf meine alten Tage tatsächlich Lust auf Wintersport. So einen schönen, schneereichen Winter bekommen wir bestimmt nicht so schnell wieder. Das sollte man ausnutzen.« Er schulterte seine Skier und schloss die Tür.

»Eine Loipe?«, fragte Bente stirnrunzelnd. »Was ist das denn?«

»Eine Skispur im Schnee«, erklärte Herr Hartmann. »Wenn ihr euer Skijöring veranstaltet, könnt ihr ganz nebenbei eine schöne Piste für mich präparieren. Dann muss ich mich nicht so durch den tiefen Schnee quälen, untrainiert wie ich bin. Einverstanden? Dafür dürft ihr die Skier so lange behalten, wie ihr wollt.«

»Einverstanden«, nickte Bente. »Wir machen Ihnen Ihre Loipe, Herr Hartmann. Sie können sich auf uns verlassen!«

Am nächsten Nachmittag ging es los. Es hatte aufgehört zu schneien, aber die Schneedecke war inzwischen so dick, dass dem »Experiment Skijöring«, wie Daniel es nannte, nichts im Wege stand.

Die blasse Wintersonne strengte sich zwar an, aber sie wärmte kaum. Schnute, Snorri und Bommel standen fertig gesattelt und gezäumt im Schnee und schnaubten. Vor ihren Nüstern bildeten sich kleine Atemwölkchen. Fachmännisch legte Karlchen den Ponys die Brustgeschirre an und befestigte die langen Leinen. Sie, Bente und Patrick wollten reiten; Kiki, Rebecca und Daniel sollten als »Versuchskaninchen auf Skiern« herhalten, so hatte es Daniel etwas misstrauisch formuliert.

»Ich hab ja schon einiges gemacht«, murmelte er, als er die schmalen Skier anschnallte, »aber so was noch nicht.« Er schüttelte den Kopf und zog seinen Schal ein bisschen fester um den Hals. »Ich bin mir nicht sicher, ob meine Unfallversicherung das abdeckt!«, rief er Patrick zu, der auf Snorris Rücken saß und grinste.

»Ich pass schon auf, dass du weich fällst!«, rief Patrick zurück. Er wandte sich an Karlchen und Bente, die ebenfalls in den Sätteln ihrer Ponys saßen. »Seid ihr bereit?« Die Mädchen nickten. »Okay, gut festhalten dahinten!«, rief er über die Schulter. »Es geht los!«

Schnute, Bommel und Snorri zogen an, die Leinen strafften sich. Unter Gekicher und Gejohle wurden Rebecca, Kiki und Daniel vorwärtsgezogen. Karlchen drehte sich im Sattel um. Sie und ihr Fjordpferd zogen Rebecca, die sich krampfhaft bemühte, nicht das Gleichgewicht zu verlieren, und dabei ein ziemlich verbissenes Gesicht machte. »Entspann dich, Rebecca!«, rief Karlchen ihr zu. »Du musst ganz locker bleiben und ein bisschen in die Knie gehen und federn!«

Rebecca versuchte, Karlchens Anweisungen zu befolgen. Sie verlagerte das Gewicht und beugte sich leicht nach vorne. Langsam bekam sie ein Gefühl für die merkwürdige Körperhaltung. Sie hielt sich an den Leinen fest und ließ sich einfach ziehen. Der kalte Winterwind blies ihr scharf ins Gesicht und trieb ihr Tränen in die Augen. Als sie einen Blick zur Seite warf, sah sie, dass Daniel die gleichen Schwierigkeiten hatte wie sie. Aber er war sportlich und durchtrainiert; schnell fand er sich in den Bewegungsablauf ein und traute sich sogar, eine Hand von den langen Leinen zu nehmen und ihr zuzuwinken. »Hey, das ist cool!«, rief er.

Die Ponys stapften munter durch den Schnee und schienen den Ausritt zu genießen. Dass sie dabei ungewohnt schwankende Lasten hinter sich herziehen mussten, schien sie nicht zu stören.

»Heja, Snude!«, raunte Karlchen ihrem Norweger in die gespitzten Ohren. »Galopp!«

Bereitwillig sprang Schnute an. Die beiden anderen Ponys folgten seinem Beispiel und stürmten hinter ihm her.

»Hilfe!«, schrie Kiki entsetzt auf. »Nicht so schnell!« Sie verlor das Gleichgewicht, ließ die Leinen los und versank lautlos in einer tiefen Schneewehe.

Bente, Karlchen und Patrick brachten ihre Ponys zum Stehen. Rebecca und Daniel ließen sich ebenfalls in den Schnee fallen.

»Alles klar?«, fragte Patrick besorgt. Er war abgesessen und half Kiki, sich aus der Schneewehe zu befreien. Kiki lachte und nickte.

»Das war spitze!«, rief sie. »Los, gleich noch mal!«

Jetzt ritten Kiki, Daniel und Rebecca auf den Ponys und die anderen drei wurden gezogen. Erst als es langsam dunkel wurde, kehrten sie zum Schloss zurück.

»Ich fürchte, wir haben den Schnee im Wald eher kreuz und quer durchwühlt, anstatt eine anständige Loipe für Herrn Hartmann zu ziehen«, stellte Rebecca fest.

Sie und die anderen saßen im Aufenthaltsraum und wärmten sich an der Heizung. Patrick hatte in der Schlossküche sechs Becher dampfend heißen Kakao organisiert, den sie in kleinen Schlucken schlürften. Bente nickte mit leuchtenden Augen.

»Ich ruf nachher Laura an und erzähl's ihr. Vielleicht hat es in der Lüneburger Heide ja auch geschneit«, überlegte sie. »Und mit etwas Glück liegt das alte Brustgeschirr noch in der Sattelkammer vom Auenhof. Dann kann sie sich mit ihrer Clique auch beim Skijöring austoben. Das macht wirklich Spaß!«

»Hab ich doch gleich gesagt.« Karlchen pustete in ihre heiße Schokolade. »Skijöring sollte im Winter unbedingt auf dem Stundenplan stehen.«

»Wir können ja mal einen Antrag stellen«, schlug Kiki grinsend vor. »Wer weiß? Vielleicht haben wir Erfolg.«

6

In den nächsten Tagen nutzten sie jede freie Stunde zum Skijöring und fanden sogar ein paar Nachahmer unter den anderen Ponybesitzern. Allerdings hatten Karlchen, Bente, Kiki, Rebecca und die beiden Jungs inzwischen so viel Routine, dass sie über die merkwürdigen Verrenkungen ihrer Mitschüler nur grinsen konnten. Zu ihrem Leidwesen verwandelte sich der schöne Schnee allerdings nach und nach in unansehnlichen Matsch und verschwand schließlich ganz. Ehe die Freundinnen sich's versahen, kündigte sich der Frühling an. Im Schlosspark zeigten sich die ersten Märzbecher und Krokusse, die mit ihren bunten Blütenköpfen die Rasenflächen sprenkelten.

Rebecca las in dieser Zeit alles über Fohlen, was sie nur in die Hände bekam. Das Internat verfügte über eine riesige Bibliothek, und da Schloss Lindental ein Reitinternat war, fand sie in den langen Regalen der Bücherei jede Menge Fachbücher über Pferdezucht und -haltung. Die Freundinnen nahmen ihren Sinneswandel grinsend zur Kenntnis.

»So wird das nichts mit dem Nobelpreis für Physik und Chemie«, bemerkte Bente augenzwinkernd, als Rebecca ihre Nase schon während des Frühstücks in ein Pferdebuch steckte.

»Dann wird sie eben Pferdezüchterin«, kicherte Karlchen, während sie ihre Haferflocken mümmelte. »Ist doch auch ein schöner Beruf.«

Rebecca blickte auf und runzelte die Stirn. »Was habt ihr gesagt? Ich hab gerade nicht zugehört.«

»Macht nichts«, meinte Kiki. »Lies ruhig weiter.«

Rebecca klappte ihr Buch zu. »Ihr ahnt ja nicht, wie spannend das alles ist«, seufzte sie versonnen. »Und wisst ihr was? Ich freu mich inzwischen richtig auf das Fohlen!«

»Und wir erst«, gab Kiki zurück. »Schließlich sind wir dann so was wie Patentanten.«

»Ja, cool!«, rief Karlchen. »Wir machen eine richtige Taufe mit allem Drum und Dran, mit Champagner und Torte!«

Rebecca bremste ihren Eifer. »So weit ist es noch lange nicht«, erwiderte sie. »Stuten tragen elf Monate. Lass uns noch mal darüber reden, wenn das Fohlen da ist, okay?«

Am Nachmittag trafen sie sich mit den anderen Reitschülern in der großen Halle. Ein paar von ihnen trainierten für das Jugend-Reitabzeichen. Auch Rebecca hatte eigentlich geplant, das silberne Reitabzeichen zu machen, aber Karfunkels Trächtigkeit hatte ihre Pläne durcheinandergewirbelt. Als Herr von Hohensee ihr erklärte, dass sie Karfunkel unbesorgt bis kurz vor der Geburt reiten könnte, schüttelte sie den Kopf.

»Ich will Karfunkel schonen«, betonte sie. »Ich mache gemütliche Ausritte mit ihr und Strandspaziergänge, mehr nicht.«

»Ich kann dir gerne ein anderes Pferd zuteilen«, schlug Hartwig von Hohensee vor. »Dass deine Stute trächtig ist, heißt nicht, dass du darauf verzichten musst, das Reitabzeichen zu machen.«

Aber Rebecca wollte kein anderes Pferd. Sie verbrachte inzwischen jede freie Minute bei Karfunkel und verwöhnte sie nach Strich und Faden. Schon bald bildete sie sich ein, bei ihrer Stute die ersten Rundungen zu entdecken. Kiki war allerdings der Meinung, dass der zunehmende Bauchumfang des Pferdes damit zusammenhing, dass Rebecca es mit Extra-Leckereien und Vitaminzusätzen regelrecht vollstopfte. »Wenn du sie weiterhin so mästest«, meinte Kiki, »sieht Karfunkel bald aus wie ein Ballon auf Stelzen!«

»Tragende Stuten brauchen nun mal mehr Futter«, erwiderte Rebecca spitz.

Als sie jetzt allerdings im Sattel saß und nachgurten wollte, stellte sie fest, dass der Gurt nur noch knapp ins vorletzte Loch passte. Wenn Karfunkel weiter in diesem Tempo zunahm, würde Rebecca ihr mageres Taschengeld schon bald für einen neuen Sattelgurt opfern müssen. Kiki und Bente grinsten über Rebeccas verzweifeltes Gesicht und verkniffen sich nur mühsam weitere Kommentare.

Ihre Abteilung bestand aus zwölf Reiterinnen und Reitern. Karlchen war nicht dabei; sie ritt in der Ponyabteilung. Auch Daniel fehlte. Seine Hockeymannschaft hatte ein Punktspiel gegen eine andere Schulmannschaft. Er wollte seinen Hengst später noch alleine in der Halle bewegen. Rebeccas Freund war ein begabter Vielseitigkeitsreiter, und sein größtes Ziel waren die Junioren-Meisterschaften. Der Beinbruch im vergangenen Jahr hatte seine ehrgeizigen Pläne allerdings kurzfristig durchkreuzt. Jetzt setzte er alles daran, die nächste Qualifikation zu schaffen, um seinem Ziel ein Stück näher zu kommen. Seit sich seine eher bescheidenen Leistungen in der Schule dank Rebeccas Nachhilfe gebessert hatten, unterstützten ihn Frau Dr. Paulus und die anderen Lehrer bei seinen sportlichen Aktivitäten. Obwohl Daniels Eltern wohlhabend waren, mussten sie für Mystery kein Futtergeld bezahlen, und Daniel wurde für Turniere und Qualifikationen vom Unterricht freigestellt.

Herr von Hohensee begrüßte seine Abteilung. »Pferdewechsel!«, rief er. »Bitte sitzt ab und wechselt ein Pferd nach rechts. Die Tete tauscht mit dem letzten Reiter!«

Ein lautes Aufstöhnen lief durch die Abteilung, die aufgereiht in der Mitte der Reithalle stand.

»Muss das sein?«, murrte ein Mädchen. »Dann muss ich ja diesen lahmen Klops reiten!« Sie zeigte auf einen stämmigen Friesenwallach, den sie gegen ihre kleine Stute eintauschen sollte. »Das halt ich nicht aus!«

Die Besitzerin des Friesen protestierte. »Nimm das lieber zurück, Jamie-Lee! Bobby ist kein lahmer Klops!« Sie reichte der Mitschülerin die Zügel und grinste. »Du wirst schon sehen.«

»Pah«, machte Jamie-Lee. Sie kletterte umständlich auf das ungewohnte Pferd, verkürzte die Steigbügelriemen und nahm die Zügel auf. »Wahrscheinlich schlaf ich ein. Weckt mich, wenn die Reitstunde vorbei ist.«

Kiki, Bente und Rebecca zwinkerten sich zu. Sie konnten Jamie-Lee nicht ausstehen. Sie war ein Jahr älter als die Freundinnen, wiederholte die Klasse und war unheimlich arrogant.

Ständig prahlte sie damit, dass ihre Familie in Amerika Ölquellen besaß und dass sie es eigentlich nicht nötig hätte, ein so ordinäres Internat wie Lindental zu besuchen, weil sie spätestens mit sechzehn sowieso eine Karriere als internationales Topmodel starten würde. Jamie-Lee wurde niemals ohne Make-up gesehen; Karlchen vermutete, dass sie sogar damit schlief. Sie war ein echtes Supertalent darin, Intrigen zu schmieden, mäkelte am Essen herum und fand die Pferde des Lindental-Stalls primitiv, nur weil ihrem Vater ein paar Vollblüter gehörten.

»Hoffentlich macht der dicke Bobby ein paar kleine Hüpfer«, flüsterte Kiki Bente zu, während sie Flippi von ihrer Freundin übernahm, »und wirft unser Goldlöckchen ab.«

»Und hoffentlich bricht sich die liebe Jamie-Lee dabei das Genick«, raunte Bente kichernd zurück. »Damit sie endlich ihre große Klappe hält.«

»Ich muss doch sehr bitten!«, rief Herr von Hohensee. Er schritt die Abteilung ab und hatte Bentes letzten Satz gehört. »Jetzt wird geritten, und wenn geritten wird, redet nur einer!«

»Und das ist der Reitlehrer«, ergänzte Kiki grinsend.

»Du hast es erfasst.« Herr von Hohensee schmunzelte. »Und deshalb darfst du die Tete übernehmen. Abteilung im Schritt rechtsum, marsch!«

Kiki legte die Schenkel an. Sie hatte Bentes Flippi schon öfter geritten und kam gut mit ihr zurecht. Hinter ihr folgte Jamie-Lee auf Bobby, und Kiki bedauerte es sehr, dass sie keine Augen im Hinterkopf hatte. Zu gern hätte sie die blondgelockte Amerikanerin bei ihren Bemühungen, den Friesenwallach in Schwung zu bekommen, beobachtet. So konnte sie leider nur hin und wieder einen unauffälligen Blick in den Spiegel an der Längsseite der Halle werfen. Amüsiert stellte sie fest, dass Jamie-Lees Gesicht knallrot war; die strähnchendurchzogenen Engelslocken – nach Karlchens Meinung eindeutig nicht natürlich, sondern das Resultat einer Dauerwelle – quollen unter dem Reithelm des Mädchens hervor wie aufgedrehtes Lametta.

Rebecca ritt einen Wallach namens Lorbass, der einem Jungen aus ihrer Klasse gehörte. Im Sattel von Karfunkel hatte Mikka Platz genommen. Rebecca hatte keine Bedenken, ihm Karfunkel anzuvertrauen. Sie wusste, dass er ein ruhiger und vernünftiger Reiter war, der gut mit ihr umgehen würde. Sie entspannte sich und versuchte, ein Gefühl für das fremde Pferd zu bekommen. Lorbass ging gut vorwärts und kaute zufrieden auf der Trense. Als Herr von Hohensee das Kommando zum versammelten Trab gab, sprang er bereitwillig an.

Rebeccas Blick fiel auf die Tribüne. Auf einer Bank saß Lawrence, Miss Wedgewoods Hund. Neben ihm, links und rechts, hockten Benjamin und Bastian, Bentes Zwillingsbrüder, und grinsten breit. Sie hatten den Riesenhund vom ersten Moment an ins Herz geschlossen und hielten sich ständig in seiner Nähe auf. Lawrence hingegen liebte es, in der Reithalle zu sitzen und die Pferde zu beobachten. Alle hatten sich inzwischen an ihn gewöhnt und sich von seiner Sanftmütigkeit überzeugt. Er durfte sich frei auf dem Internatsgelände bewegen, und wenn Miss Wedgewood im Unterricht war, lag er vor Santanas Box und schlief. Er hatte sein Kinn auf die Balustrade der Tribüne gelegt und ließ die Pferde nicht aus den Augen. Benjamin und Bastian kraulten ihm das dicke Fell.

Bente trabte mit Mikkas Janosch am Ende der Abteilung und hatte den besten Überblick. Ihr fiel auf, dass Jamie-Lee große Probleme hatte. Bobby schlurfte über den Hufschlag und war schon mehr als zwei Pferdelängen zurückgefallen. Die Abteilung zog sich immer mehr auseinander.

Der Reitlehrer stand in der Mitte der Bahn und rief: »Vorwärts, Jamie-Lee! Du musst Bobby stärker treiben!«

Das hätte er nicht sagen sollten. Jamie-Lee warf ihm einen genervten Blick zu, verkürzte die Zügel und legte die Schenkel an. Gleichzeitig gab sie dem armen Bobby einen scharfen Hieb mit der Reitgerte. Der Rappe stutzte kurz und machte ein Gesicht, als überlegte er, wer es da wagte, ihn in seinem gewohnten Trott zu stören. Er legte die Ohren an und schlug mit dem Schweif, ging aber keinen Schritt schneller. Jamie-Lee versuchte es noch einmal. Ihre Gerte klatschte auf Bobbys runde Kruppe. Das war zu viel für den geduldigen Friesen. Er brach aus der Abteilung aus und schien regelrecht zu explodieren.

»Bobby! Nein!«, schrie Swantje, seine Besitzerin, noch, aber es war zu spät.

Bobby buckelte und drehte sich in einer Art und Weise, die niemand ihm zugetraut hätte. Mit krummem Rücken, den Kopf zwischen den Vorderbeinen, wand er sich wie ein Aal und versuchte alles, um seine Reiterin loszuwerden.

»Wow!« Bastian war aufgesprungen und beugte sich weit über die Bande. »Rodeo!«

»Hey, das geht ab!«, rief Benjamin begeistert.

Sogar Lawrence hatte sich erhoben und machte »Wuff!«.

Herr von Hohensee warf einen Blick in Richtung Tribüne

und brachte den Hund und die Zwillinge wortlos dazu, sich umgehend wieder hinzusetzen.

Jamie-Lee hielt sich bemerkenswert gut auf dem kreuz und quer durch die Halle buckelnden Pferd. Wie eine Gummipuppe wurde sie hin und her geworfen, aber sie hatte in die Mähne des Rappen gegriffen und schien nicht im Traum daran zu denken, loszulassen.

»Nicht schlecht«, brummte Bente anerkennend. Wie die anderen hatte sie ihr Pferd angehalten und verfolgte gespannt Jamie-Lees Kampf mit der Naturgewalt in Form eines ausgeflippten Pferdes.

Ob es daran lag, dass die anderen sich zu sicher fühlten oder ob sie einfach nicht aufpassten, konnte später keiner mehr erklären. Ohne jede Vorwarnung brach plötzlich Flippi aus und schloss sich dem buckelnden Bobby an. Schon beim ersten Bocksprung der Stute landete Kiki im weichen Torf. »Autsch«, sagte sie entgeistert. »Was war das denn?« Sie war von dem Ausbruch so überrumpelt worden, dass sie es nicht geschafft hatte, die Zügel festzuhalten. Reiterlos jagte die kleine Stute durch die Halle, quiekte schrill und rempelte zu allem Unglück zwei weitere Pferde an, die sofort losschossen.

»Herrgott noch mal!«, brüllte Herr von Hohensee. »Haltet eure Pferde fest!«

Ein zweites Mädchen flog im hohen Bogen aus dem Sattel, rappelte sich aber genau wie Kiki schnell wieder hoch.

Unter den Pferden brach eine Art Kettenreaktion aus. Die Mädchen und Jungen, die noch im Sattel saßen, nahmen die Zügel kürzer und versuchten, ihre nervös schnaubenden Pferde zu beruhigen. Mikka ließ sich von Karfunkels Rücken gleiten und klopfte ihr besänftigend den Hals. Rebecca folgte seinem Beispiel und saß ab.

Unterdessen machte Bobby einen entschlossenen letzten Hüpfer. Jamie-Lee hatte endgültig keine Kraft mehr. Sie fiel seitwärts aus dem Sattel und blieb reglos liegen. Herr von Hohensee war sofort bei ihr. »Absitzen!«, rief er der restlichen Abteilung zu. »Und fangt die Pferde ein!«

Der Reitlehrer kniete neben dem Mädchen und sprach es leise an, aber Jamie-Lee reagierte nicht. Sie war bewusstlos und atmete flach. »Schnell!«, rief Herr von Hohensee den Zwillingen auf der Tribüne zu. »Lauft in den Stall! Patrick soll einen Rettungswagen rufen! Und dann geht ihr zu Frau Dr. Paulus. Sagt ihr, sie soll die Krankenschwester mitbringen! Lauft!«

Benjamin und Bastian sprangen auf. Was eben noch wie ein riesiger Spaß ausgesehen hatte, hatte sich plötzlich in eine ernste Situation verwandelt. Ohne zu zögern, rannten sie aus der Halle, dicht gefolgt von Lawrence.

In der Reithalle herrschte atemlose Stille. Die ausgebrochenen Pferde hatten sich beruhigt und standen dicht beieinander in einer Ecke. Bobbys Fell war nass geschwitzt; er schnaubte und seine Flanken bebten. Kiki und ein paar andere aus der Abteilung gingen auf die Pferde zu und fassten beherzt nach den Zügeln. Unschlüssig blieben sie stehen.

Herr von Hohensee hatte Jamie-Lee inzwischen behutsam in die stabile Seitenlage gedreht und fühlte nach ihrem Puls. Sein Gesicht war sorgenvoll. Als die Hallentür geöffnet wurde, blickte er auf. Benjamin und Bastian erschienen, kurz hinter ihnen Patrick, Frau Dr. Paulus und die Internatsschwester, Frau Hagelstein. Mit raschen Schritten war sie bei Jamie-Lee und drängte Herrn von Hohensee sanft zur Seite. Auch sie sprach das Mädchen an, aber lauter und energischer. Jamie-Lee bewegte den Kopf und öffnete zaghaft die Augen. »Bleib ganz ruhig liegen«, sagte Frau Hagelstein. »Hast du Schmerzen? Tut dir irgendetwas weh?«

Jamie-Lee antwortete nicht. Sie machte die Augen wieder zu und drehte den Kopf zur Seite. Frau Dr. Paulus und Herr von Hohensee wechselten einen besorgten Blick.

»Der Krankenwagen ist unterwegs«, sagte Patrick atemlos. »Er muss jeden Moment hier sein.«

»Gut«, erwiderte Frau Dr. Paulus.

Nur wenig später ertönte das ohrenbetäubende Martinshorn des sich nähernden Rettungswagens. Durch die Fensterreihen der Reithalle war das zuckende Blaulicht zu erkennen. Die Pferde spitzten die Ohren, einige traten unruhig hin und her. Als zwei Sanitäter und ein Notarzt im Laufschritt die Halle betraten, scheute eine Stute, aber das Mädchen an ihrer Seite hielt sie fest und beruhigte sie rasch wieder.

Der Notarzt sprach kurz mit Herrn von Hohensee. Anschließend untersuchte er Jamie-Lee, leuchtete ihr in die Augen und legte ihr schließlich eine Infusion an. Der Arzt nickte den Sanitätern zu, die das verunglückte Mädchen vorsichtig hochhoben, es auf eine bereitstehende Trage legten und zudeckten. Der Notarzt machte sich ein paar Notizen. Dann folgten er und Frau Hagelstein den Sanitätern zum Rettungswagen. Frau Hagelstein wollte mit ins Krankenhaus fahren.

Alle schwiegen betreten. Frau Dr. Paulus stand nachdenklich in der Hallenmitte. Schließlich hob sie den Blick.

»Bringt eure Pferde in den Stall«, sagte sie mit betont ruhiger Stimme. »Versorgt sie und kommt dann ins Schloss. Ich werde euch Bescheid sagen, sobald ich etwas aus der Klinik höre.« Sie wandte sich schon zum Gehen, als sie sich noch einmal umdrehte. »Versucht, euch zu beruhigen«, sagte sie. »Manchmal sehen Unfälle schlimmer aus, als sie sind. Jamie-Lee wird sicher bald wieder bei uns sein.«

Als sie die Halle verlassen hatte, trat Herr von Hohensee auf die Abteilung zu. »Ihr habt gehört, was Frau Dr. Paulus gesagt hat: Versorgt eure Pferde und geht anschließend auf eure Zimmer. Mehr könnt ihr im Moment nicht tun.«

»Es ist doch nichts Schlimmes, oder?« Swantje lehnte sich gegen die Schulter ihres Pferdes und schniefte. »Es war nicht Bobbys Schuld. Er kann nichts dafür.«

»Keiner gibt dir oder deinem Pferd die Schuld«, sagte Herr von Hohensee sofort. »Solche Unfälle passieren beim Reiten.« Er wandte sich an die anderen. »Jamie-Lee wird sicher schnell wieder gesund. Vermutlich hat sie eine Gehirnerschütterung. Und jetzt ab in den Stall mit euch. Eure Pferde brauchen Ruhe – und ihr auch!«

* * *

Beim Abendessen herrschte bedrücktes Schweigen. Frau Wuttig, die Küchenleiterin, wirbelte in ihrer geblümten Schürze im Speisesaal herum und versuchte, die Stimmung aufzuheitern, aber es gelang ihr nicht. Erst als Frau Dr. Paulus erschien und um Ruhe bat, hoben die Mädchen und Jungen ihre Köpfe.

»Ich soll euch Grüße von Jamie-Lee ausrichten«, sagte die Internatsleiterin. »Es geht ihr den Umständen entsprechend gut. Frau Hagelstein ist noch bei ihr.« Ein erleichtertes Murmeln lief durch die Sitzreihen. »Die Ärzte haben eine Gehirnerschütterung und ein paar leichte Prellungen festgestellt«, fuhr die Pauli fort. »Jamie-Lee wird also noch ein paar Tage im Krankenhaus bleiben müssen. Ich fahre heute Abend zu ihr und bringe ihr ein paar Sachen.«

»Können Sie sie von uns grüßen«, bat ein Mädchen, das mit Jamie befreundet war, »und ihr sagen, dass wir sie vermissen?«

Frau Dr. Paulus nickte. »Das mach ich gerne. Und jetzt esst bitte weiter. Ihr müsst euch keine Sorgen machen. Einen schönen Abend noch.« Mit diesen Worten verließ die Direktorin den Saal.

Karlchen, Bente, Kiki und Rebecca sahen sich an. Das Essen auf ihren Tellern war fast unberührt.

»Mann, der Schreck ist mir echt in alle Glieder gefahren«, murmelte Kiki.

»Gut, dass es nichts Schlimmes ist«, seufzte Bente. »Ich blöde Kuh hab ihr noch einen Genickbruch gewünscht!«

»Wir können wirklich froh sein, dass es so glimpflich abgegangen ist«, meinte Rebecca.

Karlchen, die von dem Unfall nur durch die Erzählungen ihrer Freundinnen wusste, nickte ernsthaft. »Tja, so was kann jedem von uns passieren, jeden Tag. Das liebste Pferd kann einfach so ausrasten und dann – peng!«

»Letztes Jahr Daniel, jetzt Jamie …«, zählte Bente auf. »Reiten kann ganz schön gefährlich sein.«

»Gut, dass Karfunkel nicht durchgegangen ist«, sagte Rebecca leise. »Wenn ich mir vorstelle, dass sie genauso ausgeflippt wäre wie Bobby ... Ihrem Fohlen wäre das bestimmt nicht gut bekommen.«

Kiki legte einen Arm um Rebeccas Schultern. »Klar war's schrecklich, aber Jamie-Lee ist schon bald wieder auf den Beinen. Und deiner Karfunkel und ihrem Fohlen geht's auch prima.«

»Alles wird gut, Mädels«, war Karlchen überzeugt.

Bente stand auf und brachte ihr Tablett weg. »Ich geh noch mal an den Computer«, verkündete sie. »Ich hab Laura vorhin angerufen und ihr von dem Unfall erzählt. Wir wollten heute Abend noch ein bisschen skypen. Kommt jemand mit?«

Karlchen nickte sofort. Kiki und Rebecca schüttelten die Köpfe.

»Ich bin viel zu müde zum Skypen», sagte Kiki und gähnte demonstrativ.

»Und ich will noch ein bisschen lesen.« Rebecca hielt die Schwingtür auf und ließ die anderen hindurch. »Schönen Gruß an Laura. Kommt sie uns bald mal wieder besuchen?«

»Klar, sobald Karfunkel Nachwuchs hat«, nickte Bente und grinste. »Ihr wisst doch, wie verrückt Laura nach Fohlen ist. Wenn sie schon nicht bei der Geburt dabei sein kann, kommt sie, wenn es da ist. Ein neugeborenes Fohlen lässt sie sich ganz sicher nicht entgehen!«

»Noch eine Patentante mehr!«, freute sich Karlchen. »Super!«

7

Jamie-Lee kehrte erst zwei Wochen nach dem Unfall ins Reitinternat zurück. Ihre Eltern hatten sie in der Klinik besucht und sich davon überzeugt, dass es ihrer Tochter gut ging.

»Wisst ihr, warum sie so lange im Krankenhaus lag?«, fragte Swantje während einer großen Pause.

»Nö«, meinte Karlchen. »Aber wahrscheinlich, weil ihr der Kopf so gebrummt hat.«

»Nee, Quatsch!« Swantje kicherte. »Sie sollte eigentlich schon letzte Woche entlassen werden, aber die gute Jamie hat sich in einen Assistenzarzt verknallt. Angeblich hat sie jeden Tag extra laut rumgestöhnt und gejammert, um noch ein paar Tage länger im Krankenhaus bleiben zu dürfen. Leider hat sie gestern erfahren, dass der hübsche Doktor glücklich verheiratet ist und zwei niedliche Kinder hat. Da war's dann vorbei mit der großen Liebe. Jamie hat blitzschnell ihre Koffer gepackt und die Klinik fluchtartig verlassen!«

Karlchen prustete laut los.

»Typisch Jamie«, meinte Bente achselzuckend.

Jamie-Lee stand in einer Ecke des Pausenhofs und ließ sich von ihren besten Freundinnen bemitleiden. Immer wieder erzählte sie von den durchlittenen Schmerzen und verdrehte dabei theatralisch die Augen.

»Wir sollten sie mal begrüßen«, schlug Kiki vor. »Meint ihr nicht?«

Als sie quer über den Hof gingen, hob Jamie-Lee den Kopf. Sie sah blass aus, weil sie kein Make-up trug, und ihre blonden Locken hingen leblos herunter. »Hi«, sagte sie träge.

»Hi, Jamie«, erwiderte Bente fröhlich. »Schön, dass du wieder da bist!«

»Find ich auch«, meinte Karlchen. »Weißt du schon, wann du wieder reiten darfst?«

Jamie verzog das Gesicht, als hätte sie in eine saure Zitrone gebissen. »Ich setz mich im Leben nicht mehr auf ein Pferd!«, brauste sie auf. Ihre Stimme überschlug sich fast. »Dieses Monster von einem Pferd hätte mich fast umgebracht! Stellt euch vor, ich wäre jetzt gelähmt und müsste im Rollstuhl sitzen – meine Modelkarriere hätte ich vergessen können!«

Die Freundinnen starrten sie entgeistert an.

»Willst du damit etwa sagen, dass du dem armen Bobby die Schuld an der ganzen Sache gibst?«, erkundigte sich Bente. »Du hast ihn geschlagen. Wir haben's alle gesehen. Er konnte gar nicht anders reagieren.«

Jamie-Lee tippte ihr mit dem Zeigefinger an die Brust. »Soll ich dir was verraten?«, antwortete sie. »Ich konnte Pferde noch nie leiden. Vor dem Unfall nicht – und jetzt erst recht nicht mehr! Pferde sind abscheulich. Und sie stinken.« Sie warf sich die Haare aus dem Gesicht. »Mein Daddy spendiert mir eine Reise in die Karibik, damit ich diesen schrecklichen Unfall vergessen kann. Die Therapeutin in der Klinik hat gesagt, es wird lange dauern, bis ich die Todesangst, die ich erleiden musste, überwunden habe.«

Karlchen schnappte empört nach Luft. Sie war schon öfter von Schnute gefallen, als sie zählen konnte, und hatte sich dabei sogar mal den Arm gebrochen. Aber nie wäre sie auf die Idee gekommen, ihrem Pony die Schuld daran zu geben! Wütend funkelte sie Jamie-Lee an. »Dann spiel doch Halma oder Schach, du blöde Kuh! Die Pferde wird's freuen. Aber wahrscheinlich brichst du dir dann beim Würfeln die Finger, weil du sogar dafür zu doof bist!«, knurrte sie in Jamies Richtung.

»Weder beim Halma noch beim Schach wird gewürfelt, Karlchen«, verbesserte Rebecca die Freundin vorsichtig.

»Mir doch egal!« Karlchen drehte sich um. »Hauptsache, diese Schnepfe reitet nicht mehr!« Mit energischen Schritten stapfte sie davon, bevor Jamie-Lee noch etwas sagen konnte.

* * *

Am Nachmittag trafen sich die Freundinnen in Bentes und Karlchens Zimmer. Bente saß an ihrem Schreibtisch und schrieb eine Nachricht an Laura, während Karlchen sich immer noch aufregte.

»Kann mir mal einer erklären«, schimpfte sie, »warum diese Zicke überhaupt geritten ist, obwohl sie Pferde nie ausstehen konnte? Ich kapier's nicht!«

»Ich auch nicht«, gab Bente zu und drückte auf Senden. »Wahrscheinlich fand sie es cool, in engen Reithosen und langen Stiefeln rumzulaufen.«

Kiki nickte grimmig. »Patrick hat mir erzählt, wie sie sich

im Stall aufgeführt hat. Wie einen Stallburschen hat sie ihn behandelt und keinen Handschlag selbst gemacht.«

»Stimmt, das haben wir doch alle mit eigenen Augen gesehen«, sagte Rebecca. »Sie hat sich ihr Pferd fertig gesattelt und geputzt überreichen lassen. Und nach der Reitstunde hat sie sich auch um nichts gekümmert. Wir sollten froh sein, dass sie nicht mehr reiten will.«

»Und die Pferde erst!«, brummte Karlchen. »Die werden vor Begeisterung in die Hufe klatschen, wenn wir ihnen die Neuigkeit erzählen!« Bei der Vorstellung, dass die Pferde des Lindentalstalls applaudierend in ihren Boxen standen, musste sie kichern.

Es klopfte leise an der Tür. Sven, der Vertrauensschüler der Jahrgangsstufe, steckte seinen Kopf ins Zimmer. Als er Bente sah, räusperte er sich und wurde zartrosa um die Ohren. Er war seit einiger Zeit in Bente verliebt und himmelte sie ständig aus der Ferne an.

Bente, die ihn um einen halben Kopf überragte, fand ihn ganz nett und ertrug seine Annäherungsversuche mit Fassung. Sie mochte ihn, aber verliebt war sie nicht. Dass ihre Freundinnen sie trotzdem ständig aufzogen, wenn Sven in der Nähe war, und blöde Anspielungen machten, ignorierte sie, so gut es ging.

»Hi!«, sagte sie freundlich. »Was gibt's?«

Sven blieb etwas unglücklich auf der Türschwelle stehen und beugte seinen Oberkörper so weit nach vorne ins Zimmer, dass er fast das Gleichgewicht verlor. Kiki unterdrückte ein Kichern und fing sich einen strafenden Blick von Rebecca ein.

»Mach ihn doch nicht noch nervöser, als er ohnehin schon ist«, raunte Rebecca Kiki zu, die sich schnell abwandte, damit man ihr Grinsen nicht sah.

»Ähm, ich soll dir was von Patrick ausrichten«, murmelte Sven in Kikis Richtung. »Er wartet im Musikraum auf dich. Wegen der Fotos für die CD, wenn ich ihn richtig verstanden hab.«

Kiki hörte auf zu grinsen und sprang auf. »Himmel, ja! Patrick hat heute die Probeabzüge für die Cover bekommen«, erklärte sie hastig, während sie ihre langen schwarzen Haare zu einem Pferdeschwanz band. »Wir wollen die Aufnahmen durchsehen und die besten an das Tonstudio in Hamburg schicken.«

»Dann geht's jetzt also wirklich los mit deiner ersten eigenen CD?«, fragte Bente neugierig.

Kiki nickte. »Die Aufnahmen sind fertig. Das Studio will eine erste Auflage herausbringen und sehen, wie sie sich verkauft.«

»Wow, das ist cool!« Rebecca umarmte Kiki und gab ihr ein Küsschen auf die Wange. »Herzlichen Glückwunsch!«

Auch Karlchen gratulierte. »Warum hast du nicht erzählt, dass es schon so weit ist?«, beschwerte sie sich. »Da kommt eine richtige, echte CD mit deiner Geigenmusik heraus und wir erfahren's als Letzte. Ich dachte, wir sind deine besten Freundinnen!«

»Seid ihr ja auch.« Kiki wirbelte herum und lachte. »Aber ihr wisst doch, wie zerstreut ich manchmal bin.«

»Das stimmt allerdings«, grinste Bente. »Es ist ein Wunder, dass du auf deiner Geige überhaupt die richtigen Töne findest, so sprunghaft wie du bist. Schließlich hat so ein Instrument ziemlich viele Saiten, oder?«

»O ja, eine Violine hat ganz schrecklich viele Saiten.« Kiki schnappte ihren Pulli vom Bett und rief: »Tschau, ihr Süßen! Bis später!« Dann rauschte sie an Sven vorbei und war weg. Niemand hatte mehr auf den armen Jungen geachtet, der immer noch in der Tür stand und große Augen machte.

»Ist noch was?«, erkundigte sich Bente höflich.

»Wie? Ach so, ja, klar …« Sven verschwand kurz aus dem Blickfeld der Mädchen und hievte einen großen Pappkarton vor die Tür. »Hier ist ein Paket für Karlchen. Die Sekretärin hat mich gebeten, es raufzubringen.«

»Wow! Ein Paket für mich!« Karlchen hüpfte vom Bett und war mit einem Satz an der Tür. »Von wem ist es? Von meinen Eltern? Hab ich denn schon Geburtstag?«

Bente und Rebecca lachten.

»Du hast erst im Juni Geburtstag, Karlchen«, sagte Bente.

»Guck doch einfach auf den Absender«, schlug Rebecca vor.

»Junge, das ist aber echt ganz schön groß.« Karlchen betrachtete das Paket von allen Seiten.

Bente trat an ihre Seite. Sie lächelte Sven an und sagte: »Danke fürs Bringen. Das war echt nett von dir.«

»Äh, ja, logo, gern geschehen«, murmelte Sven. »Ich geh dann jetzt mal wieder.«

»Klar, man sieht sich.« Bente schenkte ihm ein kleines Lächeln, drängte ihren Verehrer sanft auf den Flur und winkte ihm hinterher. »Bis dann. Und vielen Dank noch mal!«

Sven stolperte den langen Gang entlang und drehte sich immer wieder um.

»Gleich läuft er gegen die Wand«, kicherte Rebecca. »Meine Güte, ist der süß!«

»Ach, lass mal«, gab Bente zurück. »Der ist ganz in Ordnung.«

»Außerdem hat er mir ein Paket gebracht!« Karlchen bückte sich, um die schwere Kiste ins Zimmer zu bugsieren. Bente und Rebecca halfen ihr und schlossen die Tür.

»Was da wohl drin ist?«, fragte Karlchen.

»Mach's auf«, schlug Bente vor. »Vielleicht hast du was gewonnen?«

Rebecca studierte den Paketaufkleber. »Nee, glaub ich nicht. Hier steht etwas von einer Haltergemeinschaft am Deich.« Sie sah die Freundinnen an. »Sagt euch das was?«

»Nö«, meinte Bente. Karlchen schüttelte verwirrt den Kopf.

»Also dann: aufmachen!«, ordnete Rebecca an.

Gemeinsam rissen die Mädchen das Packpapier ab und öffneten den geheimnisvollen Karton.

»Seht euch das an!« Karlchen kam aus dem Staunen nicht heraus. »Das ist, das ist …«

»Ein nagelneues Zaumzeug!« Rebecca beugte sich nach vorn und griff in die Kiste. Sie hielt ein hellledernes Ponyzaumzeug mit einem schmalen, weißen Stirnriemen in die Höhe.

»Was ist noch drin?« Bente guckte den Freundinnen über die Schultern. »Da ist eine Lage Packpapier. Los, Karlchen, mach schon!«

Karlchen nahm Rebecca das Zaumzeug aus der Hand und legte es behutsam auf den Boden. Dann zog sie ganz langsam das Packpapier aus der Kiste. »Das glaub ich nicht«, murmelte sie. »Bente, Rebecca, seht ihr auch, was ich sehe?«

»Ich sehe einen Sattel, einen glänzenden Ponysattel aus braunem Leder, mit Steigbügeln, Satteldecke, Gurt und allem Drum und Dran«, staunte Bente. »Hey, da ist ein Zettel dran. Lies doch mal vor!«

Karlchen nahm den Brief in die Hand und reichte ihn weiter. »Lies du«, bat sie Rebecca. »Ich bin viel zu aufgeregt!«

Rebecca faltete das Schreiben auseinander, glättete es und schob ihre Brille zurecht. »Liebe Karolin«, fing sie an vorzulesen, »hier kommt deine Belohnung! Wir, die Gemeinschaft der Pony- und Pferdehalter von den Wiesen hinterm Deich, haben über die Polizei erfahren, dass du dir eine neue Ausrüstung für dein Pony wünschst, und wir tun nichts lieber, als dir diesen Wunsch zu erfüllen. Hoffentlich gefallen dir Sattel und Zaumzeug. Falls die Größe nicht stimmt, melde dich bitte. Die Sachen können problemlos umgetauscht werden. Nochmals herzlichen Dank für deinen Mut und die Zivilcourage, die du bewiesen hast. Wir werden das nie vergessen! Deine Haltergemeinschaft am Deich. PS: Unseren Pferden und Ponys geht es dank deines Einsatzes sehr gut. Sie würden sich über einen Besuch von dir und deinem Pony sehr freuen. Komm doch einfach mal vorbei! PPS: Das alte Bauernhaus am Leuchtturm ist inzwischen wieder bewohnt. Der neue Pächter kümmert sich um unsere Vierbeiner und passt gut auf sie auf.« Rebecca ließ den Brief sinken. »Tja, Karlchen«, meinte sie lächelnd. »Was sagst du dazu?«

Karlchen schluckte. Sie strich über das glatte Leder des Sattels und brachte keinen Ton heraus.

»Hey.« Bente stupste die Freundin vorsichtig an. »Das ist genau das, was du dir gewünscht hast! Ist das nicht toll?«

Karlchen nickte langsam, bevor sie antwortete: »Ein nagelneuer Trachtensattel für Snude, und ein Zaumzeug dazu ... Ich weiß gar nicht, was ich sagen soll!«

Ihre Gedanken schweiften ein paar Monate zurück, als sie eines Nachts mit ihrem Fjordpferd aus dem Internat ausgebüxt war, um einen Wanderritt an die Nordseeküste zu machen. Nur sie und Schnute, das war ihr größter Traum. In der Dunkelheit waren sie und Schnute dann von der Flut überrascht worden und wären fast ertrunken. Nachdem sie sich an den Strand gerettet hatten, hatten sie Unterschlupf auf einem verlassenen Bauernhof gesucht. Aber dieser Hof hinter dem Leuchtturm diente einer Bande von skrupellosen Pferdedieben als Versteck. Sie hatten Pferde und Ponys von umliegenden Koppeln gestohlen und bereiteten sie gerade für den Transport nach Osteuropa vor, um sie als Schlachtvieh zu verkaufen, da hatte Karlchen zugeschlagen. Ohne zu zögern, hatte sie den Transporter unbrauchbar gemacht, die Pferde und Ponys freigelassen und die Polizei alarmiert, die die Verbrecher hinter Schloss und Riegel bringen und die gestohlenen Tiere ihren rechtmäßigen Besitzern zurückgeben konnte.

Damals hatten die überglücklichen Tierhalter Karlchen eine Belohnung versprochen. Und jetzt lag sie vor ihr: eine komplett neue Ausstattung für Schnute! Karlchen war fassungslos. »Ich glaub, ich träume!« Sie sah zuerst Bente, dann Rebecca an. »Könnt ihr mich mal kneifen oder kitzeln, damit ich aufwache?«

Wie auf Kommando stürzten sich die Freundinnen auf Karlchen.

»Das kannst du haben!«, meinte Bente lachend.

»Hilfe! Aufhören!«, kreischte Karlchen schon nach der ersten Kitzelattacke. »Ich kann nicht mehr!«

Rebecca und Bente taten, als hätten sie sie nicht gehört, und kitzelten und kniffen gnadenlos weiter. Karlchen konnte nicht mehr. »Aufhören, bitte! Ich glaub's ja«, flehte sie. »Hört endlich auf!« Sie rappelte sich hoch. Bente hob die Hände und knurrte, aber als sie Karlchens erschrockenes Gesicht sah, ließ sie sie wieder sinken und lachte.

»Die Behandlung hat anscheinend gewirkt«, stellte sie zufrieden fest.

Rebecca nickte. »Da ist deine Belohnung, Karlchen«, sie zeigte auf die Kiste, »und draußen steht dein Pony. Worauf warten wir noch?«

»Stimmt!« Karlchen schnappte sich das Zaumzeug. »Snude muss die Sachen unbedingt anprobieren! Eigentlich gehört die Belohnung sowieso ihm!«

Bente nahm den Sattel. »Dann lasst uns mal gucken, ob ihm die guten Stücke überhaupt passen.«

Rebecca öffnete die Tür und bugsierte die Freundinnen hinaus. »Los, beeilt euch. In einer halben Stunde wird's dunkel!«

Schnute wunderte sich über den Besuch. Er stand mit den anderen Robustpferden in der Nähe des Unterstands und knabberte am Heu. Als er die Mädchen mit Sattel und Zaumzeug kommen sah, drehte er sich blitzschnell um und wollte entwischen. Karlchen griff kurzerhand in seinen dicken Stirnschopf und hielt ihn fest.

»Hiergeblieben, mein Süßer!«, lachte sie. »Wir wollen nur eine kleine Modenschau mit dir veranstalten.« Sie legte ihm das Zaumzeug an, verstellte ein paar Schnallen und schloss Kinn- und Kehlriemen. Dann wandte sie sich an Bente und Rebecca: »Na? Was sagt ihr?«

»Perfekt!« Bente hob einen Daumen.

Rebecca nickte. »Steht ihm richtig gut!«

Karlchen trat einen Schritt zurück und bewunderte ihr Pony. Rebecca hatte recht: Der hübsche weiße Stirnriemen stand Schnute ausgesprochen gut und verlieh ihm einen sehr pfiffigen Ausdruck.

Auch Schnute schien zufrieden zu sein. Er kaute auf der dicken Wassertrense und machte dabei ein gelangweiltes Gesicht, als wollte er fragen: »Und nun? Was soll der ganze Zirkus?«

Karlchen nahm Bente den Sattel ab, legte ihn dem Wallach auf den Rücken und schob ihn in die Sattellage. Dabei achtete sie darauf, dass die Haare darunter glatt anlagen. Der Sattel passte perfekt. Dick und rund lagen die hinteren Trachten auf. Karlchen ließ den Sattelgurt herunter und zog ihn nur lose an. »Spitzenmäßig«, stellte sie fest, als sie wieder zurücktrat, um ihr Werk zu betrachten. »Man könnte meinen, die Haltergemeinschaft vom Deich hätte heimlich Maß genommen. Alles sitzt, nichts wackelt, nichts schubbert. Wie angegossen!«

»Willst du nicht mal Probe sitzen?«, fragte Bente. Sie hielt Schnute am Zügel fest und kraulte ihn hinter den Ohren.

»Nee, für heute hat Snude Feierabend«, antwortete Karlchen. Sie befreite ihren Norweger von Sattel und Zaumzeug und gab ihm zum Abschied einen liebevollen Klaps auf die runde Kruppe. »Schlaf schön, mein Dicker! Probe geritten wird morgen.« Schnute prustete zufrieden und verschwand mit den anderen Ponys in der Dämmerung.

Die Mädchen brachten das Sattelzeug in die Geschirrkammer und wünschten allen Pferden im Stall und auf den Weiden eine gute Nacht. Dann liefen sie Seite an Seite zum Schloss zurück. Bente hatte noch einen eisernen Vorrat an Chips und Gummibärchen in ihrem Schrank und fand, dass Schnutes neue Ausrüstung unbedingt mit einer anständigen Pyjamaparty gefeiert werden musste. Die anderen waren ganz ihrer Meinung. Sie holten Kiki aus dem Musiksaal ab und verschwanden wenig später kichernd in ihrem Zimmer.

»Schade, dass Laura so weit weg wohnt«, meinte Rebecca und warf sich eine Handvoll Gummibärchen in den Mund. Sie betrachtete das Foto über Bentes Schreibtisch, das Laura und ihr Pferd Arkansas zeigte, einen schicken Hannoveraner-Hengst. Daneben hingen ein paar Schnappschüsse von Lauras Freund Fynn und ihrer lustigen Reiterclique, die sich regelmäßig auf dem Auenhof traf.

Bente nickte ein bisschen wehmütig. »Stimmt, wir sehen uns viel zu selten. Aber vielleicht können sie und Fynn uns ja bald mal wieder besuchen. Im Moment müssen sie allerdings unheimlich viel für die Schule tun, hat Laura erzählt.«

»Passt doch«, meinte Kiki. »Da könnten sie ein freies Wochenende an der Nordsee zwischendurch doch richtig gut gebrauchen, oder?«

»Besonders wenn sie ihre Pferde mitbringen«, stimmte Karlchen ihr zu. Sie rülpste leise und griff tief in die Chipstüte. »Dann machen wir alle zusammen einen langen Ausritt am Meer und besuchen die Ponys am Deich. Ich könnte bei der Gelegenheit Snudes neue Ausrüstung einweihen und mich bei der Haltergemeinschaft bedanken.«

»Hach ja …«, seufzte Bente verträumt. »Das wäre schön!« Sie griff nach ihrem Handy. »Wisst ihr was, ich ruf Laura gleich mal an!« Sie tippte bereits die Nummer ein. »Sie und Fynn sollen sich das nächste lange Wochenende schon mal freihalten. Vielleicht können Tante Mira und Onkel Thomas sie und ihre Pferde mit dem Transporter herbringen und wieder abholen, damit es sich auch lohnt.«

»Au ja!«, sagte Karlchen. »Ich drück sämtliche Daumen, dass es klappt!«

8

Leider ließ die Schule Laura und Fynn vorläufig keine Zeit für ausgedehnte Wochenendpläne, aber Bentes Patenonkel Thomas, Lauras Vater, versprach hoch und heilig, die beiden und ihre Pferde bei der nächsten sich bietenden Gelegenheit mit dem Transporter im Reitinternat abzuliefern, spätestens, wenn Karfunkel ihr Fohlen bekommen hatte.

Bente freute sich schon riesig und konnte es kaum noch erwarten. Bis dahin mussten Laura und sie sich eben auf E-Mails und Nachrichten beschränken, um sich gegenseitig den neuesten Klatsch und Tratsch zu erzählen.

Rebecca machte inzwischen täglich ausgedehnte Spaziergänge mit Karfunkel. Die Stute schien sich sehr wohlzufühlen. Ihr Bauch war rund und wurde immer schwerer, aber das schien sie kaum zu stören. Gelassen trottete sie neben ihrer Besitzerin her, schnappte nach langen Grashalmen und ließ sich die Sonne auf das Fell scheinen. Rebecca staunte, wie schnell die Zeit vergangen war. Fast kam es ihr vor, als hätte sie erst gestern erfahren, dass Karfunkel ein Fohlen erwartete. Und jetzt würde es nicht mehr lange dauern, bis es das Licht der Welt erblickte!

Nicht nur an Lauras Schule, auch im Reitinternat gab es

viel zu tun. Jeden Nachmittag saßen die Freundinnen an ihren Schreibtischen, bereiteten Referate vor oder lernten für Tests und Arbeiten. Alle murrten und stöhnten, nur Rebecca machte es nichts aus. Sie war eine von den hochbegabten Schülerinnen, die mühelos lernten.

Sie nutzte eine freie, sonnige Stunde und führte Karfunkel über die kleine Brücke vom Schloss zur Straße. Als ihr Blick auf den Reitplatz fiel, hob sie die Hand und winkte. Bente und ihre Brüder winkten zurück. Sie hatten das Dressurviereck kurzerhand zum Hundeübungsplatz umfunktioniert, um mit Lawrence zu spielen. Bentes Brüder betrachteten den Riesenhund schon fast als Familienmitglied und waren der Meinung, dass ihm ein bisschen mehr Bewegung nicht schaden konnte. Miss Wedgewood war einverstanden, dass sie sich um ihn kümmerten. So konnte sie unbesorgt ihren Freund besuchen – ohne Lawrence, der ihr beim Autofahren über die Schulter guckte und andere Autos verbellte.

Bastian und Benjamin waren damit beschäftigt, Lawrence einen Parcours aufzubauen. Sie schleppten Stangen heran und stellten niedrige Hindernisse auf, über die der Hund springen sollte. Bente stand mit Lawrence an der Leine daneben und erklärte ihm schon mal den Parcours.

Karfunkels beschlagene Hufe klapperten laut auf der steinernen Brücke. »Hey, warte!«, rief plötzlich eine Stimme hinter Rebecca. »Nimm mich mit!«

Karfunkel blieb stehen und wandte den Kopf. Mit gespitzten Ohren lauschte sie den näher kommenden Schritten. Rebecca legte ihr eine Hand auf die Schulter. »Ganz ruhig, Süße«, sagte sie. »Das ist nur Daniel.«

Daniel trabte im Laufschritt über die Brücke und blieb atemlos vor Rebecca stehen. »Ich hab euch vom Fenster aus gesehen«, sagte er leicht vorwurfsvoll. »Warum hast du nicht Bescheid gesagt? Ich würde gern mitkommen!«

Rebecca lachte. »Seit wann gehst du gerne spazieren?«

»Schon immer«, erwiderte Daniel mit betont ernstem Gesicht, »und besonders gern mit dir.« Er legte einen Arm um Rebecca, zog sie an sich und küsste sie.

Karfunkel wollte nicht mehr still stehen. Sie stupste Rebecca an und scharrte mit dem Vorderhuf, um auf sich aufmerksam zu machen. Rebecca löste sich von Daniel. »Na dann, zeig mal, was du draufhast«, sagte sie grinsend. »Karfunkel und ich haben einen langen Marsch vor uns. Wir wollen an den Strand.«

»Zu Fuß?« Daniel schluckte. »So weit?«

»Ich dachte, du gehst gerne spazieren.« Rebecca nahm Karfunkels Führzügel kürzer und schnalzte leise. »Komm, Süße, auf geht's!«

Daniel blieb unschlüssig stehen, aber dann setzte er sich ebenfalls in Bewegung und musterte Rebecca von der Seite. »Du hast dich verändert«, stellte er fest.

»Wie meinst du das?« Rebecca runzelte die Stirn.

»Du bist irgendwie ...«, Daniel suchte nach dem richtigen Wort, »ruhiger geworden, sanfter, gelassener. Ich weiß nicht, wie ich's ausdrücken soll. Anders eben.«

»Anders? Weicher, sanfter, gelassener?« Rebecca blieb stehen. Karfunkel senkte den Kopf und knabberte an einem Grasbüschel. »Willst du damit sagen, dass ich früher hart und unsensibel war?«

»Oh Mann, nein, hätte ich bloß nichts gesagt.« Daniel sah Rebecca an und strich ihr über die Wange. »Ich wollte nur sagen, dass du, seit Karfunkel trächtig ist, so besonders liebevoll bist. Irgendwie nachsichtig und … oh shit! Ich glaub, ich rede mich gerade um Kopf und Kragen, was?« Er machte ein komisch verzweifeltes Gesicht.

Rebecca kicherte. »Nee, ich glaub, ich weiß, was du meinst.« Sie bückte sich, um eine blaue Feldblume zu pflücken, und steckte sie an Karfunkels Trense. »Ich merk ja selbst, dass ich mich verändert hab. Ich seh nicht mehr alles so verkniffen und bin nicht mehr so tierisch ehrgeizig. Aber glaubst du wirklich, dass das mit Karfunkels Fohlen zusammenhängt?«

»Ja, ich denke schon«, erwiderte Daniel nachdenklich. »Immerhin hast du jetzt eine besondere Verantwortung. Da sind andere Dinge plötzlich nicht mehr so wichtig.«

»Und? Findest du das schlimm?«, fragte Rebecca. »Dass ich mich verändert hab?«

Daniel sagte nichts. Er nahm Rebecca in die Arme und gab ihr einen langen, zärtlichen Kuss. »Reicht das als Antwort?«, lächelte er.

Rebecca nickte. »Ja, ich glaub schon.«

Langsam gingen sie weiter. Als am Waldrand eine Gruppe Reiter auftauchte und im Galopp über das Feld jagte, winkten sie. Karfunkel wieherte aufgeregt.

»Das sind doch nur die Ponys«, raunte Rebecca ihr zu.

»Hey, die geben aber Gas!«, staunte Daniel. Er erkannte Patrick auf seinem gescheckten Isländer, dicht gefolgt von Karlchen auf Schnute. Beide winkten ausgelassen zurück und feuerten ihre Ponys zu noch höherem Tempo an. »Der neue Sattel scheint gut zu passen.«

»Ja, Karlchen ist total happy damit.« Rebecca winkte der Freundin noch einmal zu. »Aber jetzt lasst uns endlich weitergehen«, sagte sie energisch zu Daniel und Karfunkel. »Sonst kommen wir heute nicht mehr an die Nordsee!«

Der Nordseestrand war gut besucht, doch Karfunkel ließ sich vom Geschrei der badenden Kinder nicht aus der Ruhe bringen. Rebecca und Daniel nahmen einen schmalen Weg hinter dem Deich entlang und gingen mit Karfunkel an einen Strandabschnitt, der nicht bewacht und deshalb fast menschenleer war. Rebecca zog ihre Turnschuhe aus, band die Schnürsenkel zusammen und legte sie sich um den Hals. Als Karfunkel das Wasser witterte, blieb sie stehen. Mit weit geöffneten Augen bestaunte sie das glitzernde Meer und seufzte.

»Geh ruhig weiter.« Rebecca ließ die Führleine lang und gab ihrem Pferd einen sanften Klaps auf den Hals. Zögernd setzte Karfunkel einen Huf vor den anderen und senkte den Kopf. Als eine kleine Welle gegen ihre Nase schwappte, schnaubte sie erschrocken. »Seit wann bist du denn wasserscheu?«, sagte Rebecca und lachte.

Daniel stand etwas abseits und beobachtete das Mädchen und die schwarze Stute. Die beiden schienen seine Anwesenheit ganz vergessen zu haben. Erst als Karfunkel endlich ins Wasser ging und mit ihren Hufen darin herumpatschte, blickte Rebecca auf. »Komm doch auch rein!«, rief sie Daniel zu. »Das Wasser ist toll! Ganz warm!«

Daniel schüttelte den Kopf. »Nee, ich guck euch lieber

zu!«, rief er zurück. Er setzte sich in den weichen Sand und genoss den Anblick seiner Freundin mit einem kleinen Lächeln im Gesicht.

Erst kurz vor dem Abendessen kehrten sie von ihrem Spaziergang zurück. Sie brachten Karfunkel in ihre Box, warfen ihr ein großes Büschel Heu vor und besuchten schließlich noch Mystery im Hengststall. Dann schlenderten sie eng umschlungen durch den Park zurück zum Schloss.

Rebecca fühlte sich glücklich und herrlich entspannt. Sie hatte den Nachmittag mit Daniel genossen. Gleich nach dem Abendbrot ging sie in ihr Zimmer, unterhielt sich noch ein Weilchen mit Kiki und schlüpfte schon bald ins Bett. Eigentlich wollte sie noch ein bisschen lesen, doch schon bald fielen ihr die Augen zu und sie schlief tief und fest ein.

* * *

»Rebecca, wach auf!« Eine Hand schüttelte sie unsanft. »Du musst aufwachen! Los, mach schon, Rebecca, mit Karfunkel stimmt was nicht!«

»Wie bitte?« Rebecca fuhr schlaftrunken hoch. »Was ist los?«

Kiki stand neben ihrem Bett. Ihr Gesicht wirkte blass und aufgeschreckt. »Patrick hat mich auf dem Handy angerufen«, erklärte sie hastig. »Er ist im Stutenstall. Du sollst sofort rüberkommen. Karfunkel geht's nicht gut! Beeil dich, schnell!«

Rebecca war schlagartig wach und sprang aus dem Bett. »Was ist passiert? Sag schon, Kiki!«

»Ich weiß nicht«, stöhnte Kiki verzweifelt auf. »Vielleicht hat sie eine Kolik. Los, komm!«

Mit fahrigen Händen zog sich Rebecca einen Pulli über den Schlafanzug und schlüpfte in ihre Turnschuhe. Sie sah sich um. »Wo ist meine Brille?«

Kiki zog sie am Ärmel zur Tür. »Lass die blöde Brille!«

Im Laufschritt hasteten sie den langen Flur entlang. »Wie spät ist es?«, stieß Rebecca hervor, als sie die breite Marmortreppe hinuntersprangen.

»Kurz vor elf!« Kiki probierte die Klinke der Eingangstür. Sie ließ sich herunterdrücken, die Tür ging auf. »Gott sei Dank, auf den Hausmeister ist Verlass, der schließt keine Minute zu früh ab!«

»Was hat Patrick gesagt?«, fragte Rebecca. In ihrem Kopf drehte sich alles. Ihr Herz klopfte wie verrückt und ohne die gewohnte Brille sah alles merkwürdig verschwommen aus. Aber Kiki hatte sie fest am Ärmel gepackt und ließ nicht locker.

»Nicht viel«, antwortete Kiki. »Nur, dass er bei Karfunkel ist und dass du kommen sollst.«

Mit langen Schritten rannten die Freundinnen quer über den Hof. Im Stutenstall brannte Licht. Als Kiki die Tür aufriss, wieherte ein Pferd. Karfunkel stand fast am Ende des Stallgangs. Rebecca und Kiki zwangen sich zur Ruhe und verlangsamten ihre Schritte. Sie wollten die dösenden Pferde nicht erschrecken.

»Wer ist da?«, hörten sie Patricks Stimme.

»Wir sind's!«, rief Kiki zurück. Sie warf einen Blick auf Rebecca. Das dunkelhaarige Mädchen sah aus wie ein Gespenst. Die Augen weit aufgerissen, das Gesicht unnatürlich bleich, ging sie mit zögernden Schritten auf Karfunkels Box zu.

Karfunkel lag schwer atmend im Stroh. Neben ihr kniete, mit hilflosem Blick, Patrick. Das schwarze Fell der Stute glänzte schweißnass. Sie rollte mit den Augen und versuchte aufzustehen, aber es gelang ihr nicht. Kraftlos sank sie ins Stroh zurück. Heftige Krämpfe durchliefen ihren schweren Körper.

»Karfunkel! Nein!« Rebecca schlug die Hand vor den Mund. Ihre Augen füllten sich mit Tränen. Wie in Trance betrat sie die Box und sank neben ihrer Stute auf die Knie.

Vorsichtig streckte sie eine Hand aus und berührte Karfunkels Stirn. Die Stute stöhnte leise. »Oh nein!«, flüsterte Rebecca, dann schluchzte sie auf.

Kiki starrte Patrick an. »Wir müssen was tun!«, sagte sie. »Wo bleibt der Tierarzt?«

»Ich bin allein im Stall«, stieß Patrick hervor. »Herr von Hohensee und der Stallmeister sind auf einer Auktion. Ich wollte vorhin meine letzte Stallrunde machen und hab plötzlich Karfunkels Stöhnen gehört. Sie lag in ihrer Box, genau wie jetzt. Ich wusste nicht, was ich tun sollte. Ich bin doch ganz allein!«, sagte er noch einmal und raufte sich die Haare. »Den Tierarzt hab ich schon angerufen, aber der ist bei einer Zwillingsgeburt mehr als zwanzig Kilometer von hier entfernt. Er muss bei der trächtigen Kuh eine Notoperation machen. Er kommt, so schnell er kann!«

»Das Fohlen«, schluchzte Rebecca auf. »Was ist mit dem Fohlen?«

»Ich weiß es nicht!« In Patricks Gesicht spiegelte sich Panik. Er wandte sich an Kiki: »Lauf zum Schloss! Hol Hilfe, egal wen. Sag der Pauli Bescheid. Schnell!«

Kiki drehte sich um und rannte den Weg zurück. Ein paarmal wäre sie fast gestolpert. Als sie auf das Schloss zulief, betete sie, dass der Hausmeister die Tür noch nicht abgeschlossen hatte und dass die Pauli noch nicht schlief. Ein Blick die Fassade hinauf zeigte ihr, dass die Fenster von Frau Dr. Paulus' Wohnung im ersten Stock in tiefer Dunkelheit lagen.

»Bitte, bitte«, flüsterte Kiki vor sich hin, als sie die Klinke herunterdrückte. Die Tür war verschlossen, die Klinke bewegte sich keinen Millimeter. »Die Nachtglocke!« Kiki zögerte keine Sekunde. Mit der ganzen Handfläche drückte sie auf die Klingel neben der Eingangstür. Es schien eine Ewigkeit zu dauern, bis der Summer ansprang und eine weibliche Stimme sich meldete.

»Wer ist da?«

»Kiki van der Slooten!«, schrie Kiki in die Gegensprechanlage. »Miss Wedgewood, sind Sie das? Bitte, kommen Sie ganz schnell runter! Beeilen Sie sich! Es ist ein Notfall!«

Es war tatsächlich Miss Wedgewood am anderen Ende der Leitung. »One moment, please«, antwortete sie. »Ich bin in einer Minute unten!«

Kiki hörte ein Rauschen, dann gar nichts mehr. Sie schloss die Augen und lehnte sich gegen die Tür, als diese plötzlich aufgerissen wurde. Kiki fiel fast in Miss Wedgewoods Arme. »Ist Frau Dr. Paulus nicht da?«, fragte sie hastig. »Wir brauchen dringend Hilfe!«

»Sie ist im Theater.« Miss Wedgewood musterte Kiki erschrocken. »Aber was ist denn los? Warum bist du um diese Uhrzeit noch draußen? Was ist passiert?«

Überstürzt erklärte Kiki der Lehrerin die Situation. Die hörte ruhig und aufmerksam zu. Erst als Kiki Karfunkels Zustand beschrieb, riss sie die Augen auf.

»Sofort zum Stall!«, sagte sie knapp. »Wir haben keine Zeit zu verlieren!«

Im Stall wurden sie von Lawrence begrüßt. Er hatte vor Santanas Box gelegen und wedelte freudig mit dem Schwanz, als er sein Frauchen sah. Miss Wedgewood drängte ihren Rüden sanft beiseite, befahl ihm »Sitz!« und eilte, gefolgt von Kiki, mit langen Schritten den Stallgang entlang.

»Macht ein bisschen Platz«, bat sie Patrick und Rebecca, die neben Karfunkel in der Box knieten. »Vielleicht möchte Karfunkel aufstehen.«

Patrick sprang auf und stellte sich in eine Ecke der Box. Rebecca erhob sich langsam. Sie weinte und schniefte: »Bitte, helfen Sie Karfunkel!«

»Ich will sehen, was ich tun kann.« Die junge Lehrerin hockte sich neben Karfunkel und fühlte nach deren Puls. »Wann kommt der Tierarzt?«, fragte sie in Patricks Richtung, ohne den Blick von Karfunkel zu nehmen.

»Er ist bestimmt bald hier«, antwortete Patrick.

Rebecca schluchzte auf, ihre Schultern zuckten.

Kiki nahm sie schnell in den Arm und tröstete sie. »Ganz ruhig, alles wird gut. Du wirst sehen.«

»Aber Miss Wedgewood ist keine Tierärztin!«, brauste Rebecca auf. »Karfunkel stirbt! Und das Fohlen auch!«

»Unsinn!«, rief Kiki erschrocken. »So was darfst du nicht mal denken!« Sie wandte sich an Miss Wedgewood: »Es ist doch nichts Schlimmes, oder?« Hoffnungsvoll wanderte ihr Blick zwischen Miss Wedgewood und der schwarzen Stute hin und her.

»Ganz ruhig«, murmelte Miss Wedgewood. »Natürlich bin ich keine Tierärztin. Aber ich hoffe, ich kann Karfunkel trotzdem helfen. Ich will's jedenfalls versuchen. Eine Kolik ist es nicht, da bin ich mir ziemlich sicher. Ich brauche etwas Wasser und Tücher.« Sie fuhr sich mit der Hand über die Stirn und seufzte. »Ich glaube, das Fohlen kommt.«

Rebecca starrte die Lehrerin fassungslos an, unfähig, etwas zu sagen oder zu tun.

»Aber das ist viel zu früh!«, stöhnte Kiki.

»Manche Fohlen haben es eben eilig«, lächelte Miss Wedgewood. »Die halten sich nicht an Termine.«

Kiki staunte, wie ruhig die Engländerin blieb. »Was haben Sie vor?«

»Zuerst möchte ich Karfunkels Gesicht kühlen und ihr Maul befeuchten«, erklärte Miss Wedgewood ruhig. »Sie hat Durst, ihr Maul ist ausgetrocknet. Aber saufen sollte sie jetzt nicht, schon gar nicht im Liegen. Sie könnte sich verschlucken. Und dann will ich versuchen, dem Fohlen auf die Welt zu helfen.« Sie tastete den schweren Leib der Stute ab. »Nein, das ist eindeutig keine Kolik«, murmelte sie, mehr zu sich selbst. »Das sind Wehen.« Liebevoll strich sie der Rappstute über den Hals. »Bleib ganz ruhig liegen. Bald hast du's geschafft.«

Patrick hatte inzwischen zwei Eimer mit frischem Wasser

gefüllt und stellte sie vor der Box ab. Daneben legte er ein paar Handtücher. Er zögerte. »Ich war noch nie bei einer Fohlengeburt dabei«, gab er zu. »Ich hab keinen Schimmer, was ich tun soll.«

»Aber ich.« Miss Wedgewood lächelte zuversichtlich. »Mein Bruder hat ein kleines Gestüt in Derbyshire. In seinem Stall werden ständig Fohlen geboren und ich war bei vielen Geburten dabei.« Sie klopfte Karfunkels schweißnassen Hals. »Keine Angst, das kriegen wir schon hin. Ist es ihr erstes Fohlen?« Rebecca nickte. »Okay, dann wird's noch ein Weilchen dauern. Stellt euch auf eine lange Nacht ein.«

»Müssen wir nicht Bescheid sagen, wo wir sind?«, meinte Kiki. »Im Schloss weiß niemand, was los ist.«

»Ja, du hast recht.« Miss Wedgewood nickte. Sie schien nachzudenken. »Eigentlich müsste ich euch zurückschicken.«

»Nein!«, protestierten Rebecca und Kiki gleichzeitig. »Wir bleiben hier!«

»Das hab ich mir fast gedacht.« Miss Wedgewood rieb Karfunkels Bauch mit kreisenden Bewegungen. »Frau Dr. Paulus ist noch nicht zurück. Wir können sie also nicht um Erlaubnis bitten. Und für den Notdienst bin ich heute zuständig. Tja, es sieht so aus, als müsste ich euch die Erlaubnis erteilen, hierzubleiben.«

»Vielen Dank«, schniefte Rebecca erleichtert.

»Das ist echt lieb von Ihnen«, fügte Kiki hinzu.

»Wahrscheinlich bekomme ich Ärger«, erwiderte die Lehrerin stirnrunzelnd. »Aber den muss ich wohl auf mich nehmen. Ein Fohlen wird schließlich nicht jede Nacht geboren. Noch dazu von der eigenen Stute.« Sie nickte Rebecca zu und lächelte. »Natürlich musst du dabei sein!« Sie befeuchtete ein Tuch mit Wasser und rieb Karfunkels Gesicht ab. Die Stute schloss die Augen und seufzte leise. »Kannst du das für mich übernehmen?«, fragte Miss Wedgewood Patrick. »Ich möchte gerne nachschauen, ob das Fohlen richtig liegt.«

Patrick wollte nach dem feuchten Tuch greifen, als Rebecca einen Schritt nach vorne trat und es Miss Wedgewood aus der Hand nahm. »Ich mach das«, sagte sie bestimmt. »Ich kann nicht einfach rumstehen und nichts tun.«

Miss Wedgewood nickte. »Okay«, meinte sie. »Halte das Tuch schön feucht, wisch ihr damit über die Augen und die Stirn und betupfe ihre Lippen. Wenn sie daran saugen will, mach das Tuch ruhig ein bisschen nasser und halte es ihr vors Maul.« Sie stand auf und reckte sich. »Und rede mit deiner Stute. Erzähl ihr was, sag ein Gedicht auf, egal was. Deine Stimme wird sie beruhigen.«

»Ich guck mal nach, wo der Tierarzt bleibt.« Patrick warf Kiki einen Blick zu. »Kommst du mit?«

Kiki zögerte, aber sie sah, dass Rebecca und Miss Wedgewood gut alleine zurechtkamen. »Ja, okay«, antwortete sie. »Wir gehen auch noch mal zum Schloss. Vielleicht ist Frau Dr. Paulus inzwischen zurück.«

»Ja, das ist eine gute Idee«, stimmte Miss Wedgewood zu. »Falls vom Tierarzt noch nichts zu sehen ist, ruft ihn noch mal an. Notfalls muss er eine Vertretung schicken. Und falls Frau Dr. Paulus noch nicht da ist, klingelt bitte Herrn Hartmann raus und sagt ihm, dass er auf sie warten und sie sofort in den Stall schicken soll.«

Kiki und Patrick nickten und wollten schon loslaufen, als

Miss Wedgewood ihnen zurief: »Nehmt Lawrence mit! Er freut sich, wenn er noch mal an die Luft kommt. Hier im Stall ist er im Moment mehr als überflüssig.«

Kiki warf Patrick einen Hilfe suchenden Blick zu. »Muss das sein?«, raunte sie ihm zu.

Patrick griff nach Lawrences Leine und grinste. »Ich werd schon aufpassen, dass er dir nichts tut.«

Kurz darauf liefen Kiki und Patrick mit Lawrence die Auffahrt des Schlosses hinunter bis zur Landstraße. Weit und breit war kein Scheinwerferlicht zu sehen. Inzwischen war es schon fast Mitternacht. Kiki zog fröstelnd die Schultern hoch.

»Was machen wir jetzt?«, fragte sie.

»Wir laufen zum Schloss und wecken Herrn Hartmann, so wie Miss Wedgewood es uns aufgetragen hat«, erwiderte Patrick. »Aber vorher ruf ich noch mal den Tierarzt an.«

Kiki blieb stehen. »Ich hab solche Angst«, sagte sie leise.

»Wovor?«, fragte ihr Freund.

»Davor, dass Karfunkel etwas zustößt«, presste Kiki hervor. »Ihr und dem Fohlen.«

Patrick legte die Arme um sie und drückte sie an sich. »Mach dir keine Sorgen. Ich glaub, Miss Wedgewood weiß, was sie tut. Alles wird gut.«

Kiki zog die Stirn in Falten und starrte hinauf in den Nachthimmel. Patrick konnte ihre Zweifel nicht zerstreuen. »Wollen wir nicht lieber Daniel wecken?«, fragte sie nach einer Weile. »Vielleicht wär's gut, wenn er bei Rebecca wäre.«

Lawrence wedelte freundlich mit dem Schwanz und sah von einem zum anderen, als würde er dem Gespräch aufmerksam zuhören.

»Wenn du meinst«, seufzte Patrick. »Ich ruf ihn auf seinem Handy an.«

Kiki nickte. »Und Bente und Karlchen auch!«

Patrick verdrehte die Augen, aber als er Kikis flehenden Blick sah, zog er sein Handy aus der Jackentasche. Als Erstes wählte er die Nummer des Tierarztes, danach klingelte er Daniel, Bente und Karlchen aus dem Schlaf.

9

Während Patrick und Kiki mit Lawrence durch die Dunkelheit eilten, saßen Rebecca und Miss Wedgewood bei Karfunkel im Stroh. Immer wieder tauchte Rebecca das Tuch in den Wassereimer und fuhr ihrer Stute damit über Gesicht und Maul.

Miss Wedgewood kontrollierte Karfunkels Puls, tastete ihren Bauch ab und presste hin und wieder ein Ohr auf den Leib, um nach dem Herzschlag des Fohlens zu lauschen.

»Können Sie was hören?«, fragte Rebecca besorgt. »Ist alles in Ordnung?«

»Ich glaub schon. Das Fohlen scheint richtig zu liegen und sein Herz schlägt kräftig und gleichmäßig, soweit ich das beurteilen kann«, erwiderte Miss Wedgewood. »Trotzdem würde es mich beruhigen, wenn der Tierarzt endlich käme.«

»Mich auch.« Rebecca betrachtete das Gesicht ihrer schwarzen Stute. Es kam ihr so schmal und eingefallen vor. Es wirkte fast ein wenig fremd. Rebecca achtete nicht darauf, dass ihr eine dicke Träne über die Wange kullerte und direkt neben Karfunkel ins Stroh tropfte. »Wenn ihr was passiert, weiß ich nicht, was ich tun werde«, schniefte sie. »Wenn sie stirbt …« Sie sprach nicht weiter. Allein der Gedanke daran, dass sie ihre Stute verlieren könnte, schnürte ihr das Herz zu.

Miss Wedgewood sah sie mitfühlend an. »Du darfst den Mut nicht verlieren«, erwiderte sie behutsam. »Sei tapfer und stark. Versuch, deinem Pferd zu helfen. Karfunkel braucht dich jetzt.«

Als die Stalltür geöffnet wurde, schauten sie und Rebecca gleichzeitig auf. Aber es war nicht der Tierarzt, der auf Zehenspitzen die Stallgasse entlangkam, es waren Kiki, Patrick und Lawrence in Begleitung von Daniel, Bente und Karlchen.

Miss Wedgewood runzelte die Stirn und musterte die unerwarteten Besucher. »Was hat das denn zu bedeuten?«, fragte sie. Ihre Stimme klang nicht sehr erfreut.

Karlchen und Bente zogen schuldbewusst die Schultern hoch. Sie sahen verschlafen aus, hatten zerzauste Haare und trugen dicke Pullis über ihren Schlafanzügen.

Daniel trat einen Schritt vor und räusperte sich.

»Entschuldigung«, murmelte er. »Patrick und Kiki haben uns alarmiert. Wir dachten, wir könnten vielleicht helfen.«

Rebecca lächelte unter Tränen. »Gut, dass ihr da seid!«

Daniel betrat die Pferdebox, ließ sich neben ihr ins Stroh sinken und nahm sie fest in die Arme. Schluchzend verbarg Rebecca ihr Gesicht an seiner Schulter. »Es ist schrecklich!«, schluchzte sie. »Ich hab solche Angst!«

»Ganz ruhig.« Daniel strich ihr beruhigend übers Haar. »Ich bin ja bei dir, hab keine Angst.«

Patrick machte ein verlegenes Gesicht. »Ich hab noch mal beim Tierarzt angerufen«, sagte er zu Miss Wedgewood. »Er ist noch bei der trächtigen Kuh, aber seine Frau meinte, innerhalb der nächsten halben Stunde müsste er hier sein. Ach ja«, fügte er noch hinzu. »Herrn Hartmann hab ich auch geweckt. Er schickt Frau Dr. Paulus sofort her, sobald sie aus der Stadt zurück ist.«

»Prima, danke«, sagte Miss Wedgewood freundlich, bevor sie einen missbilligenden Blick in die Runde warf. »Und ihr anderen? Was habt ihr hier zu suchen? Wie seid ihr überhaupt aus dem Schloss gekommen? Um diese Zeit sind doch alle Türen verschlossen!«

»Sie haben vorhin wohl nicht richtig abgeschlossen«, sagte Kiki vorsichtig. »Die Eingangstür war nur angelehnt.«

»Wir sind einfach rausgeschlüpft«, meinte Karlchen. »War ganz leicht. Niemand hat was gemerkt.« Als sie Miss Wedgewoods finsteres Gesicht sah, senkte sie schnell den Blick.

Die Lehrerin schüttelte den Kopf. »So geht das nicht«, seufzte sie. »Karfunkel braucht Ruhe, und ihr gehört ins Bett. Wie soll ich Frau Dr. Paulus denn erklären …«

»Was wollen Sie mir erklären?«, fragte in diesem Augenblick eine Stimme.

Alle fuhren herum. In der Stalltür stand Frau Dr. Paulus in einem dunklen Abendanzug. Sie wirkte ruhig, aber an der Falte zwischen ihren Augen konnte man unschwer erkennen, wie verärgert sie war. Sie kam ein paar Schritte näher und fragte: »Darf ich erfahren, was hier los ist? Ich komme aus der Stadt zurück und höre von Herrn Hartmann, dass ich wegen eines Notfalls in den Stall kommen soll. Und was finde ich hier?« Sie musterte die Anwesenden der Reihe nach. »Eine Lehrerin und fünf meiner Schüler!«

Miss Wedgewood stand auf und zupfte ein paar Strohhalme aus ihrem Pulli. »Gut, dass Sie da sind«, sagte sie. »Karfunkels Fohlen scheint zu kommen. Der Tierarzt ist schon unterwegs. Rebecca und Patrick helfen mir.«

Frau Dr. Paulus warf einen Blick in die Box. »Aber ist es nicht viel zu früh für das Fohlen?«

»Das ist ja gerade das Problem«, mischte sich Patrick ein. »Ich war allein im Stall und wusste mir nicht zu helfen. Da hab ich Rebecca und Kiki geholt, und die haben dann Miss Wedgewood informiert. Sie waren ja leider nicht da«, fügte er mutig hinzu.

»Aber jetzt bin ich da«, erwiderte die Internatsleiterin trocken. »Und als Erstes werde ich diese nächtliche Versammlung hier auflösen. Alle, die nicht unmittelbar mit dem Pferd zu tun haben, verlassen den Stall.« Sie sah Karlchen, Bente, Kiki und Daniel an. »Rebecca darf bleiben. Patrick hat Stalldienst, und Miss Wedgewood scheint zu wissen, was zu tun ist. Ihr anderen geht zurück in eure Zimmer. Keine Widerrede!«

Karlchen murrte, aber als sie den scharfen Blick der Schulleiterin auffing, zuckte sie mit den Schultern. »Ich glaub, wir können im Moment sowieso nichts tun«, murmelte sie. »Aber verlangen Sie nicht von uns, dass wir uns brav hinlegen und einschlafen!«

»Wir bleiben so lange wach, bis wir wissen, was mit Karfunkel und ihrem Fohlen ist«, schloss sich Kiki der Freundin an.

»Genau!« Bente nickte energisch. »An Schlaf ist sowieso nicht zu denken!«

»Ich bleib bei Rebecca!« Daniel rappelte sich aus dem Stroh auf.

Frau Dr. Paulus zögerte, aber dann nickte sie. »Einverstanden, du darfst bleiben. Aber ihr anderen geht rauf ins Schloss. Herr Hartmann wartet an der Tür und lässt euch rein.«

Die Freundinnen warfen Rebecca aufmunternde Blicke zu.

»Wird schon werden«, meinte Bente.

»Alles wird gut«, sagte Karlchen. »Karfunkel schafft das!«

»Ich warte in unserem Zimmer, okay?« Kiki winkte Rebecca zu. »Bis später!«

Rebecca winkte zurück. »Danke«, sagte sie lächelnd.

Als die Mädchen gegangen waren, kehrte Ruhe im Stall ein. Frau Dr. Paulus betrachtete Karfunkel, die schwer atmend auf der Seite lag. Rebecca klammerte sich an Daniel, der ihr das feuchte Tuch aus der Hand genommen hatte und damit über Karfunkels Gesicht strich. Patrick stand mit sorgenvoller Miene daneben. Die anderen Pferde dösten in ihren Boxen. Einige von ihnen spitzten aber auch die Ohren und beobachteten die Menschen in Karfunkels Box aufmerksam. Sie schienen zu spüren, dass etwas Besonderes vor sich ging.

Schließlich meldete sich Miss Wedgewood zu Wort: »Patrick, schau bitte noch mal nach, wo der Tierarzt bleibt. Er müsste doch langsam mal kommen.«

»Hier bin ich!« Mit eiligen Schritten betrat ein kräftiger Mann mit einem Arztkoffer den Stall.

»Endlich, Dr. Tanner!« Frau Dr. Paulus ging dem Tierarzt entgegen. »Wir haben schon auf Sie gewartet!«

»Ich weiß. Tut mir leid, aber es hat Komplikationen gegeben.« Dr. Tanner schälte sich aus seiner Jacke und warf sie achtlos auf einen Strohballen. Mit einem einzigen Blick erfasste er die Situation. »Wie lange hat sie schon Wehen?«, fragte er, als er Karfunkels Box betrat und nach dem Puls der Stute tastete.

»Seit zwei Stunden ungefähr«, sagte Patrick.

»Sie ist schwach«, fügte Miss Wedgewood hinzu. »Und der Geburtstermin ist erst in ein paar Wochen.«

»Hmhm«, machte Dr. Tanner. »Dann wollen wir mal sehen.« Er verglich Karfunkels Puls mit seiner Armbanduhr. Anschließend nahm er ein Stethoskop aus seinem Lederkoffer und horchte die Stute ab. Als er das Stethoskop an Karfunkels Bauch hielt, schloss er die Augen und lauschte konzentriert.

Rebecca ließ den Tierarzt keine Sekunde aus den Augen und versuchte, an seinem Gesicht abzulesen, wie es um Karfunkel stand. Leider war das Mienenspiel des Tierarztes undurchdringlich. Rebecca seufzte.

»Nun denn«, sagte Dr. Tanner nach einer ganzen Weile. Er rollte das Stethoskop zusammen, legte es zurück und strich Karfunkel über den Hals. »Der Herzschlag ist in Ordnung, bei der Stute und bei dem Fohlen auch. Mir gefällt allerdings nicht, dass die Stute so schwach ist und sich nicht bewegt. Für den Geburtsverlauf wäre es gut, wenn sie aufstehen und ihren Kreislauf ein bisschen in Gang bringen würde.« Er krempelte die Ärmel hoch. »Ich taste mal ab, wie das Fohlen liegt. Vielleicht liegt es falsch, oder die Nabelschnur blockiert den Geburtskanal. Dann müssen wir ein wenig nachhelfen.«

Rebecca schloss die Augen und schluckte. Sie wusste, dass Dr. Tanner ein toller Tierarzt war. Er betreute die Pferde des Reitinternats seit vielen Jahren. Sie vertraute ihm. Auch Karfunkel blieb ruhig. Sie kannte die dunkle Stimme und ließ die Untersuchung geduldig über sich ergehen.

»Hm«, machte Dr. Tanner wieder. »Das Fohlen liegt perfekt, fast wie im Lehrbuch. Es ist klein, aber voll entwickelt. Trotzdem wäre es gut, wenn die Stute ein wenig auf und ab gehen könnte, damit die Wehen besser in Gang kommen.«

»Aber wie sollen wir sie auf die Beine kriegen?«, fragte Patrick. »Wir können sie doch nicht einfach hochscheuchen!«

Der Tierarzt griff abermals in seinen Koffer und holte eine Einwegspritze und eine kleine Ampulle hervor. »Ich gebe ihr ein Medikament, das den Kreislauf anregt. Das sollte sie auf die Beine bringen.« Er packte die Spritze aus und zog die klare Flüssigkeit aus der Ampulle auf. Als er Karfunkel die Spritze gab, hob sie den Kopf.

»Ruhig, Karfunkel«, raunte Rebecca ihr zu. »Gleich geht's dir besser.«

»Rückt ein bisschen zur Seite«, bat Dr. Tanner. »Sobald das Mittel wirkt, wird sie versuchen aufzustehen.«

Patrick, Daniel und Rebecca stellten sich neben Frau Dr. Paulus und Miss Wedgewood vor die Box und beobachteten das Geschehen über die Trennwand hinweg. Frau Dr. Paulus lächelte Rebecca aufmunternd zu.

»Mach dir keine Sorgen, Rebecca«, sagte die Internatsleiterin leise zu ihr. »Bald hat deine Stute ein gesundes, kleines Fohlen.«

Rebecca konnte nur nicken.

In der Box klopfte der Tierarzt Karfunkel kräftig den Hals. »Komm«, sagte er energisch. »Steh auf!«

Karfunkel stöhnte auf und legte die Ohren an. Sie versuchte, den Kopf zu heben, ließ ihn aber gleich wieder sinken. Aber Dr. Tanner war hartnäckig. »Komm schon, steh auf!«

Plötzlich ging ein Ruck durch die Stute. Noch einmal hob sie den Kopf. Sie zog die Hinterbeine an, stemmte die Vorderbeine ins Stroh und prustete.

Rebecca spürte das Verlangen, Karfunkel zu helfen. Es war nicht zu übersehen, dass die Stute sich quälte und vor Anstrengung schnaubte. Rebecca wollte sie beschützen, aber sie wusste auch, wie wichtig es war, dass Karfunkel endlich aufstand. Durch das lange Liegen konnte das Gewicht der Stute auf die Nabelschnur drücken und dem Fohlen den lebensnotwendigen Sauerstoff entziehen. Rebecca ballte beide Hände zu Fäusten.

»Komm hoch, Karfunkel!«, flehte sie. »Steh endlich auf!«

Ein Zittern durchlief die Stute, als sie all ihre Kraft zusammennahm und sich hochstemmte. Mit hängendem Kopf und auf wackligen Beinen stand sie schließlich in der Mitte der Box. Ihr rabenschwarzes Fell wirkte struppig und stumpf. Die Mähne und der lange Schweif waren verfilzt und glanzlos. Es war ein Bild des Jammers.

Als Karfunkel plötzlich in der Hinterhand einknickte, unterdrückte Rebecca einen Aufschrei. Es sah aus, als würde Karfunkel hinfallen, aber Dr. Tanner war bei ihr und stützte sie, so gut es ging. Mit einer Hand klopfte er ihr Schulter und Hals, mit der anderen maß er ihren Puls. »Braves Mädchen«, lobte er. Patrick reichte ihm das Stethoskop über die Boxentür. Der Tierarzt nickte. »So weit, so gut«, murmelte er. Er horchte Karfunkel ab und widmete sich anschließend ihrem runden Bauch. Als er Patrick das Stethoskop zurückgab, schmunzelte der Tierarzt. »Das Kleine scheint wach geworden zu sein.« Er legte eine Hand unter Karfunkels Bauch. Rebecca und die anderen konnten sehen, dass die Hand leicht weggestoßen wurde. »Fühlt sich an, als würde es die ersten Galoppsprünge probieren!«

»Ist das gut?«, fragte Rebecca unsicher.

Dr. Tanner lachte. »Das ist sehr gut! Genau so soll es sein, wenn ein Fohlen ans Licht der Welt will!« Er blieb neben Karfunkel stehen, prüfte Puls und Atmung und tätschelte sie unablässig, damit sie sich nicht wieder hinlegte. Karfunkel schien zu zögern. Ganz langsam hob sie den Kopf, prustete und knabberte schließlich zaghaft an einem Heuhalm. Dann machte sie ein paar vorsichtige Schritte. Dr. Tanner war sehr zufrieden.

»So ist es gut«, lobte er die Stute. »Das machst du prima!«

Rebecca merkte nicht, dass sie sich die ganze Zeit an Daniels Unterarm festklammerte. Erst als er ihre verkrampften Finger vorsichtig von seinem Ärmel löste, schaute sie ihn an. »Ups«, machte sie. »Sorry.«

»Schon okay.« Daniel grinste. »Willst du vielleicht ein bisschen frische Luft schnappen?«, fragte er. »Ich glaub, hier können wir im Moment nicht helfen. Und bis das Fohlen da ist, dauert's bestimmt noch ein Weilchen.«

Rebecca überlegte kurz. »Nein«, sagte sie schließlich. »Ich bleib hier. Ich kann Karfunkel jetzt nicht allein lassen, auch wenn ich nichts für sie tun kann.«

»Klar«, erwiderte Daniel sofort.

Dr. Tanner führte Karfunkel auf und ab. Immer wieder blieb die Stute stehen, senkte den Kopf und schnüffelte am Stroh. Der Tierarzt ließ sie gewähren. Er machte ein zufriedenes Gesicht und hörte nicht auf, ruhig mit Karfunkel zu sprechen und sie ausgiebig zu loben.

Inzwischen war es weit nach Mitternacht, aber niemand machte Anstalten, den Stall zu verlassen. Die Abstände der Wehen wurden immer kürzer.

»Ich glaub, es dauert nicht mehr lang«, flüsterte Miss Wedgewood Rebecca zu. »Bald ist dein Fohlen da!«

Als Karfunkel sich wieder hinlegen wollte, hielt Dr. Tanner sie nicht zurück. »Fein«, brummte er. »Es ist so weit.«

Er machte Platz für die Stute, die sich umständlich und schwerfällig hinlegte. Dann hockte er sich neben sie. »Ich könnte einen Assistenten brauchen«, sagte er über die Schulter. »Oder eine Assistentin.«

Patrick und Daniel guckten Rebecca an, aber die schüttelte den Kopf. »Nein, das kann ich nicht«, sagte sie ehrlich und drehte sich um. »Miss Wedgewood, können Sie Dr. Tanner nicht helfen? Ich glaub, Sie wissen am besten, was zu tun ist.«

Frau Dr. Paulus nickte zustimmend.

»Na klar«, erwiderte Miss Wedgewood und zwinkerte Rebecca zu. »Keine Sorge, alles wird gut.«

Daniel nahm Rebecca in den Arm und ließ sie nicht mehr los. Zusammen mit Patrick und Dr. Paulus verfolgten sie das Geschehen mit angehaltenem Atem. Dr. Tanner und Miss Wedgewood waren ruhig und konzentriert. Die junge Englischlehrerin unterstützte den Tierarzt so fachmännisch, als würde sie jeden Tag einem Fohlen auf die Welt helfen. Es dauerte nicht lange und Karfunkel stöhnte laut auf. Rebecca biss sich vor Anspannung in die Fingerknöchel. In ihrem Kopf rauschte es, ihre Knie zitterten. Wie lange war sie schon im Stall? Sie wusste es nicht. Mit ihren Gedanken war sie ganz fest bei ihrem Pferd und drückte die Daumen, dass alles gut ging. Als Dr. Tanner aufsah und fröhlich verkündete: »Da sind schon die Vorderbeine, gleich kommt der Kopf!«, fühlte sie einen merkwürdigen Schwindel in sich aufsteigen. Sie schloss die Augen und hielt sich an der Boxentür fest. Daniel nahm sie noch ein bisschen fester in den Arm.

»Hey, du machst doch nicht schlapp?«, grinste er. »Doch nicht jetzt, im entscheidenden Moment!«

»Nee, geht schon«, murmelte Rebecca. »Alles okay.«

Dr. Tanner wies Miss Wedgewood an, die Vorderläufe des Fohlens zu packen und auf sein Kommando hin daran zu ziehen. Sie warteten eine neue Wehe ab, dann zog Miss Wedgewood mit ganzer Kraft. Dr. Tanner rieb Karfunkels Bauch mit kräftigen, kreisenden Bewegungen.

Rebecca hatte Angst um das Fohlen und befürchtete, es könnte verletzt werden, aber als plötzlich der Kopf des Fohlens sichtbar wurde und schließlich der lange, schmale Körper ganz sanft ins Stroh glitt, waren ihre Ängste auf einen Schlag verflogen. Wie gebannt starrte sie auf das feuchte Etwas, das da im weichen Stroh lag und sich zaghaft bewegte.

»Es ist da!«, rief Patrick. »Hey, Wahnsinn!«

Rebecca konnte den Blick nicht von dem Neugeborenen nehmen. Sie sah, wie Miss Wedgewood und Dr. Tanner es mit Stroh abrieben und Nase und Maul von Schleim und Blut befreiten, damit es atmen konnte.

»Ein kräftiger, kleiner Hengst!«, rief Miss Wedgewood. »Herzlichen Glückwunsch!«

Frau Dr. Paulus klopfte Rebecca auf die Schulter. Rebecca konnte sehen, dass es hinter der Brille der Internatsleiterin verdächtig funkelte. »Herzlichen Glückwunsch, Rebecca«, gratulierte ihr die Direktorin. »Ich bin so froh!«

»Ich auch«, sagte Rebecca. »Vielen Dank!«

Daniel gab Rebecca einen Kuss, Patrick grinste breit. Auch in den Augen der beiden Jungs glitzerten kleine Freudentränen.

In der Box versuchte Karfunkel aufzustehen. Ihre Augen wirkten mit einem Mal viel klarer und auch ihr Fell schien schon wieder etwas zu glänzen. Dr. Tanner und Miss Wedgewood traten beiseite.

»Komm«, munterte der Tierarzt Karfunkel auf. »Schau dir dein Fohlen in Ruhe an!«

Karfunkel stand auf und schüttelte sich. Dann wandte sie langsam den Kopf. Dort lag ihr Sohn. Ein kleiner Hengst mit rabenschwarzem Fell, der sie mit großen Augen anblickte. Die Stute machte den Hals ganz lang und schnaubte dunkel, dann ging sie auf ihr Fohlen zu. Im Stall hätte man eine Stecknadel fallen hören können, so still war es. Karfunkel stupste ihr Fohlen vorsichtig an und begann dann, es sanft abzulecken. Miss Wedgewood und Dr. Tanner standen unbeweglich in einer Ecke der Box und lächelten.

»Sweet little mystery«, summte die Engländerin leise.

Rebecca horchte auf. »Was haben Sie da gesagt?«, fragte sie.

Miss Wedgewood lächelte. »Sweet little mystery«, wiederholte sie. »Süßes kleines Geheimnis. Ich finde, jedes neue Leben ist wie ein kleines Geheimnis, ein Rätsel.«

Rebecca schaute auf Karfunkel, dann auf das schwarze Fohlen und sagte: »Das ist doch der perfekte Name für den kleinen Hengst, oder? Little Mystery – kleines Geheimnis!«

»Du hast recht«, stimmte Frau Dr. Paulus zu. »Der Name passt wunderbar.«

»Der Sohn von Mystery – Little Mystery.« Daniel grinste. »Echt perfekt!«

Karfunkel stupste ihr Fohlen noch einmal an und forderte es auf, endlich aufzustehen. Little Mystery hob den Kopf und nieste. Dann musterte er seine schwarze Mutter und die umstehenden Menschen. Er nieste noch einmal und zog die Nase kraus. Alle lachten.

»Steh auf und trink, Kleiner!«, sagte Dr. Tanner. »Das ist jetzt genau das Richtige nach der Anstrengung!«

Als hätte Little Mystery ihn verstanden, stemmte er die langen Beine in den Boden und versuchte, sich aufzurichten. Immer wieder knickten seine langen Vorderläufe ein. Es war wirklich nicht einfach für den kleinen Hengst, das konnte man an seinem hoch konzentrierten Gesichtsausdruck ablesen. Schließlich schaffte er es, die Hinterbeine anzuziehen, und versuchte es noch einmal. Karfunkel stand mit gesenktem Kopf daneben und prustete dunkel, als wollte sie ihn aufmuntern.

Kaum hatte Little Mystery es geschafft, seine langen Fohlenbeine zu sortieren und sich hinzustellen, da fiel er schon wieder ins Stroh zurück. Verdutzt schüttelte er den Kopf.

»Hey, er ist ’ne richtige Kämpfernatur«, kommentierte Patrick den erneuten Versuch Little Mysterys, auf die wackeligen Beine zu kommen.

Endlich schaffte er es. Little Mystery stand, schwankend zwar und mit nicht sehr glücklichem Gesicht, auf allen vieren und stakste auf seine Mutter zu. Karfunkel kam ihm etwas entgegen und berührte ihn sanft mit ihren weichen Lippen. Ohne größere Probleme fand der Kleine das Euter der Stute und fing kräftig an zu saugen. Alle Beine weit von sich gestreckt, trank er die nahrhafte Milch, während sein puscheliger Fohlenschweif aufgeregt hin und her wedelte.

»Es ist unheimlich wichtig, dass er die Biestmilch trinkt, so nennt man die erste Milch nach der Geburt«, erklärte Dr. Tanner. »Im Darm von neugeborenen Fohlen ist Darmpech, das fast wie ein Korken wirkt. Es muss möglichst schnell nach der Geburt ausgeschieden werden. Und dafür sorgt die spezielle, sehr fetthaltige Biestmilch.«

»Schon erstaunlich, was die Natur so alles kann«, bemerkte Daniel.

»Und ganz ohne menschliches Zutun«, stimmte Frau Dr. Paulus ihm zu. Sie drehte sich um und unterdrückte ein Gähnen. »Ich glaube, wir können uns jetzt unbesorgt zurückziehen. Mutter und Kind sind wohlauf. Morgen ist ein neuer Tag, und bis dahin sind es nur noch ein paar Stunden.« Sie wandte sich an Dr. Tanner und fragte: »Kann ich Ihnen oben im Schloss noch etwas anbieten? Einen schönen heißen Kaffee vielleicht oder einen Tee?«

Der Tierarzt lehnte dankend ab. »Ich möchte im Moment eigentlich nur eins«, lächelte er müde, »und zwar so schnell wie möglich in mein Bett. Trotzdem vielen Dank für die Einladung. Ich komme morgen gerne darauf zurück.«

»Einverstanden«, erwiderte die Direktorin. »Ich erwarte Sie morgen Vormittag in meinem Büro. Ihr anderen verabschiedet euch jetzt bitte. Ich erkläre den heutigen Tag – beziehungsweise die Nacht oder was davon übrig ist – hiermit für beendet.«

Rebecca wollte protestieren, aber dann sah sie, dass Little Mystery schon wieder ins Stroh zurückgefallen war und tief und fest schlief. Sein kugelrunder Milchbauch hob und senkte sich bei jedem tiefen Atemzug. Karfunkel hielt den Kopf tief nach unten. Sie stand über ihrem Fohlen, als wollte sie es im Schlaf beschützen, und hatte die Augen geschlossen.

Miss Wedgewood verließ die Box. »Frau Dr. Paulus hat recht, wir sollten uns alle ein bisschen ausruhen. Ich für meinen Teil bin jedenfalls ziemlich müde.«

»Ich auch«, gab Rebecca zu. »Miss Wedgewood, ich wollte mich noch bei Ihnen bedanken. Bei Ihnen und Dr. Tanner und allen, die geholfen haben.« Sie blickte von einem zum anderen. »Ich bin so happy!«

»Ich auch«, strahlte der Kolibri. »Und dass wir dir beigestanden und geholfen haben, war selbstverständlich.«

Die anderen nickten.

»Ich werde mich dann mal auf die Socken machen«, verkündete Dr. Tanner. »Meine Frau wartet schon sehnsüchtig auf mich, und hier ist so weit alles in bester Ordnung. Ich schaue morgen früh wieder nach den beiden.«

Rebecca bedankte sich noch einmal bei ihm.

»Keine Ursache«, erwiderte er und wandte sich an Patrick:

»Übernimmst du die Stallwache? Du kannst Karfunkel eine Maische zubereiten, einen warmen Haferbrei. Der ist nahrhaft und gibt ihr Kraft.«

»Klar, ich weiß Bescheid«, nickte Patrick. »Das Rezept hängt in der Futterkammer.« Er warf einen Blick auf die dösende Stute. »Das hat sie sich verdient.« Er verschwand in der Futterkammer, um die Maische zuzubereiten. Schon bald hörte man das gedämpfte Klappern von Schüsseln und Eimern und dazu abwechselnd Patricks fröhliches Pfeifen und Summen.

Es dauerte noch eine Weile, bis sich die kleine Versammlung vor Karfunkels Box auflöste. Dr. Tanner packte seine Arzttasche und verließ zusammen mit Frau Dr. Paulus und Miss Wedgewood den Stall. Rebecca fiel es total schwer, sich von ihrer Stute und dem Fohlen zu trennen. Am liebsten wäre sie bei ihnen geblieben, aber Daniel wurde energisch.

»Nun komm schon«, flehte er mit verzweifelt komischem Gesicht. »Wir haben noch genau drei Stunden Schlaf, bis der Wecker klingelt. Karfunkel ist morgen auch noch da. Und ihr Fohlen auch. Ich sterbe, wenn ich nicht endlich in mein Bett komme!«

»Na gut«, erwiderte Rebecca und lachte. »Du hast mich überzeugt.« Sie beugte sich über die Boxentür und warf Karfunkel und ihrem Hengstfohlen einen letzten liebevollen Blick zu. »Gute Nacht, Karfunkel. Schlaf schön«, flüsterte sie ihrer Stute zu. »Und du natürlich auch, Little Mystery.«

Sie winkte Patrick zu. Er musste versprechen, sie sofort anzurufen, falls etwas sein sollte.

10

Obwohl sie sich allergrößte Mühe gegeben hatten, bis zu Rebeccas Rückkehr wach zu bleiben, konnten Karlchen, Bente und Kiki ihr Versprechen nicht einhalten. Als Rebecca auf Zehenspitzen in das Zimmer schlich, das sie sich mit Kiki teilte, konnte sie nur mühsam ein Kichern unterdrücken. Ihre Freundinnen lagen eng aneinandergekuschelt auf Kikis schmalem Bett und schliefen tief und fest. Karlchen hielt eine leere Gummibärchentüte mit der Hand umklammert und machte schmatzende Geräusche, während Bente leise, aber durchdringend schnarchte. Kiki lag eingerollt wie eine Katze am Fußende ihres Bettes.

Rebecca schlüpfte ins Badezimmer und zog die Tür hinter sich zu. Sie warf einen Blick in den Spiegel und lächelte. Ihre Augen strahlten.

»Ich bin ja so glücklich!«, flüsterte sie ihrem Spiegelbild zu. »Heute ist der schönste Tag in meinem Leben!«

Sie überlegte, ob sie den Stallduft abduschen sollte, entschied sich aber dagegen. Sie wollte die anderen nicht aufwecken. Stattdessen nahm sie einen Waschlappen vom Haken, hielt ihn unter den Warmwasserhahn und fuhr sich damit über Gesicht und Hals. Anschließend putzte sie sich die Zähne, fuhr sich durch ihre streichholzkurzen Haare und schlüpfte in einen frischen Pyjama. Als sie das Licht ausmachte und sich unsicher durch das stockdunkle Zimmer in Richtung Bett vortastete, stieß sie prompt mit dem Schienbein gegen eine Bettkante.

»Verflixt!«, entfuhr es ihr. Sie biss die Zähne zusammen und hielt die Luft an. Bente grunzte etwas Unverständliches und drehte sich im Schlaf auf die andere Seite. Karlchen ließ die Gummibärchentüte fallen. Schnell krabbelte Rebecca in ihr Bett und zog sich die Decke bis ans Kinn. Sie war todmüde, aber gleichzeitig viel zu aufgewühlt, um einschlafen zu können. Ein paar Minuten lag sie flach auf dem Rücken, atmete vor sich hin und starrte die dunkle Zimmerdecke an, dann wälzte sie sich zuerst auf die linke und kurz darauf auf die rechte Seite. Es war sinnlos. An Schlaf war nicht zu denken. Am liebsten wäre sie aufgestanden und zurück zum Stall gelaufen. Wie es Karfunkel wohl ging? Und Little Mystery? Gut, dass Patrick auf die beiden aufpasst, dachte sie, während sie sich stöhnend auf den Bauch drehte und die Augen schloss. Mit dem Bild ihrer Stute und des rabenschwarzen Hengstfohlens vor Augen schlief sie wenig später endlich ein.

* * *

»Aufwachen, Schlafmütze!« Eine Hand rüttelte unsanft an Rebeccas Schulter, eine andere zog ihre Bettdecke weg und kitzelte sie an den Füßen. »Wach endlich auf!«

»Lasst mich in Ruhe! Ich bin viel zu müde!« Rebecca knurrte und vergrub ihren Kopf unter dem Kopfkissen.

»Kommt ja gar nicht in die Tüte!« Das war eindeutig Karlchens Stimme.

»Los, komm schon! Erzähl uns endlich, was letzte Nacht passiert ist!«, drängelte Bente. »Wir platzen vor Neugierde!«

Auch Kiki stand neben Rebeccas Bett. »Wenn du nicht sofort auftauchst, holen wir einen Eimer mit kaltem Wasser«, drohte sie. »Und frag lieber nicht, wo wir den dann ausschütten!«

»Ist ja gut«, brummte Rebecca und wühlte sich umständlich unter dem Kissen hervor. Erstaunt stellte sie fest, dass ihre Freundinnen schon fix und fertig angezogen waren. »Wie spät ist es? Hab ich etwa verschlafen?«

»So wie du gepennt hast, hätten wir tausend Wecker neben dein Bett stellen können und du hättest sie nicht gehört«, meinte Kiki und grinste. »Seit einer geschlagenen Viertelstunde versuchen wir schon, dich wach zu bekommen. Mensch, nun sag schon: Ist das Fohlen da?«

Rebecca richtete sich auf, stopfte sich das Kissen in den Rücken und musterte die drei Mädchen, die sich mit erwartungsvollen Gesichtern neben ihrem Bett aufgereiht hatten.

Karlchen kniff die Augen zusammen. »Rebecca«, sagte sie warnend, »Kikis Angebot mit dem kalten Wasser steht noch!«

»Ja, los, hol den Eimer!« Bente hüpfte von einem Fuß auf den anderen. »Ich glaub, wir müssen härtere Methoden anwenden, um sie zum Reden zu bringen.«

»Wehe! Mir reicht schon das Schütteln und Kitzeln von eben!« Rebecca kicherte und zog die Knie an. »Ich bin hellwach, Ehrenwort!«

»Dann sprich!«, knurrte Karlchen finster.

»Tja, was wollt ihr zuerst hören?« Die Sache fing an, Rebecca Spaß zu machen. Sie wollte ihre Freundinnen ruhig noch ein bisschen zappeln lassen. »Wie das Fohlen aussieht? Wie es heißt? Wie …« Sie konnte nicht weitersprechen. Im Zimmer brach ein ohrenbetäubender Jubel los. Karlchen und Bente griffen sich an den Händen, sprangen auf Kikis Bett und hüpften ausgelassen darauf herum.

Kiki jubelte: »Das Fohlen ist da!«

»Ja! Es ist da!« Rebecca fiel Kiki um den Hals. »Es ist gesund und pechschwarz! Und Karfunkel geht's gut! Ich bin so happy wie noch nie!« Sie wusste gar nicht, wo sie anfangen sollte. Plötzlich wollte alles auf einmal aus ihr heraussprudeln.

Karlchen und Bente ließen sich atemlos auf Kikis Bett fallen. »Mensch, Rebecca«, sagte Bente nur. Karlchen grinste wie ein Honigkuchenpferd.

Kiki nahm Rebeccas Hand und drückte sie. »Hat es schon einen Namen?«, fragte sie aufgeregt. »Und wie sieht es aus?«

Rebecca fing an zu erzählen. Von der Geburt, von ihrer Angst und von dem Augenblick, als Little Mystery endlich im Stroh lag und seinen ersten Atemzug tat. »Es war so schön«, seufzte sie. »Einfach unbeschreiblich!«

»Little Mystery«, sagte Kiki nachdenklich. »Das ist wirklich ein toller Name.«

»Ich bin schon so gespannt, wie er aussieht«, jammerte Karlchen. »Am liebsten würde ich noch vor dem Frühstück in den Stall gehen.«

»Ja, wir müssen den Kleinen unbedingt sehen!« Bente stand auf. »Wir sind schließlich seine Patentanten!« Sie griff nach ihrem Handy und tippte mit flinken Fingern etwas hinein. »Ich muss sofort Laura eine Nachricht schreiben«, murmelte sie. »Die flippt aus, wenn sie hört, dass das Fohlen schon da ist!«

»Sag ihr, dass sie so schnell wie möglich kommen soll«, schlug Karlchen vor. »Am besten gleich nächstes Wochenende. So ein neugeborenes Fohlen sieht man schließlich nicht jeden Tag! Und die wachsen so schnell!«

»Ihr habt recht!« Rebecca schälte sich aus dem Bett. »Ich spring nur kurz unter die Dusche und zieh mich an. Und dann gehen wir zu Frau Dr. Paulus und fragen sie, ob wir in den Stall dürfen.« Blitzschnell raffte sie ein paar Sachen aus ihrer Kommode und wollte schon im Badezimmer verschwinden, da drehte sie sich noch einmal um und fügte lachend hinzu: »Und zwar vor dem Frühstück, versteht sich!«

Frau Dr. Paulus war in ihrem Büro, als die Mädchen anklopften. Die Direktorin sah trotz der Aufregung der vergangenen Nacht und des wenigen Schlafs frisch und munter aus. Sie hatte ihr graues Haar sorgfältig frisiert und ein dezentes Makeup aufgelegt. Am Kragen ihres dunkelblauen Blazers steckte eine rosa Blüte.

Als Rebecca, gefolgt von Bente, Kiki und Karlchen, auf ihr »Herein!« hin die Tür öffnete und das gemütlich eingerichtete Büro betrat, lächelte sie fröhlich.

»Guten Morgen!«, sagte sie und gratulierte Rebecca noch einmal. »Was führt euch zu mir?«

Rebecca trug ihre Frage vor. Kiki, Karlchen und Bente warteten gespannt auf die Antwort.

Die Internatsleiterin nickte sofort. »Natürlich dürft ihr euch das Fohlen angucken. Aber nur zehn Minuten, verstanden?«, ergänzte sie lächelnd. »Ich kann ja verstehen, dass ihr neugierig seid, aber trotzdem solltet ihr in Ruhe frühstücken und pünktlich zum Unterrichtsbeginn in eurer Klasse sein.«

»Na klar«, versicherte Rebecca schnell.

»Dann lauft«, sagte Frau Dr. Paulus. »Aber geht auf dem Weg zum Stall noch kurz in der Küche vorbei. Ich glaube, Frau Wuttig hat eine Überraschung für euch!«

»Eine Überraschung?« Karlchen grinste. »Cool! Ich liebe Überraschungen!«

Auf dem Weg in die Schlossküche rätselten die vier, was für eine geheimnisvolle Überraschung sie erwartete. Karlchen hoffte auf eine neue, eigens für sie kreierte Sorte Haferflocken, aber Bente tippte sich sofort an die Stirn.

»Du spinnst doch«, kicherte sie. »Was soll an Haferflocken überraschend sein?«

Karlchen dachte nach. »Och, man könnte sie zum Beispiel mit leckerer Schokolade überziehen, karamellisieren, flambieren oder …«

Bente würgte sie ab, indem sie sie energisch hinter sich herzog, bis sie vor der Küchentür standen. Zutritt hatten nur die Küchenchefin selbst, Frau Dr. Paulus, die Lehrer und einige Angestellte. Für die Internatsschüler war das Betreten der Schlossküche absolut tabu. Frau Wuttig fürchtete nichts so sehr wie Unordnung und Schmutz – zwei Dinge, die ihrer Meinung nach zwangsläufig mit Mädchen und Jungs in einem gewissen Alter zusammenhingen.

Als sie jetzt allerdings durch das runde Fenster in der Tür lugte und die Mädchen sah, strahlte sie über das ganze Gesicht und winkte ihnen mit einem Löffel zu.

»Wir sollen reinkommen?«, staunte Kiki. »Meint sie das ernst?«

Rebecca schob die Tür auf. Frau Wuttig kam ihr sofort entgegen. Sie legte den Kochlöffel beiseite, griff nach Rebeccas Hand und schüttelte sie kräftig.

»Herzlichen Glückwunsch!«, rief die Küchenchefin. »Frau Paulus hat mir schon alles erzählt!« Mit einem Schürzenzipfel wischte sie sich ein verstohlenes Tränchen aus dem Augenwinkel. »Das ist ja sooo schön!«, schnatterte sie weiter. »Ein Fohlchen, ein kleines und gesundes noch dazu!«

Bente und Karlchen kicherten. Kiki verdrehte die Augen.

Rebecca gab sich die allergrößte Mühe, ernst zu bleiben, und bedankte sich artig für die Glückwünsche. »Vielen Dank, Frau Wuttig. Das ist aber lieb von Ihnen.«

»Ein Fohlen im Internat, das ist so schön!«, seufzte Frau Wuttig. Sie drehte sich um, ging zur Vorratskammer und kam mit einem abgedeckten Korb zurück. Schwungvoll zog sie das karierte Küchentuch beiseite und präsentierte strahlend mehrere Bund frischer Möhren. »Das kleine Pferd braucht doch Vitamine, nicht?«

»Ähm, ja, das ist aber wirklich ganz besonders lieb von Ihnen. Vielen Dank!« Rebecca suchte mühsam nach den richtigen Worten, sie wollte die Küchenleiterin nicht in Verlegenheit bringen. Zum Glück kam Kiki ihr zu Hilfe.

»Vorläufig bekommt das Fohlen nur Milch«, erklärte Kiki lächelnd. »Es ist ja noch ein Säugling und kann noch keine

Wurzeln knabbern. Aber die Idee mit den Vitaminen ist echt toll von Ihnen, Frau Wuttig!«

»Ja, das find ich auch«, grinste Bente. »Vielleicht können Sie sie kühl stellen, bis Little Mystery die ersten Zähne hat?«

Sofort fing sie sich einen strafenden Blick von Rebecca ein. »Also, Frau Wuttig«, sagte Rebecca schnell, »was halten Sie davon, wenn ich die Möhren Karfunkel gebe? Junge Mütter brauchen schließlich auch Vitamine. Und über die Muttermilch kommen sie dann ja auch dem Fohlen zugute. Sind Sie damit einverstanden?«

Frau Wuttig seufzte erleichtert auf. »Ach ja, das ist eine schöne Idee! Wie dumm von mir, dass ich nicht selbst daran gedacht hab!«

»Okay, dann machen wir das so.« Karlchen griff nach dem Korb und wandte sich schon zum Gehen. »Und jetzt müssen wir uns sputen, sonst bringen wir unseren knappen Zeitplan ganz durcheinander. Reservieren Sie mir ein Schälchen Haferflocken zum Frühstück, Frau Wuttig!«, rief sie noch. »Ich hab einen Mörder-Appetit!«

Auf dem Weg zum Stall kicherten sie immer noch. Karlchen imitierte Frau Wuttigs fassungsloses Gesicht so gekonnt, dass sich Bente vor Lachen den Bauch hielt.

»Hör auf!«, flehte sie. »Ich kann nicht mehr!«

»Ein Fohlchen!«, giggelte Karlchen. »Ein gesundes noch dazu! Hier habe ich ein paar Möhrchen für das Fohlchen!«

Rebecca trug den Korb und stieß der Freundin damit in die Kniekehlen. »Nun hör schon auf«, sagte sie grinsend. »Sie hat's doch nur gut gemeint.«

Vor dem Stutenstall hatten sich die Freundinnen so weit beruhigt, dass sie stehen blieben und bis zehn zählten.

»Ich bin ja so gespannt!«, flüsterte Bente. »Ich hab noch nie ein neugeborenes Fohlen gesehen!«

Gerade wollte Rebecca die Klinke der Stalltür herunterdrücken, da wurde diese von innen geöffnet. Patrick schob seinen Kopf durch den Spalt und machte ein vorwurfsvolles Gesicht.

»Pscht!«, zischte er. »Ihr macht einen Krach, dass man euch schon auf einen Kilometer Entfernung hört! Der Kleine schläft!«

Schuldbewusst zogen die vier Mädchen die Köpfe ein. Patrick sah wirklich müde aus, in seinen Haaren hingen Heuhalme und seine braunen Augen waren nicht mehr als zwei schmale Sehschlitze.

Kiki gab ihm schnell einen Kuss und hauchte: »Sorry, das konnten wir nicht wissen. Du siehst müde aus. Hast du nicht geschlafen?«

»Ziemlich wenig«, knurrte Patrick, aber er grinste dabei. »Es war viel zu aufregend. Ich hab versucht zu schlafen, aber es ging irgendwie nicht. Stattdessen hab ich mich vor Karfunkels Box gesetzt und stundenlang dem kleinen Hengst beim Schlafen zugeguckt. Ich hab ihn einfach nur angeguckt. Oh Mann …«

»Lieber Patrick«, setzte Bente mit wichtiger Miene an, »hier steht die Pferdebesitzerin.« Sie wies mit einer eleganten Handbewegung auf Rebecca. »Und sie wünscht, ihre Stute und das Fohlen zu sehen. Wäre es dir kraft deines Amtes möglich, ihr Zutritt zu den Gemächern der beiden zu gewähren?«

»Jawoll«, brummte Karlchen. »Und die ollen Patentanten wollen den Kleinen nun auch endlich mal sehen! Also, Platz da, du Pferdeknecht!«

Patrick stutzte, doch dann machte er eine tiefe Verbeugung.

»Bitte einzutreten, die Damen«, sagte er. »Aber Ruhe, wenn ich bitten darf. Sollten Ruhe und Frieden der edlen Stute und ihres ebenso edlen Sohnes gefährdet sein, werdet ihr es bereuen.«

Kiki stupste ihren Freund an und zeigte ihm einen Vogel. »Du übertreibst, mein Lieber«, raunte sie ihm zu, als sie den anderen auf Zehenspitzen in den Stall folgte.

Helles Sonnenlicht durchflutete den Stutenstall und ließ winzige Staubkörnchen durch die Luft flirren. Patrick hatte die Pferde kurz zuvor gefüttert. Zufrieden standen sie in ihren Boxen, zupften Heu aus den prall gefüllten Netzen oder mahlten mit ihren kräftigen Kiefern das gute Haferschrot. Als Rebecca, Kiki, Karlchen und Bente die Stallgasse hinuntergingen, hoben die Stuten die Köpfe und musterten die Besucherinnen freundlich. Bente begrüßte ihre Stute Flippi. Rebecca reichte ihr eine Möhre aus dem Korb.

»Bitte schön«, sagte sie. »Zur Feier des Tages.«

Bente gab Flippi die Möhre, die diese krachend zerbiss. Sie strich ihrer Stute liebevoll über die Stirn. »Du bist später dran, Süße«, flüsterte sie ihr zu. »Heute spielen Karfunkel und Little Mystery die Hauptrollen.« Flippi wandte sich gleichmütig ab und widmete sich wieder ihrem Futtertrog.

Vor Karfunkels Box blieben die Mädchen und Patrick stehen. Kikis Freund machte ein feierliches Gesicht. Rebecca stellte den Möhrenkorb vorsichtig auf dem Boden ab. Dann trat sie ganz nahe an die Boxentür. Karfunkel stand an ihrem Heunetz in der Ecke der Box. Als Rebecca sie leise lockte, wandte sie den Kopf. Ein tiefes Brummeln kam aus der Kehle der schwarzen Stute. Neben ihr im Stroh lag der kleine Hengst. Er schlief tief und fest. Rebecca sah, dass seine Beine leicht zuckten.

»Seht nur, er träumt«, flüsterte sie.

»Wie klein er ist«, staunte Bente.

»Und wie süß!«, hauchte Kiki.

Die Freundinnen hatten sich ganz dicht neben Rebecca gestellt und guckten über die Boxentür.

Karlchen schluckte.

»Vielleicht träumt er davon, im Sonnenschein über eine Blumenwiese zu galoppieren«, meinte sie andächtig.

Versonnen betrachteten sie das Rappfohlen. Als Rebecca die Boxentür öffnete und Karfunkel leise lockte, wieherte die Stute warnend.

»Ruhig, Karfunkel«, sagte Rebecca. »Wir tun deinem Kleinen nichts. Komm her, meine Süße.«

Sie hielt Karfunkel eine der Möhren hin. Die Stute machte den Hals lang und schnappte mit weichen Lippen nach dem Leckerbissen. Schließlich trat sie noch einen Schritt näher und ließ sich kraulen.

»Du Brave«, sagte Rebecca, während sie Karfunkels Stirnmähne ordnete und sie liebevoll streichelte. »Ich bin so stolz auf dich.«

»Darf ich vielleicht auch mal gucken?«, fragte plötzlich eine Stimme hinter Rebeccas Rücken. Es war Daniel, der verlegen grinsend auf dem Stallgang stand.

Rebecca lächelte.

»Klar darfst du«, sagte sie. »Komm her.«

Daniel gab ihr einen Kuss. Dann warf er einen vorsichtigen Blick in die Box. »Hey, da ist ja der Kleine!«, sagte er. Seine Stimme klang ganz warm und weich.

In diesem Moment hob Little Mystery den Kopf. Verwirrt schaute er sich um und kräuselte die Nase, als wollte er niesen. Dann spitzte er die Ohren und gähnte. Man konnte seinen zartrosa Gaumen sehen.

»Kein einziger Zahn«, flüsterte Karlchen. »Tatsächlich!«

Bente und Kiki stießen sich an und kicherten.

»Ach, Karlchen …«, meinte Bente und grinste. »Du bist ein kleiner Schlaukopf!«

Karfunkel ging zu ihrem Sohn und stupste ihn zärtlich und auffordernd zugleich an. »Steh auf, du kleiner Faulpelz«, schien sie sagen zu wollen.

Little Mystery gähnte noch einmal. Dann streckte er die Vorderbeine aus und machte sich lang. Geschickt versammelte er die Hinterhand unter seinem Körper und stand auf. Ein bisschen wackelig stand er noch da auf seinen endlos langen Fohlenbeinen, aber es sah schon wesentlich eleganter aus als in der ersten Stunde nach seiner Geburt.

Als er den Kopf hob und ganz leise und hell wieherte, kullerte Rebecca ein Tränchen über die Wange. »Willkommen im Leben, kleiner Hengst«, flüsterte sie ihm zu. »Ich wünsch dir viel Glück!«

Plötzlich meldete sich Bentes Handy mit einer fröhlichen Melodie. Alle Köpfe fuhren zu ihr herum, als sie es umständlich aus der Jackentasche angelte und einen Blick auf das Display warf. Rebecca machte ein vorwurfsvolles Gesicht. »Muss das jetzt sein?«, zischte sie. »Du erschreckst das Fohlen!«

Little Mystery war allerdings weit davon entfernt, sich von einem klingelnden Handy aus der Ruhe bringen zu lassen. Neugierig hob er die Nase, machte den Hals lang und schnupperte an dem Gerät.

Bente lachte. »Es ist Laura«, sagte sie und reichte Rebecca das Handy. »Bestimmt will sie dir gratulieren!«

Rebecca runzelte die Stirn, als sie das Handy entgegennahm und sich meldete.

Laura schrie so laut, dass alle es hören konnten. »Herzlichen Glückwunsch!«, schnarrte es aus dem Lautsprecher. »Hast du schon Fotos gemacht? Du musst mir unbedingt eins schicken. Ich freu mich so! Fynn und ich kommen nächstes Wochenende zu Besuch! Wir können's kaum erwarten, dein Fohlen zu sehen! Oder meinst du, es ist noch zu früh?«

Rebecca hielt sich das Handy mit einigem Abstand ans Ohr. »Ihr könnt jederzeit kommen«, antwortete sie, als Laura sie endlich zu Wort kommen ließ. »Wir würden uns freuen!«

Laura schnatterte noch etwas, das kaum zu verstehen war. Bente nahm Rebecca das Handy aus der Hand. »Halt mal die Luft an und leg auf«, sagte sie zu ihrer Cousine. »Ich mach jetzt ein Foto und schick es dir gleich, okay?«

»Ja, super!«, rief Laura. »Vielen Dank, und grüß alle von mir, okay? Auch von meinen Eltern und den anderen. Wir sehen uns am Wochenende!«

»Tschüss, Laura!«, riefen alle im Chor.

Bente beendete das Gespräch und wechselte im Menü ihres Smartphones auf die Fotofunktion.

Sich die Linse vor das Auge haltend, beugte sie sich über die Boxentür und sagte: »Bitte recht freundlich, junger Mann!«

Wie auf Bestellung spitzte Little Mystery die Ohren und kräuselte die Oberlippe. Er sah aus, als würde er lächeln. Bente drückte schnell auf den Auslöser und präsentierte den anderen das Ergebnis.

»Ist das süß!«, stellte Karlchen entzückt fest. »Das muss ich unbedingt haben!«

»Ich auch«, sagte Kiki sofort.

»Scheint, als hätten wir ein neues Fotomodell im Stall. Wer will noch mal, wer hat noch nicht?«

Patrick, Daniel, Kiki und Karlchen zückten gleichzeitig ihre Handys und wedelten damit vor Bentes Nase herum. Nur Rebecca hielt sich zurück. Sie stand vor Karfunkels Box, legte beide Unterarme auf die halbhohe Tür und lächelte.

»Übertreibt ihr nicht ein bisschen?«, fragte sie. »Es gibt bestimmt noch genug Gelegenheiten, um Fotos von dem Kleinen zu machen. Sein Leben fängt doch erst an.«

Little Mystery blinzelte ihr zu, als hätte er sie verstanden. Karfunkel brummelte leise. Ihr Fohlen drehte sich um, machte einen kleinen Bocksprung und schmiegte sich eng an ihre Seite. »Du hast recht«, schien er sagen zu wollen. »Heute fängt's erst richtig an!«

»Ich freu mich drauf«, flüsterte Rebecca ihm zu. »Und wie!«

* * *

Wie angekündigt standen am nächsten Wochenende Laura und Fynn vor dem Schloss. Onkel Thomas und Tante Mira hatten es sich nicht nehmen lassen, die beiden höchstpersönlich zu chauffieren, um sich bei der Gelegenheit auch gleich das Fohlen anzusehen.

»Unsere Pferde haben wir zu Hause gelassen«, verkündete Laura zur Begrüßung. »Ich glaub, zum Reiten kommen wir sowieso nicht. Heute ist Little Mystery der Star.«

»Dann kommt mal mit«, sagte Bente geheimnisvoll und ging voraus. »Die anderen warten schon.«

Auf Zehenspitzen betrat Bente mit Laura und ihrem Freund den Stall, dicht gefolgt von Tante Mira und Onkel Thomas. Laura nahm Fynns Hand und drückte sie.

»Ich bin ja so aufgeregt!«, flüsterte sie.

Fynn lächelte.

Bente führte die kleine Gruppe bis ans Ende der Stallgasse und blieb vor Karfunkels Box stehen. Rebecca, Kiki, Karlchen und die Jungs schauten auf.

»Hey«, sagte Rebecca und begrüßte die Neuankömmlinge. »Toll, dass ihr kommen konntet!«

»Nichts hätte mich davon abhalten können.« Laura gratulierte Rebecca und lugte ihr neugierig über die Schulter. »Wo ist der Kleine denn?«

Rebecca trat zur Seite. Auf ihrem Gesicht lag ein glückliches Strahlen. Vorsichtig traten Laura, Fynn, Tante Mira und Onkel Thomas an die Boxentür und beugten sich darüber. Laura hielt den Atem an.

Die schwarze Karfunkel stand an ihrem Futtertrog und senkte ihr Maul in das Kraftfutter, das Patrick ihr gegeben hatte. Sie wieherte leise. Ein paar Haferkörner fielen von ihren Lippen ins Stroh. Mit glänzenden Augen musterte sie die Besucher. Tante Mira schob ihre Hand über die Boxentür und klopfte der Stute den Hals.

»Herzlichen Glückwunsch, du junge Mutter«, sagte sie lächelnd, als es im Stroh hinter Karfunkel plötzlich raschelte.

Ein kleiner, pechschwarzer Kopf schob sich zwischen Karfunkels Schweifhaaren hindurch. Mit großen Augen beäugte Little Mystery die Versammlung. Er spitzte die Ohren und schien zu überlegen.

»Oh, ist der niedlich!«, hauchte Laura.

Little Mystery hatte beschlossen, sich ein paar Schritte weiter vorzuwagen. Mit einem mutigen Satz sprang er hinter Karfunkel hervor und stand mitten in der Box, wo er die Nase hob und nieste.

»Gesundheit!«, lachte Fynn. Er legte Laura einen Arm um die Schulter und betrachtete das Rappfohlen versonnen. »Alles dran, ein richtiges kleines Pferd.« Seine Stimme klang erstaunt.

»Was dachtest du denn?« Laura warf ihrem Freund einen halb belustigten, halb empörten Blick zu, bevor sie sich wieder dem Fohlen zuwandte. »Er ist perfekt!«

»Und bildschön«, bestätigte Tante Mira.

Onkel Thomas machte ein paar Fotos mit seiner Digitalkamera. Als Bente verriet, dass Frau Wuttig zur Feier des Tages einen Obstkuchen gebacken und im Wintergarten des Schlosses den Kaffeetisch gedeckt hatte, rieben er und Karlchen sich gleichzeitig den Bauch.

»Fohlen gucken ist ja ganz schön«, meinte Karlchen grinsend, »aber man darf darüber das eigene leibliche Wohl nicht vergessen.«

»Alte dänische Bauernregel, was?«, kicherte Bente.

»Nö«, erwiderte Karlchen verschmitzt. »Neue dänische Karlchenregel.«

Alle lachten. In der Fohlenbox spitzte Little Mystery die Ohren. Sein wolliger Schweif wedelte hin und her. Als seine Mutter auffordernd wieherte, sprang der kleine Hengst an ihre Seite und suchte ihr Euter. Wenig später begann er, mit kräftigen Zügen zu trinken. Im Stall war sein leises Schmatzen zu hören.

»Ich glaube, das Büfett ist eröffnet«, stellte Rebecca fest. Sie streichelte Karfunkel zum Abschied, nahm Daniels Hand und wandte sich zum Gehen. »Wir kommen später noch mal wieder. Aber jetzt wird erst einmal gefeiert! Schließlich wird nicht jeden Tag ein Fohlen geboren.«

»Wo du recht hast, hast du recht«, stimmte Karlchen ihr zu. »Also, worauf wartet ihr noch? Auf geht's zur fröhlichen Kuchenschlacht!«

Dagmar Hoßfeld
Internat Lindental

Rivalen in Lindental

1

»Und wegen so was fällt unser Reitunterricht aus!« Karlchen schimpfte wie ein Rohrspatz. Vor ihr lag ein aufgeschlagenes Mathebuch. Die Seite schien mit komplizierten Formeln nur so übersät zu sein. »Ich kapier's nicht, Bente! Hilfe!«

»Mensch, Karlchen, nun mach doch nicht solchen Wirbel wegen eines simplen Mathetests«, erwiderte Bente und klopfte mit ihrem Füller auf die Schreibtischunterlage. »Sei lieber froh, dass der Test angekündigt worden ist und wir noch genügend Zeit zum Lernen haben. Stell dir vor, Frau Dr. Paulus hätte uns nicht vorgewarnt. So können wir uns wenigstens mental darauf vorbereiten.«

»Ich wünschte, sie hätte die Arbeit nicht angesagt. Dann würden wir jetzt nämlich reiten und nicht an unseren Schreibtischen hocken«, knurrte Karlchen zurück. »Verhauen werde ich den Test sowieso.«

Für die Dänin war Mathematik ein Buch mit sieben Siegeln, etwas Unbegreifliches, absolut Rätselhaftes, das nur wenigen auserwählten Personen zugänglich war, zu denen sie leider nicht gehörte. Sie starrte so finster auf die Formeln, als wollte sie sie dafür verantwortlich machen, dass die Reitstunde heute ausfiel.

»Zeig mir doch mal, wo du Probleme hast«, schlug Bente vor. »Ich bin so weit fertig. Vielleicht kann ich dir helfen.«

Die Freundinnen beugten sich über Karlchens Mathebuch, als es an der Zimmertür klopfte. Karlchen, die für jede Ablenkung dankbar war, rief: »Herein, wenn's kein Mathelehrer ist!«

»Oje, seid ihr immer noch bei Mathe?« Zwei Mädchen schoben ihre Köpfe durch den Türspalt.

»Rebecca, Kiki! Hey, kommt rein und helft mir bei diesem hoffnungslosen Fall!«, flehte Bente mit gespielter Verzweiflung. »Ich weiß echt nicht, was Karlchen bisher in den Mathestunden gemacht hat – aufgepasst hat sie jedenfalls nicht!«

»Ach, das haben wir gleich!« Rebecca, ein schlankes Mädchen mit streichholzkurzen Haaren und einer randlosen Brille, war das Mathegenie der Clique. »Zeig mal her!«

»Die Mühe kannst du dir sparen«, jammerte Karlchen. »Ich kapier's sowieso nicht. Mathe ist echt nicht mein Ding.«

»Dann verrate uns doch mal, was dein Ding ist«, kicherte Kiki. »Bis jetzt hast du deine schulischen Talente wirklich gut versteckt gehalten.«

Rebecca warf ihr einen missbilligenden Blick zu. »Nun verunsichere sie nicht noch mehr. Karlchen braucht Motivation und keine blöden Sprüche!«

Während Kiki und Bente sich auf Bentes Bett warfen und in der neuesten Pferdezeitschrift blätterten, vertieften sich Rebecca und Karlchen in die Matheaufgaben. Nach einer knappen Stunde klappte Karlchen das Buch zu. »Stopp! Das reicht, mein Gehirn ist übervoll. Mehr passt nicht rein, sonst platz ich!«

»Okay, wenn du meinst.« Rebecca zuckte mit den Achseln. »Für eine Vier wird's wohl reichen.«

»Mehr verlang ich gar nicht«, grinste Karlchen. »Und jetzt brauch ich frische Luft. Ich fühl mich schon ganz ausgetrocknet.«

»Wir wollten euch sowieso abholen.« Kiki stand auf und streckte sich. »Kommt ihr mit in den Stutenstall?«

»Zu Little Mystery? Na klar!« Bente benutzte alle zehn Finger als Kammersatz und fuhr sich damit durch ihre braunen Locken, bevor sie in ihre Sneakers schlüpfte.

»Oh ja!«, rief Karlchen und riss schon die Zimmertür auf. »Das ist genau das, was ich jetzt brauche!«

»Aber zieh dir vorher Schuhe an«, riet Bente. »Oder willst du auf Socken in den Stall?«

»Wahrscheinlich spekuliert sie auf eine Erkältung«, vermutete Rebecca. »Aber ich kann dir eins sagen, Karlchen: Die Inkubationszeit für grippale Infekte – das heißt die Zeit vom Übertragen der Erkrankung bis zu deren Ausbruch – beträgt im Schnitt zwei bis vier Tage. Selbst wenn du barfuß läufst, wird dich das nicht vor der morgigen Mathearbeit bewahren.«

»Mann, seid ihr alle schlau!«, murmelte Karlchen. Sie stieg in ihre Gummireitstiefel und hob den Kopf. »Seid ihr jetzt zufrieden? Kann's endlich losgehen?«

»Vielleicht solltest du noch eine Wollmütze aufsetzen und einen Schal umbinden«, witzelte Kiki. »Ein dicker Pulli wäre auch nicht schlecht.«

»Genau«, sagte Bente. »Wir wollen doch nicht, dass du dich erkältest!«

Ohne ein weiteres Wort verließ Karlchen das Zimmer,

stapfte mit langen Schritten den Flur entlang und hüpfte die Treppe hinunter. Die Freundinnen folgten ihr lachend.

Im Stutenstall war es herrlich ruhig, warm und gemütlich. Patrick, Kikis Freund, der im Lindentalstall eine Ausbildung zum Pferdewirt machte, hatte die Pferde gerade gefüttert. Jetzt standen sie friedlich in ihren Boxen, knabberten am Heu oder mahlten mit kräftigen Kaubewegungen ihren Hafer. Die vier Mädchen gingen von Box zu Box bis zum Ende der breiten Stallgasse, wo sie schließlich vor einer Boxentür stehen blieben. Rebecca schnalzte leise mit der Zunge.

»Karfunkel«, lockte sie, »komm her, Süße.«

Eine bildschöne Rappstute schob ihren Kopf über die Boxentür. Aus ihrer Kehle kam ein dunkles Brummeln. Rebecca strich ihr sanft über die Stirn und warf an Karfunkels Schulter vorbei einen Blick in die Box. In der frischen Einstreu lag ein junges Fohlen auf der Seite und schlief. Sein Fell war genauso schwarz wie das seiner Mutter. »Er schläft«, flüsterte Rebecca den anderen zu.

Kiki, Karlchen und Bente drängelten sich links und rechts neben sie.

»Oh, ist der niedlich!«, seufzte Bente. »Guckt euch diese kleinen Hufe an!«

»Echt zum Anbeißen«, stimmte Kiki ihr zu. »Ich glaub, er ist das süßeste Fohlen, das ich jemals gesehen hab.«

»Wann darf er denn endlich mal raus?«, fragte Karlchen. Sie war Besitzerin eines Norwegischen Fjordpferdes und überzeugte Anhängerin der Offenstallhaltung. Ihr Schnute stand das ganze Jahr über draußen auf der Weide, egal ob es stürmte oder schneite. Etwas anderes konnte sich Karlchen für ihr Robustpferd nicht vorstellen. »Junge Pferde brauchen viel Bewegung und frische Luft«, sagte sie jetzt. »Das ist wissenschaftlich erwiesen.«

»Wenn das Wetter sich hält, darf Little Mystery in zwei oder drei Tagen mit Karfunkel auf die Koppel«, erwiderte Rebecca. »Morgen will der Tierarzt ihn noch mal gründlich untersuchen. Wenn alles okay ist, dürfen die beiden anschließend raus.« Karfunkel rieb ihr Maul an ihrem Arm und prustete. Dann wandte sie sich um und betrachtete ihr schlafendes Hengstfohlen.

Bente wurde inzwischen aus der Nachbarbox bedrängt. Flippi, ihre Holsteiner Fuchsstute, machte energisch auf sich aufmerksam. Bente zog ein krümeliges Leckerli aus ihrer Hosentasche und reichte es der Stute auf der flachen Hand. Flippi scharrte mit dem Vorderfuß im Stroh und wollte mehr, doch Bente schüttelte den Kopf. »Tut mir leid, mehr hab ich nicht.«

In diesem Moment raschelte es in Karfunkels Box. Der kleine schwarze Hengst wachte auf. Er streckte die Beine von sich, hob den Kopf und blinzelte verschlafen. Dann gähnte er und ließ dabei seinen rosa Gaumen sehen.

»Er hat ja schon die ersten Milchzähne!«, staunte Karlchen.

Rebecca lächelte. »Ja, zwei oben und zwei unten. Fast wie bei Menschenbabys.«

Geschickt faltete Little Mystery seine Fohlenbeine unter dem Körper zusammen und stemmte sich in die Höhe. Als er stand, wedelte er mit seinem wolligen Schweif und wieherte leise. Karfunkel war sofort an seiner Seite. Zielsicher fand das Fohlen ihr Euter und trank mit kräftigen Zügen. Man konnte sein leises Schmatzen hören.

Little Mystery war erst wenige Wochen alt. In einer dramatischen Nacht hatte Karfunkel ihn zur Welt gebracht, weit vor dem errechneten Geburtstermin. Rebecca hatte während der komplizierten Geburt große Angst um ihre Stute und das ungeborene Fohlen ausgestanden, aber alles war gut gegangen. Mutter und Kind waren kerngesund und Little Mystery war seit seiner Geburt der Liebling des Internats. Patrick hatte einige Mühe, ungebetene Besucher fernzuhalten. Ständig tauchten Schülerinnen und Schüler im Stall auf, die sich den kleinen Hengst ansehen wollten. »Wir sollten Eintrittsgeld verlangen«, hatte Patrick zu Rebecca gesagt. »Das wäre eine echte Geldquelle!«

»Wenn er erst mal draußen ist, können ihn endlich alle sehen«, sinnierte Kiki, während sie verträumt auf Little Mysterys rundes Hinterteil starrte.

»Stimmt«, sagte Rebecca nachdenklich. »Aber ich finde, er und Karfunkel sollten ihre Ruhe haben. Ich weiß gar nicht, warum alle so ein Brimborium um die beiden veranstalten. Wenn ich mir vorstelle, ständig stehen irgendwelche Leute am Zaun und versuchen, ihn heranzulocken und zu streicheln – na, ich weiß nicht.«

»Ach, das gibt sich bestimmt wieder«, winkte Bente ab. »Wenn ihn erst mal alle ausgiebig bewundert haben, wird er bald nichts Besonderes mehr sein. Dann ist er einfach nur ein ganz normales Fohlen.«

»Stimmt.« Karlchen nickte. »Im Moment hat er irgendwie

noch so was Geheimnisvolles an sich. Die dramatische Geburt, seine Herkunft … das war ja alles ziemlich spannend, nicht?«

»Doch, klar«, gab Rebecca zu. »Trotzdem geht mir dieser Wirbel auf den Keks. Sogar die Lehrer fragen ständig nach ihm!«

»Freu dich doch einfach«, sagte Bente. »Es wird nun mal nicht jeden Tag ein Fohlen im Internat geboren.«

»Genau«, stimmte Karlchen ihr zu. »Und weil das so ist, sollten wir uns langsam mal Gedanken über eine anständige Taufe machen. Wir veranstalten ein Riesenfest mit allem, was dazugehört, einverstanden? Dann können alle zum Gucken kommen und sind zufrieden.«

»Ein Riesenfest?« Rebecca riss die Augen auf. »Muss das sein? Klar, Little Mystery soll getauft werden, aber ich dachte eher an eine Feier im kleinen Kreis.«

»Das kannst du vergessen«, sagte Kiki. »Ich finde, Karlchen hat recht: Wir ziehen das richtig groß auf!«

Little Mystery hatte seine Mahlzeit beendet. Wie zur Bestätigung hob er den Kopf und wieherte hell. Dann machte er ein paar kleine Bocksprünge um seine Mutter herum.

Rebecca lachte. »Okay, du schwarzes Teufelchen, du hast deine Patentanten gehört: Du bekommst deine Party!«

»Super!«, freute sich Bente. »Ich ruf nachher gleich Laura an und sag ihr Bescheid! Bestimmt kommt die ganze Reitclique vom Auenhof und feiert mit!«

Als die Mädchen den Stall verließen, stießen sie fast mit zwei blonden Jungs zusammen.

»Was habt ihr denn vor?«, begrüßte Bente ihre jüngeren Zwillingsbrüder.

»Och, nichts weiter«, antwortete Benjamin ausweichend.

»Nö, gar nichts«, sagte Bastian, der sich von seinem Bruder nur dadurch unterschied, dass er ein paar Sommersprossen mehr auf der Nase hatte. »Wir gehen nur spazieren.«

Bente zog misstrauisch die Augenbrauen hoch. »Seit wann geht ihr spazieren?«

»Nun lass sie doch«, mischte sich Karlchen ein. »Sie wollen bestimmt zu Bommel, stimmt's?«

Die Zwillinge nickten. Bommel war ihr Haflingerwallach. Er stand mit den anderen Ponys hinter der Scheune auf der Ganzjahreskoppel.

»Ja, stimmt«, antwortete Benjamin hastig. »Genau, wir wollten gerade zu den Ponys.« Er packte seinen Bruder am Jackenärmel und zog ihn mit sich. Wenig später waren sie um eine Stallecke verschwunden.

»Da stimmt doch was nicht«, grummelte Bente. »Ich möchte wetten, dass die beiden wieder irgendeinen Blödsinn ausbrüten.« Bente kannte ihre Brüder gut und wusste genau, wie einfallsreich die beiden waren, wenn es darum ging, Streiche auszuhecken.

Kiki stupste sie an und grinste. »Ach, du arme, leidgeprüfte große Schwester. Es muss schlimm sein, wenn man wegen seiner kleinen Geschwister ständig zur Schulleitung zitiert wird.«

»Das kannst du laut sagen!« Bente rollte mit den Augen und drehte sich um, aber von den Zwillingen war nichts mehr zu sehen. Sie wollte gerade zu einer ausführlichen Schilderung vergangener Schandtaten ihrer Brüder ansetzen, da erblickte sie zwei Reiter am Horizont. »Hey, schaut mal! Zwei Schimmel im Galopp! Der eine Reiter ist Daniel, aber wer ist der zweite?«

Die Freundinnen spähten hinüber zum Waldrand und verfolgten mit zusammengekniffenen Augen die beiden Reiter auf ihren Pferden, die im Sprung über eine Hecke setzten und kurz darauf im Wald verschwanden.

»Das ist Miss Wedgewood«, meinte Rebecca. »Sie trainiert mit Daniel im Gelände.«

»Miss Wedgewood reitet Vielseitigkeit?«, wunderte sich Bente. Sie wusste, dass die junge Englischlehrerin eine begeisterte Reiterin war. Sie hatte ihr Pferd, die Lusitanostute Santana, mit ins Reitinternat gebracht, aber dass sie für eine Vielseitigkeit trainierte, war ihr neu.

»Nein, eigentlich nicht«, schränkte Rebecca ein. »Sie ist nur der Meinung, dass ihre Stute etwas mehr Kondition gebrauchen könnte. Deshalb hat sie sich Daniel als Trainingspartner ausgesucht.«

»Oha«, meinte Kiki. »Dann wird heute Abend nicht nur die arme Santana hechelnd im Stall stehen, sondern auch ihr armes Frauchen. Wer mit Daniel freiwillig ins Gelände geht, muss entweder verrückt oder selbstmordgefährdet sein. Der kennt doch keine Gnade, wenn's darum geht, Geschwindigkeits- und Hochsprungrekorde aufzustellen.«

Rebecca warf ihr einen giftigen Blick zu. Sie war seit ein paar Monaten Daniels feste Freundin, und sein Trakehnerhengst Mystery war der Vater von Karfunkels Fohlen. Zu Rebeccas Leidwesen stimmte das, was Kiki gesagt hatte, leider nur zu genau: Daniel war ein echter Sportfreak. Nichts konnte ihm zu hoch, zu weit, zu schwierig oder zu anstrengend sein. Erst vor Kurzem hatte er das Training für die Vielseitigkeitsmeisterschaften wieder aufgenommen, nachdem ein Reitunfall ihn kurzfristig aus dem Sattel geworfen hatte.

»Er weiß, was er tut«, fauchte sie Kiki an.

»Sei doch nicht gleich so empfindlich«, gab Kiki zurück und hakte sich bei ihr unter. »Los, lasst uns ins Schloss zurückgehen und Little Mysterys Taufe planen!«

Bente und Karlchen waren sofort einverstanden. Rebecca zögerte, aber dann nickte sie. »Okay. Wir setzen uns zusammen und planen die Fete.«

»Supi!«, rief Karlchen. »Ich spendiere eine Tüte Gummibärchen!«

Auf dem Weg durch den Schlosspark kam ihnen ein Junge entgegen, der einen Stapel Zeitungen vor seiner Brust balancierte. »Der neue Lindental-Bote!«, rief er ihnen von Weitem zu. »Druckfrisch!«

»Hi, Sven«, sagte Kiki zu dem Jungen. Sie angelte zwanzig Cent aus der Tasche ihrer Jeans und reichte sie ihm. »Ein Exemplar reicht für uns vier.«

Umständlich steckte Sven das Geld ein und nahm eine Zeitung vom Stapel. Er warf Bente ein verlegenes Lächeln zu, woraufhin ein zarter Hauch von Rosa sein Gesicht überzog. »Wann schreibst du mal wieder einen Artikel, Bente?«, fragte er. »Das ist nun schon die zweite Ausgabe ohne einen Beitrag von dir.«

Bente war freie Redakteurin des Lindental-Boten, der monatlich erscheinenden Internatszeitung, in der über Ereignisse in der Schule, neue Schüler und Lehrer und aktuelles Weltgeschehen berichtet wurde. Wegen der Turbulenzen, die ihre Brüder regelmäßig veranstalteten, und der aufregenden Fohlengeburt hatte sie in der letzten Zeit nur wenig Gelegenheit gehabt, etwas für die Schülerzeitung zu schreiben. Jetzt erhellte sich ihr Gesicht allerdings. »Ich hab da gerade eine geniale Idee«, strahlte sie. »Ich werde über Little Mysterys Taufe berichten! Ich brauche mindestens zwei Seiten, Sven. Und Platz für Fotos natürlich. Geht das klar?«

Sven nickte eifrig. »Sicher, logisch. Du bekommst so viel Platz, wie du willst.«

»Cool!« Bente gab ihm einen freundschaftlichen Klaps auf die Schulter, was den Zeitungsstapel in seinen Armen bedenklich ins Wanken brachte.

»Kommst du zur nächsten Redaktionskonferenz?«, rief er noch, als die vier Freundinnen schon weitergingen. »Nächsten Dienstag um vier?«

»Klar!«, rief Bente über die Schulter zurück. »Du kannst mir einen Platz frei halten!«

»Am liebsten wär's ihm wohl, wenn du auf seinem Schoß sitzen würdest«, kicherte Kiki. »Ich finde es immer wieder süß, wie Svenni dich anhimmelt!«

Bente konnte sich ein Grinsen nicht verkneifen. Sie wusste, dass der Mitschüler in sie verknallt war. Sie mochte ihn auch, allerdings nur als Freund, mehr nicht. »Ich glaub, für ihn ist es schon genug, wenn ich direkt neben ihm sitze. Sonst bekommt er noch einen Herzinfarkt!«

»Und das wollen wir natürlich nicht«, lachte Karlchen.

»Nee«, erwiderte Bente. »Das wollen wir bestimmt nicht.«

2

Kaum ins Zimmer zurückgekehrt, schnappte sich Bente ihr Handy und wählte die Nummer ihrer Cousine auf dem Auenhof. Laura war sofort dran.

»Hi, Bente!«, rief sie fröhlich und so laut, dass die anderen es hören konnten. »Wie geht's dir? Was gibt's Neues im Reitinternat?«

Bente erzählte ihr von der geplanten Fohlentaufe. Laura war begeistert.

»Und ob wir kommen! Ich bring die ganze Clique mit, und Mama und Papa natürlich auch. Sag mir nur rechtzeitig Bescheid, okay? In der Schule ist im Moment die Hölle los. Ich komme aus dem Lernen gar nicht mehr raus.«

»Geht mir ähnlich«, seufzte Bente. Die beiden Mädchen wechselten noch ein paar Worte, dann verabschiedeten sie sich. Bente legte ihr Handy weg und nahm stattdessen ihr dickes Notizbuch und einen Kugelschreiber in die Hand. »Ich werde die Story über die Fohlentaufe ganz groß anlegen. Anfangen werde ich mit dem ersten Zusammentreffen von Karfunkel und Mystery, ihrer Lovestory, bis zu dem Tag, an dem der Hengst seine Chance witterte und aus seinem Paddock ausbrach.«

»Du willst also bei Adam und Eva anfangen?«, fragte Kiki.

»Klar«, erwiderte Bente trocken. »Das gehört schließlich dazu.« Sie wandte sich an Rebecca: »Würdest du mir bei der Schilderung der dramatischen Geburt behilflich sein? Ich war ja leider nicht dabei, aber so ein Augenzeugenbericht gibt dem Ganzen noch den nötigen Pfiff!«

»Ich erzähl dir alles gerne noch einmal«, nickte Rebecca. »Das wär dann ungefähr zum hundertsten Mal.«

»Super, danke.« Bente überhörte den leisen Spott und fing an zu schreiben. Ab und zu runzelte sie die Stirn und kaute auf dem Kuli, um gleich darauf weiterzuschreiben.

Karlchen wühlte unterdessen in ihrem Nachtschränkchen und brachte eine angebrochene Tüte Gummibärchen und eine Schale mit dänischer Lakritze zum Vorschein. Kiki nahm sich eine Handvoll, während sie im Lindental-Boten blätterte.

»Hey, seht mal her!«, rief sie plötzlich. »Wir kriegen zwei Neue! Oh Mann, die eine sieht aus, als wäre sie direkt aus einer Modezeitschrift gesprungen.«

Rebecca griff nach der Schülerzeitung und betrachtete das Foto. »Stimmt«, meinte sie. »Ein richtiges Glamourpüppchen. Aber vielleicht täuscht der erste Eindruck, wer weiß? Mal sehen, was da steht: ›In der kommenden Woche können wir im Reitinternat zwei neue Mitschülerinnen begrüßen‹«, las sie die Bildunterschriften vor. »›Marie-Claire Montpellion, 14 Jahre alt, und ihre Schwester Florentine, 10 Jahre, kommen aus Frankreich. Ihre Hobbys sind Reiten, Badminton, Segelfliegen, Kunst und Literatur.‹« Sie ließ die Zeitung sinken. »Segelfliegen? Das hatten wir bis jetzt noch nicht!«

Karlchen schnappte sich die Schülerzeitung. »Wenn sie reiten, müsste hier auch stehen, ob sie ihre eigenen Pferde mitbringen. Das ist doch viel spannender als Segelflugzeuge.« Sie überflog den Artikel. »Ja, hier steht's: ›Marie-Claire und Florentine bringen drei eigene Pferde mit, einen Vollblutaraberhengst und zwei französische Vollblutstuten.‹ Mensch, das ist aber ziemlich viel Vollblut auf einmal!« Sie konzentrierte sich auf das Foto. Es zeigte ein dünnes, hochgewachsenes Mädchen mit glatten, schulterlangen Haaren. Es trug eine Designerjeans, dazu ein bauchfreies, ziemlich figurbetontes Top und lächelte strahlend in die Kamera. Neben ihr stand, etwas kleiner und deutlich kräftiger, ein jüngeres Mädchen mit blondem Strubbelkopf. »Die Kleine sieht ganz drollig aus«, fand Karlchen und gab die Zeitung weiter. »Aber die Große? Ich weiß nicht recht.«

»Ob diese Marie-Claire in unsere Klasse kommt?« Kiki runzelte die Stirn.

»Gut möglich«, meinte Rebecca. »Allerdings werden neue Schüler auch manchmal in die nächstniedrigere Klasse eingestuft, bevor Frau Dr. Paulus endgültig entscheidet, wo sie abbleiben.«

Bente hatte aufgehört zu schreiben. »Die Jüngere, Florentine, ist zehn? Dann kommt sie bestimmt in Benjamins und Bastians Klasse. Oh, là, là … eine kleine Französin!«

»Das wird bestimmt interessant«, sagte Karlchen. »Aber wollen wir jetzt nicht endlich mal Little Mysterys Taufe planen?« Sie knurpselte auf einem Lakritzbonbon herum und musterte die Freundinnen der Reihe nach.

»Moment, hier steht noch was Wichtiges«, sagte Bente.

»›Die nächste Versammlung der Reitabteilung findet am nächsten Mittwoch um drei Uhr in der Reithalle statt‹«, las sie vor. »›Thema ist der kommende Staffelritt. Um zahlreiches Erscheinen wird gebeten.‹ Wow!« Sie faltete die Schülerzeitung zusammen. »Der Staffelritt!«

»Den machen wir mit!« Karlchen schluckte vor Aufregung ihren Bonbon runter.

»Klarer Fall!«, sagte Kiki entschlossen.

Rebecca machte ein zerknirschtes Gesicht. »Ich weiß aber nicht, ob ich Karfunkel dann schon wieder reiten darf.«

»Der Ritt findet an Pfingsten statt«, sagte Bente. »Bestimmt kannst du sie bis dahin wieder reiten. Fragt sich nur, ob sie die nötige Kondition hat.«

»Und was ist mit dem Fohlen?«, mischte Karlchen sich ein. »Little Mystery geht dann vielleicht schon bei Fuß, aber er kann doch nicht bei einem Distanzritt mitlaufen!«

»Nee, ausgeschlossen.« Rebecca schüttelte den Kopf.

Die Freundinnen grübelten, bis Kiki plötzlich aufsprang. »Herr von Hohensee kann dir ein anderes Pferd geben! In den Regeln steht nicht, dass man sein eigenes Pferd reiten muss.«

»Ja, stimmt!« Karlchens Miene erhellte sich. »Wir fragen ihn gleich morgen. Im Stall stehen so viele Pferde – wär doch gelacht, wenn da nicht ein passendes für dich dabei wäre.«

»Ach, ich weiß nicht …«, murmelte Rebecca. »Ohne Karfunkel ist es nicht dasselbe.«

»Quatsch!«, sagte Karlchen energisch. »Hauptsache, du reitest mit. Auf welchem Pferd, ist doch ganz egal.«

»Egal nicht gerade«, erwiderte Rebecca, »aber ihr habt recht: Ich werde Herrn von Hohensee fragen, ob er mir ein

Pferd leiht. Den Staffelritt will ich mir nicht entgehen lassen.«

»Dann sind wir uns ja einig«, sagte Bente zufrieden, »und können endlich zur Planung der Fohlentaufe schreiten. Was haltet ihr davon, wenn wir sie mit dem Staffelritt verbinden? Im Anschluss an die Siegerehrung könnte die feierliche Taufe doch supergut stattfinden.«

Im Nu hatten sich die vier Freundinnen in die Vorbereitungen für Little Mysterys Taufe vertieft. Die neuen Mitschülerinnen waren vergessen. Bente stand auf und legte eine CD in ihren CD-Player. Romantische Geigentöne erklangen.

»Deine CD ist echt genial«, sagte Bente zu Kiki. »Seit du sie mir geschenkt hast, hör ich fast nichts anderes mehr.«

»Man kann so schön dabei träumen.« Karlchen ließ sich zurücksinken und schloss die Augen. »Die reinste Entspannungsmusik.«

Kiki war eine talentierte Violinistin und hatte schon viele Auszeichnungen und Preise gewonnen. Vor Kurzem hatte sie mit Patricks Hilfe ihre erste eigene CD herausgebracht. Sie nickte bescheiden.

»Freut mich, dass euch meine Musik gefällt.«

»Wie sind denn die Verkaufszahlen?«, fragte Rebecca neugierig.

»Na ja, die Charts stürmt die CD nicht gerade, aber sie verkauft sich ganz gut«, antwortete Kiki. »Die Plattenfirma ist jedenfalls zufrieden. Bald bekomme ich meinen ersten Scheck. Dann lade ich euch zu einer Pizza ein.«

Karlchen nahm sich eine Handvoll Gummibärchen und schob sie sich zwischen die Zähne. »Schpitze«, nuschelte sie.

»Aber zurück zur Taufe. Hast du dir schon überlegt, wer Taufpate sein soll?«

Rebecca nickte. »Ihr seid meine besten Freundinnen, das wisst ihr. Und so was wie Little Mysterys Patentanten seid ihr auch.« Sie machte eine Pause, bevor sie fortfuhr. »Aber als Taufpaten wünsche ich mir Miss Wedgewood und Dr. Tanner. Ohne die beiden hätte es Karfunkel bestimmt nicht geschafft, und Little Mystery auch nicht. Als kleines Dankeschön sollen Miss Wedgewood und Dr. Tanner seine Taufpaten werden.«

»Gute Idee«, meinte Bente.

»Klar«, sagte Karlchen. »Das haben die beiden echt verdient.«

»Und wenn wir zusätzlich seine Ersatz-Patentanten sind, kann Little Mystery überhaupt nichts mehr passieren«, lächelte Kiki. »Wer kann schon von sich behaupten, gleich zwei Taufpaten und drei tolle Tanten zu haben, die rund um die Uhr auf ihn aufpassen?«

»Also einverstanden«, schloss Bente die Diskussion. »Die Taufe findet nach dem Staffelritt statt. Das passt Tante Mira und Onkel Thomas bestimmt auch gut. An Pfingsten wollten sie sowieso zu Besuch kommen. Und jetzt können sie gleich zwei Fliegen mit einer Klappe schlagen und Laura, Fynn und die anderen zur Fohlentaufe mitbringen.«

»Sagt mal, beim Staffelritt dürfen doch auch Gastmannschaften mitmachen, oder?«, fragte Karlchen und tippte sich nachdenklich an die Nase.

»Ich glaub schon«, nickte Bente. »Wieso?«

Auf Karlchens Gesicht breitete sich ein Grinsen aus. »Wir

laden die Clique vom Auenhof ein, mitzumachen! Zu einer Mannschaft gehören vier Reiter. Laura, Fynn und noch zwei aus der Clique – und das Auenhof-Team ist komplett!«

»Mensch, Karlchen«, strahlte Bente. »Das ist die Idee! Ich ruf Laura gleich noch mal an und frag sie.«

»Sie müssten sich dann aber auch rechtzeitig um den Transport ihrer Pferde kümmern«, wandte Rebecca ein. »Bei vier Pferden müssten sie mit zwei Hängern kommen.«

»Ach, das klappt schon«, winkte Bente ab und angelte nach ihrem Handy. »Onkel Thomas kann den einen Transporter fahren und Tante Mira den zweiten. Kein Problem. Wieso bin ich nur nicht selbst darauf gekommen?«

»Weil du nicht so schlau bist wie ich, vielleicht?«, kicherte Karlchen.

Bente warf ihr ein Kissen an den Kopf und lachte.

3

»Ich möchte euch eure neue Mitschülerin vorstellen«, sagte Frau Dr. Paulus ein paar Tage später. »Wie ihr vielleicht schon wisst, kommen Marie-Claire und ihre jüngere Schwester Florentine aus Frankreich.« Neben ihr stand das hoch aufgeschossene Mädchen aus dem Lindental-Boten mit gelangweiltem Gesicht. »Du kannst dich neben Swantje setzen, Marie-Claire. Und komm nach dem Unterricht bitte noch einmal in mein Büro, damit ich dir die Bücherliste geben kann. Bis du deine eigenen Bücher hast, schau bitte mit in Swantjes.«

Mit langsamen, katzengleichen Bewegungen schritt Marie-Claire zu dem zugewiesenen Platz und ließ sich auf den freien Stuhl sinken. Unzählige neugierige Blicke waren ihr gefolgt und musterten sie. Marie-Claire schien das nichts auszumachen. Sie schloss die Augen und strich die glatten Haare aus der Stirn.

Bereitwillig schob Swantje ihr Buch in die Mitte des Tisches, lächelte die neue Mitschülerin freundlich an und reichte ihr die Hand. »Hi, ich bin Swantje.«

Marie-Claire öffnete die Augen und schien die hingehaltene Hand zu übersehen. »Angenehm«, hauchte sie. Ihre Stimme hatte einen leichten französischen Akzent.

»Ach du grüne Neune«, brummte Karlchen, die direkt hinter Swantje saß. »Was ist das denn für eine?«

Bente rollte mit den Augen. Marie-Claires rosafarbener Angorapullover verströmte einen intensiven, unerträglich süßen Parfümgeruch.

Kiki kicherte, als sie Bentes gerümpfte Nase sah, und stieß Rebecca mit dem Ellbogen an. »Oh, là, là«, flüsterte sie ihr zu. »Das scheint ja ein echt herziges Mädel zu sein.«

Frau Dr. Paulus setzte eine strenge Miene auf. »Ich möchte euch bitten, Marie-Claire in der ersten Zeit nach Kräften zu unterstützen. Zeigt ihr bitte alles und erklärt ihr den Tagesablauf. Vergesst nicht, dass ihr alle auch mal neu wart. Macht eurer neuen Mitschülerin den Anfang so leicht wie möglich.« Ein paar aus der Klasse nickten. »Gut«, sagte die Internatsleiterin. »Ich verlasse mich auf euch. Dann schlagt jetzt bitte eure Bücher auf Seite siebenunddreißig auf. Bente, bitte komm an die Tafel.«

Als es zur Pause klingelte, blieb Marie-Claire auf ihrem Platz sitzen und schaute gelangweilt aus dem Fenster.

»Ähm, entschuldige«, sagte Swantje. »Das ist die große Pause. Wir müssen auf den Schulhof.«

Marie-Claire wedelte mit einer Hand. »Geh nur«, sagte sie. »Ich bleibe lieber drinnen.«

»Aber das dürfen wir nicht«, erwiderte Swantje. »Los, komm mit, sonst kriegst du Ärger!«

»Zerbrich dir nur nicht meinen Kopf.« Marie-Claire schüttelte die seidig glänzenden Haare. »Wenn ich sage, ich bleibe lieber in der Klasse, ist das wohl meine Sache, oder?«

Swantje blieb unschlüssig stehen. »Wie du willst«, meinte sie. »Aber beschwer dich hinterher nicht, ich hätte dich nicht gewarnt!«

»Ist die so doof oder tut sie nur so?«, raunte sie Karlchen und Bente zu, die ihre Frühstücksbrote aus den Taschen holten.

»Das wird sich noch zeigen«, sagte Bente. »Im Moment geh ich davon aus, dass sie nur so tut.«

»Wer weiß?«, grinste Karlchen. »Es soll ja tatsächlich so was wie angeborene Blödheit geben.« Sie sagte es so laut, dass Marie-Claire es gehört haben musste, aber die zuckte nicht mal mit der Wimper, sondern starrte weiterhin aus dem Fenster.

»Hey, hast du keinen Hunger?«, rief Karlchen ihr zu. »Bis zum Mittagessen haben wir noch ein paar Stunden! Du solltest zwischendurch etwas frühstücken!«

»Danke, ich habe keinen Appetit«, erwiderte die Neue. »Geht nur. Kleine Mädchen brauchen frische Luft!«

Auf dem Schulhof regte sich Karlchen immer noch auf. »Kleine Mädchen? Wie meinte die das denn? Hält die sich etwa für was Besseres?«

Rebecca, Bente und Kiki schüttelten empört die Köpfe.

»Ein toller Einstand war das nicht gerade«, meinte Kiki.

»Nee, das kann man wirklich nicht behaupten«, stimmte Rebecca ihr zu. »Gerade zu Anfang sollte man sich ein bisschen mehr Mühe geben.«

Bente nickte.

»Könnt ihr euch vorstellen, dass die reitet?«, fragte Karlchen. »Die auf einem Pferd? Da muss sie doch die ganze Zeit befürchten, sich die Hände schmutzig zu machen!«

Die Freundinnen konnten sich die blasierte Französin nur schwer auf einem Pferd vorstellen, geschweige denn bei der Stallarbeit, die für sie alle selbstverständlich zum Reiten dazugehörte. Marie-Claire bis zu den Knien im Pferdemist? Unmöglich!

Beim Mittagessen stieß Kiki Bente an. »Du, ich glaub, deine Brüder flirten!«

Bentes Blick wanderte über die langen Tischreihen der Unterstufenschüler und blieb schließlich bei den Zwillingen hängen. Tatsächlich, da saßen Benjamin und Bastian mit einem Mädchen in ihrer Mitte und unterhielten sich scheinbar sehr angeregt.

»Das ist Marie-Claires Schwester«, sagte Bente erstaunt. »Florentine!« Verwundert stellte sie fest, dass die Wangen ihrer Brüder hektisch gerötet waren. Die kleine Florentine wandte sich mal nach links, mal nach rechts und kicherte die ganze Zeit über. »Na, die scheint wenigstens ein bisschen lockerer zu sein als ihre große Schwester. Trotzdem möchte ich zu gern wissen, worüber die sich so amüsieren. Ich wusste ja gar nicht, dass meine missratenen Brüder so gute Gesprächspartner sind!«

»Apropos Marie-Claire – wo steckt denn die Gute?« Rebecca reckte den Hals.

»Sie sitzt bei Jamie-Lee und den anderen Modepuppen.« Karlchen knurrte verächtlich und deutete mit der Gabel vage in eine Ecke des Speisesaals. »Da haben sich die Richtigen gefunden. Bestimmt quatschen sie die ganze Zeit über irgendwelche Boygroups und die neuesten Modetrends.«

»Kann uns doch egal sein«, meinte Kiki gleichmütig. »Dann haben wir sie wenigstens nicht auf der Pelle.«

Bente zuckte zusammen, als ihr jemand von hinten auf die Schulter klopfte. Es war Benjamin. Neben ihm stand Bastian, flankiert von Florentine.

»Möchtest du unsere Rouladen haben?«, fragte Benjamin und hielt Bente seinen gefüllten Teller unter die Nase. »Wir sind ab heute Vegetarianer!«

»Das heißt, wir essen kein Fleisch mehr!«, fügte Bastian hinzu.

»Es heißt Ve-ge-ta-ri-er«, korrigierte Rebecca die Zwillinge.

Bente legte die Stirn in Falten. »Wie bitte? Was soll das denn heißen?«

»Na, dass wir keine toten Tiere mehr essen!« Bastian schob ihr von der anderen Seite nun auch seinen Teller vors Gesicht.

»Nehmt das Essen weg!«, zischte Bente. »Ich will eure Rouladen nicht! Was soll das heißen, ihr esst kein Fleisch mehr?«

»Wir sind jetzt Vegetarier«, wiederholte Benjamin geduldig.

Rebecca schmunzelte. »Sag mal, du bist doch Florentine, nicht?«, fragte sie das blonde Mädchen neben den Zwillingen.

»Ja, ich heiße Florentine Montpellion«, antwortete das Mädchen freundlich. »Aber alle nennen mich nur Flo.« Sie grinste und kräuselte dabei ihre Stupsnase.

»Lass mich raten, Flo«, fuhr Rebecca freundlich fort. »Ich wette, du isst kein Fleisch, stimmt's?«

Florentine nickte heftig. »Ich bin seit meinem fünften Lebensjahr überzeugte Vegetarierin«, erklärte sie. »Ich rette lieber Tiere, als dass ich sie esse!«

»Cool, nicht?« Bastians Augen strahlten.

Rebecca grinste und wandte sich an Bente: »Alles klar?«

Bente machte ein verwirrtes Gesicht. »Wie? Was meinst du?«

»Ist doch logisch«, erwiderte Rebecca. »Deine Brüder sind soeben zum Vegetarismus bekehrt worden.«

»Ihr esst kein Fleisch mehr, weil Florentine auch keins isst?«, fragte Bente ihre Brüder. Beide nickten. »Na, wenn ihr meint.« Sie zuckte mit den Achseln. »Bisher dachte ich immer, Fleisch wäre eure Hauptnahrungsquelle. Wenn ich nur an all die Hamburger denke, die ihr schon verdrückt habt!«

»Das ist jetzt vorbei«, sagte Bastian ernst.

»Endgültig!«, bekräftigte Benjamin.

Florentine lächelte glücklich.

»Ihr seid nicht die einzigen Vegetarier im Internat«, seufzte Bente. »Mir ist das ziemlich egal. Von mir aus kann jeder machen, was er will, solange er damit glücklich ist. Aber sagt bitte Frau Wuttig Bescheid und lasst euch auf die Liste der Vollwertköstler setzen, okay? Ich will mir später nämlich nicht vorwerfen lassen, ich sei an eurer Mangelernährung schuld.«

»Was bedeutet denn, dass du lieber Tiere rettest, als sie zu essen?«, erkundigte sich Karlchen bei Florentine. »Hast du schon mal Tiere gerettet?«

»Na klar! Wir haben zu Hause drei Hunde, fünf Katzen, zwei Wildkaninchen, einen zahmen Igel, ungefähr vierzehn

Vögel und …« Florentine brach ihre Aufzählung ab. Die Finger ihrer Hände reichten irgendwie nicht mehr aus.

»Und die hast du alle gerettet?«, staunte Karlchen.

Florentine nickte. »Sie waren entweder verletzt oder jemand hatte sie ausgesetzt oder gequält.«

»Flo, du gefällst mir!«, sagte Karlchen beeindruckt. »Und jetzt her mit euren Rouladen, bevor sie kalt werden! Ich mag Tiere zwar auch unheimlich gern, aber wenn sie schon mal gebraten sind, kann man sie ruhig essen, oder?«

Unter den geringschätzigen Blicken der Zwillinge und ihrer neuen Freundin häufte sich Karlchen die Rouladen auf den Teller und fing an, sie mit gutem Appetit zu verspeisen.

Kiki sprach Florentine an: »Du sprichst echt gut Deutsch. Man hört kaum einen Akzent.«

»Meine Mutter ist Deutsche«, erklärte Florentine. Sie seufzte, als sie sah, wie Karlchen die Rouladen verdrückte, ohne dabei an die toten Tiere zu denken. »Außerdem haben Marie-Claire und ich die Deutsche Schule in Paris besucht.«

»Aha«, sagte Kiki. »Na, dann herzlich willkommen in Lindental, Florentine. Hoffentlich gefällt's dir bei uns!«

4

Am Nachmittag versammelte sich die Reitabteilung des Internats in der Dressurhalle. Auch Miss Wedgewood tauchte auf, wie immer begleitet von ihrem riesigen Irischen Wolfshund Lawrence. Die junge Lehrerin mit den knallroten Haaren winkte den Freundinnen fröhlich zu.

»Ob sie den Staffelritt mitmacht?«, fragte Bente neugierig.

»Nee, der Ritt ist nur für junge Reiter«, wusste Karlchen.

»Und für die Auszubildenden«, ergänzte Kiki. »Patrick will auch mitreiten. Ich frag mich, wo er bleibt.«

»Er steckt mit den anderen Jungs in der nicht zu übersehenden Menschentraube, die sich um Marie-Claire gebildet hat.« Rebeccas Stimme hatte einen scharfen Unterton. »Habt ihr's noch nicht gesehen? Da stehen sie und scharen sich um die französische Pute, als wäre sie ein Wesen von einem anderen Stern!«

»Was?«, entfuhr es Kiki. »Patrick auch?«

Rebecca nickte düster. »Patrick auch. Genauso wie Daniel, Sven und alle anderen.«

»Vielleicht liegt's an ihrem Parfüm?«, meinte Bente achselzuckend. »Ich hab mal gelesen, dass da so Lockstoffe drin sind. Das funktioniert so ähnlich wie in der Natur. Es gibt

Insekten, die Duftstoffe benutzen, um männliche Partner anzulocken. Und wenn sie ihnen auf den Leim gegangen sind, fressen sie sie auf.«

Karlchen prustete laut los. »Unsere männlichen Mitschüler fallen also gerade auf einen klebrigen Schmetterling rein, meinst du? Hihi, Jungs sind ja so blöd!«

»Vielleicht sind sie sogar blöd genug, um sich fressen zu lassen.« Kiki warf einen giftigen Blick in Patricks Richtung, der direkt neben Marie-Claire stand. Die Französin trug hautenge Reithosen mit Ganzlederbesatz und lange Lederreitstiefel, die ihre ohnehin schon endlos langen Beine noch mehr zu strecken schienen, dazu einen ebenfalls sehr eng anliegenden Rollkragenpullover aus schwarz glänzendem Stoff. Ihre aschblonden Haare hatte Marie-Claire zu einem kunstvoll zerzausten Knoten zusammengesteckt. Kiki konnte genau sehen, dass sie Patrick – und nicht nur ihm, sondern auch Daniel und den anderen Jungs – tiefe Blicke zuwarf und dabei gekünstelt lachte.

Auch Rebecca warf beunruhigte Blicke in die andere Ecke der Reithalle. Daniel amüsierte sich offensichtlich prächtig und schien geradezu an den Lippen der neuen Mitschülerin zu hängen. Rebecca spürte einen Stich in der Brust. Als der Reitlehrer, Herr von Hohensee, die Halle betrat, atmete sie tief durch und versuchte sich zu konzentrieren, aber es funktionierte nicht. Immer wieder schweifte ihr Blick zu Daniel und Marie-Claire hinüber, die dicht nebeneinander auf einer Holzbank saßen.

Kiki stieß Rebecca an. »Ich glaub nicht, dass wir uns das gefallen lassen sollten«, flüsterte sie ihr zu. »Was meinst du?«

»Ganz bestimmt nicht«, flüsterte Rebecca zurück. »So können die nicht mit uns umspringen!«

Auch Bente rutschte unruhig auf ihrem Platz hin und her.

»Was finden die alle an dieser Ziege?«, murmelte sie leise. Genau wie die anderen hing Sven wie gefesselt an Marie-Claires Lippen. Zu ihrer eigenen Verwunderung spürte sie Eifersucht in sich aufsteigen. »So ein Blödsinn!«, schimpfte sie ärgerlich.

Karlchen musterte sie erstaunt von der Seite.

»Nichts weiter«, versicherte Bente schnell. »Ich hab nur laut gedacht.«

Herr von Hohensee bat um Ruhe. Der Reitlehrer mit den grauen Haaren war bei allen sehr beliebt. Er verbreitete Respekt, war dabei aber immer freundlich und fair. Wenn es um seine Pferde und die Disziplin im Stall und auf dem Reitplatz ging, konnte er allerdings sehr streng sein. Er überragte die Reitschüler mühelos und seine reitstundenerprobte Stimme ließ auch die letzten Flüsterer verstummen.

»Schön, dass ihr vollzählig erschienen seid«, sagte er. »Wie ihr wisst, geht es um den Staffelritt an Pfingsten. Die Älteren von euch haben an diesem Ritt vielleicht schon mal teilgenommen, den Jüngeren werde ich erklären, was es damit auf sich hat.« Er zog einen Zettel aus der Tasche seiner Reitweste. »Ich habe hier eine Liste mit den Namen der ausgewählten Mannschaftsführer, die die Teams des Staffelritts anführen werden. Jedes Team besteht aus vier Reitern, die nacheinander mit ihren Pferden eine vorgegebene Distanz im Gelände zurücklegen müssen. Die Reihenfolge der Reiter bestimmt der Anführer. Ihr könnt sie auch auslosen, das bleibt euch überlassen. An den Wechselpunkten werden die Staffelhölzer jeweils an den nächsten Reiter des Teams weitergegeben. Ihr kennt das aus dem Sportunterricht. Ein Staffelritt ist wie ein Staffellauf, nur dass er zu Pferde ausgetragen wird. Sieger ist die Mannschaft, deren letzter Reiter zuerst die Ziellinie passiert. Alles klar so weit?« Alle nickten. Der Reitlehrer fuhr fort: »Das Besondere an unserem Staffelritt ist, dass die Mannschaften bunt durcheinandergewürfelt werden können. Es gibt keine reinen Ponyteams oder Großpferdemannschaften. Jedes Pferd, egal wie groß oder klein, wie dick oder dünn, darf mitmachen und legt dieselbe Distanz zurück. Alle haben dieselbe Chance. Der jeweilige Mannschaftsführer wählt seine drei Mitreiter aus. Teilnehmen dürfen alle Reitschüler, eingeladene Gastmannschaften und die Auszubildenden unseres Stalls. Wer kein eigenes Pferd zur Verfügung hat, bekommt von mir eins zugeteilt. Ich lese jetzt die Namen der Mannschaftsführer vor. Bitte kommt nach vorne und wählt eure Teams aus.«

»Wird bei dem Ritt auch gesprungen?«, fragte ein Mädchen aus der Menge.

Herr von Hohensee nickte. »Im Gelände sind feste Hindernisse aufgebaut, die ihr von unseren Ausritten kennt. Ihr dürft sie überspringen, sie dürfen aber auch umritten werden, ganz wie ihr wollt oder könnt. Wichtig ist, dass ihr wisst, was ihr euch und euren Pferden zumuten könnt. Wer alle Hindernisse überspringt, muss nicht unbedingt schneller sein als die anderen. Geht bitte kein Risiko ein. Der Staffelritt ist ein sportlicher Wettkampf, der vor allem Spaß machen soll. Wer Zweifel hat, wendet sich vor dem Ritt bitte noch mal an mich.«

Der Reitlehrer las mit lauter Stimme die Namen der Mannschaftsführer vor, die er ausgewählt hatte. Es waren insgesamt acht, unter ihnen auch Rebecca und Daniel. Die Gastmannschaften wählten ihre eigenen Kapitäne.

»Entspannt euch«, raunte Rebecca ihren Freundinnen zu. »Wen ich in meine Mannschaft wähle, ist doch klar!« Lächelnd schob sie sich nach vorne. Daniel kam auf sie zu und stellte sich neben sie. Als er allerdings einen Arm um sie legen und ihr einen Kuss geben wollte, drehte sie schnell das Gesicht zur Seite. Der Kuss landete auf ihrem linken Ohr. Daniel machte ein verdutztes Gesicht.

»Sieht aus, als würden wir gegeneinander reiten«, sagte Rebecca kühl.

»Hä?«, fragte Daniel begriffsstutzig zurück. »Klar, wir starten in zwei verschiedenen Teams, aber …«

Rebecca würgte ihren Freund ab. »Du wirst schon sehen, was das bedeutet«, zischte sie ihm zu. »Mein Team hat jedenfalls vor, diesen Ritt zu gewinnen!«

Daniel zog den Kopf ein und sagte nichts mehr. Rebecca setzte ein triumphierendes Lächeln auf und zwinkerte Kiki, Karlchen und Bente zu.

Als er alle Namen vorgelesen hatte, bat Herr von Hohensee die Mannschaftsführer der Reihe nach, ihre Teams auszuwählen.

Rebecca machte den Anfang: »Ich wähle Kiki van der Slooten!«

Kiki sprang auf und stellte sich zu ihr, wobei sie Daniel keines Blickes würdigte. Als er an der Reihe war, rief er Patricks Namen. Grinsend löste sich Kikis Freund von der Bande, gegen die er sich gelehnt hatte, und schlenderte nach vorne. Er schlug Daniel auf die Schulter und schenkte Kiki ein strahlendes Lächeln. Kiki funkelte ihn wortlos an.

Nach Kiki rief Rebecca Bente in ihr Team; Daniel wählte Sven.

»Jetzt fehlt nur noch Karlchen, und Rebeccas Team ist komplett«, meinte Daniel. »War doch klar, dass ihr vier Mädchen wieder zusammengluckt.«

Rebecca lächelte, ohne etwas zu erwidern. Ihr Blick ruhte auf Karlchen, die auf ihrem Platz herumzappelte und Faxen machte.

»Was dagegen?«, raunzte Bente Daniel an. »Wir lassen uns jedenfalls nicht blenden. Wir halten zusammen!«

Sie straffte die Schultern und machte einen großen Schritt zur Seite, um nicht genau neben Sven stehen zu müssen. Die Jungs wechselten einen Blick. Patrick ließ einen Zeigefinger in Schläfenhöhe rotieren und lachte.

»Wie die Hyänen«, sagte er. »Was so ein kleiner Wettkampf aus dem zarten Geschlecht machen kann … Mannomann, das kann ja heiter werden.«

»Worauf du Gift nehmen kannst!« Kiki verspürte den heftigen Wunsch, ihrem Freund kräftig vors Schienbein zu treten. »Ihr werdet unseren Staub schlucken, das kann ich dir versprechen!«

»Unseren Staub schlucken?«, wiederholte Bente. »Das ist cool!«

Die Mannschaften waren inzwischen fast komplett. Rebecca hatte noch eine Wahl, und allen in der Halle war klar, auf wen sie fallen würde.

»Karolin Karlsson!«, rief Rebecca laut.

»Bin schon da!«, rief Karlchen zurück. Sie sprang über eine Bank und stolperte auf ihr Team zu. Die Freundinnen klatschten sich ab.

»Ich bin gespannt, wen Daniel nimmt«, flüsterte Bente den anderen zu. »Groß ist die Auswahl nicht mehr.«

Daniel, Patrick und Sven steckten die Köpfe zusammen und berieten sich. Karlchen spitzte die Ohren, konnte aber kein Wort von dem verstehen, was die Jungs tuschelten. In der Reithalle wurde es still. Daniel machte einen Schritt nach vorne und verkündete den Namen des letzten Reiters, der zu seiner Mannschaft gehören sollte. Es war ein Mädchen.

»Marie-Claire Montpellion!«, hallte es in der Halle nach.

»Was?!«, entfuhr es Rebecca und Kiki gleichzeitig.

»Das ist doch wohl nicht sein Ernst!«, schnaubte Bente.

»Er weiß doch noch nicht mal, ob sie überhaupt reiten kann!«, fügte Karlchen entsetzt hinzu.

In der Reithalle entstand Unruhe, als Marie-Claire geschmeidig wie eine Katze durch die langen Bankreihen nach vorne schlüpfte. Ihr hübsches Gesicht war undurchdringlich. Als sie an Rebecca, Kiki, Karlchen und Bente vorbeiging, hob sie eine Augenbraue und lächelte spöttisch, bevor sie sich lässig zu den Jungs stellte.

»Das bedeutet Krieg!«, brummte Karlchen düster. »Mein Snude wird ihren blöden Araberhengst in Grund und Boden stampfen!«

»Damit sind alle Teams komplett«, sagte Herr von Hohensee. »Ich wünsche euch viel Glück. Natürlich werden wir vor dem Ritt noch trainieren, damit eure Pferde die nötige Kondition bekommen. Wir werden Ausritte machen und uns viel im Gelände bewegen. Und ihr solltet zusätzlich lange Spaziergänge und Waldläufe machen, sonst geht euch womöglich vor euren Pferden die Puste aus.«

»Was gibt's eigentlich zu gewinnen?«, fragte ein Junge.

»Es gibt einen Wanderpokal, in den die Namen der Gewinnermannschaft eingraviert werden«, erwiderte der Reitlehrer. »Bestimmt habt ihr ihn schon mal gesehen: Er steht mit den anderen Sportpokalen in der Vitrine im Rittersaal. Ach, noch etwas: Entlang der Strecke werden Streckenposten kontrollieren, dass alles korrekt abläuft und niemand sich verreitet oder sein Pferd überfordert. Ich werde einer dieser Posten sein. Unser Stallmeister Max, Miss Wedgewood und einige andere Lehrer aus dem Kollegium haben sich bereit erklärt, ebenfalls zu helfen.« Er faltete seinen Zettel zusammen und steckte ihn ein. »So, wenn es keine weiteren Fragen mehr gibt, erkläre ich die Versammlung für beendet. Wir sehen uns übermorgen zum ersten Training.«

Es dauerte ein Weilchen, bis die Versammlung sich aufgelöst hatte. Ein paar Helfer trugen die Bänke zurück und harkten den Boden der Reithalle. Daniel, Patrick und Sven waren – begleitet von Marie-Claire – im Stall verschwunden.

Herr von Hohensee stand mit Miss Wedgewood etwas abseits und unterhielt sich mit ihr. Rebecca trat auf die beiden zu. »Entschuldigung«, sagte sie. »Ich hab noch eine Frage.«

Der Reitlehrer musterte sie aufmerksam. »Was gibt's?«

»Ich kann Karfunkel wegen ihres Fohlens bei dem Staffelritt ja leider nicht reiten«, sagte Rebecca. »Deshalb bräuchte ich ein Ersatzpferd.«

Herr von Hohensee kraulte Lawrence unter dem Kinn und machte ein nachdenkliches Gesicht. »Stimmt, das hätte ich fast vergessen. Ich denke darüber nach und sag dir Bescheid, okay?«

»Warum nimmst du nicht Santana?«, mischte Miss Wedgewood sich ein. »Ich stelle dir meine Stute gerne zur Verfügung. Ihr würdet bestimmt gut zueinander passen.«

»Sie würden mir Ihr Pferd geben?«, staunte Rebecca.

Miss Wedgewood lachte. »Warum nicht? Santana geht brav im Gelände und du bist eine gute Reiterin.«

»Das wäre sicher keine schlechte Wahl«, meinte Herr von Hohensee. »Die Stute würde wirklich gut zu dir passen, Rebecca.«

Rebecca warf ihren Freundinnen einen fragenden Blick zu. Karlchen, Kiki und Bente nickten heftig.

»Okay«, sagte Rebecca schließlich. »Vielen Dank!«

»Schon in Ordnung«, lächelte Miss Wedgewood. »Am besten reitest du sie ab morgen regelmäßig. Dann habt ihr noch genug Zeit, um euch aneinander zu gewöhnen. Du wirst bestimmt gut mit ihr zurechtkommen.«

»Bestimmt!« Rebecca bedankte sich noch einmal überschwänglich. Dann verließen sie und ihre drei Freundinnen die Halle.

»Wow!«, machte Bente. »Mit dir als Kapitän und der Schimmelstute im Team haben wir schon so gut wie gewonnen!«

Kiki kickte einen Kieselstein vom Weg. Sie konnte ihren Zorn auf die Jungs nur mühsam beherrschen. »Denen werden wir's zeigen!«

»Jawoll!«, knurrte Karlchen. »Die werden ihr blaues Wunder erleben! Mein Snude ist nämlich ein echtes norwegisches Rennpony. So was hat diese französische Pute bestimmt noch nicht gesehen!«

Bente runzelte die Stirn. »Ein norwegisches Rennpony? Davon hab ich ja noch nie was gehört.«

»Kein Wunder, die sind ja auch sehr selten«, meinte Karlchen. Sie kräuselte die Nase und grinste die anderen an. »Aber zufällig ist mein Snude eins davon, und zwar eins von der absolut unschlagbaren Sorte!«

Die anderen lachten.

»Ich geh noch kurz in den Computerraum und schreib eine Mail an Laura, wie die Wahl abgelaufen ist«, verkündete Bente. »Bestimmt interessiert sie die neueste Entwicklung in Sachen Marie-Claire brennend.«

»Sag ihr, dass sie ihre Mannschaft auch möglichst bald auswählen und anmelden muss«, sagte Rebecca. »In ein paar Tagen ist Meldeschluss für den Ritt.«

»Alles schon erledigt«, antwortete Bente. »Laura kommt mit Fynn, Silvia und Dennis. Das Auenhof-Team ist komplett.«

»Sind die anderen denn nicht enttäuscht, dass sie nicht mitreiten können?«, fragte Kiki.

»Doch, ein bisschen schon«, bestätigte Bente. »Aber ich glaube, Gertie, Linda und die anderen kommen trotzdem mit. Zum Zuschauen und Daumendrücken.«

»Klasse!«, strahlte Karlchen. »Ich freu mich, die ganze Clique endlich mal wiederzusehen.«

Bente stimmte ihr zu. Seit sie auf dem Reitinternat lebte, sah sie ihre Cousine Laura und all die anderen viel zu selten.

Toll, dass sie alle zum Staffelritt und zur Fohlentaufe kommen wollten.

»Bis später!«, rief sie den anderen zu und bog winkend in Richtung Computerraum ab. »Wir sehen uns beim Abendessen!«

5

»Ich hab eine Drei?« Karlchen starrte fassungslos auf den Arbeitsbogen, den Frau Dr. Paulus vor ihr auf den Tisch gelegt hatte. »Ich hatte noch nie eine Drei in Mathe! Jedenfalls nicht seit meiner Grundschulzeit!«

Frau Dr. Paulus schmunzelte. »Vielleicht ist der Knoten ja endlich geplatzt. Du hast gute Fortschritte gemacht. Weiter so!«

Als sie weiterging, um die restlichen Bögen zu verteilen, addierte Karlchen ihre Punkte. Frau Dr. Paulus musste sich verrechnet haben! Eine Drei in Mathe war für Karlchen ebenso unvorstellbar wie eine Landung auf dem Jupiter. Aber zu ihrer Verblüffung stellte sie fest, dass alles in Ordnung war. »Siebenunddreißig Punkte«, murmelte sie glücklich. »Eine glatte Drei!«

Bente gratulierte ihr. Für sie war Mathe kein Problem; sie hatte eine Zwei. Rebecca und Kiki grinsten. Kiki reckte Karlchen den Daumen entgegen.

Marie-Claire strich sich die Haare aus dem Gesicht und wandte sich um.

»Ist eine Drei in Deutschland eine gute Zensur?«, erkundigte sie sich scheinheilig. »In Frankreich ist das eher Mittelmaß. Schon erstaunlich, dass du dich so freust.«

Karlchen war so verdattert, dass ihr der Mund offen stehen blieb.

Bente funkelte Marie-Claire böse an.

»Du bist aber nicht mehr in Frankreich!«, zischte sie. »Oder hast du das noch nicht gemerkt? Und außerdem: Was geht's dich an? Kümmer dich gefälligst um deinen eigenen Kram!«

Marie-Claire lächelte spöttisch und ließ ihre langen Ponyfransen wie einen Schleier über ihr Gesicht fallen. »Kinder …«, flüsterte sie. »Ihr seid noch richtige Kinder.«

In der Pause wandte sich Kiki an Rebecca: »Du bist doch sonst so erfinderisch. Kannst du dir nicht mal was einfallen lassen, um diese französische Pute verschwinden zu lassen?«

»Zu Marie-Claire fällt mir höchstens eine Biokompostierungsanlage ein, in der ich sie liebend gern versenken würde«, seufzte Rebecca.

»Ja, das wär toll«, sagte Karlchen. »Marie-Claire im Bio-Mist! Was meint ihr, was für ein dämliches Gesicht die machen würde!«

Die Freundinnen kicherten bei der Vorstellung. Sie standen in ihrer angestammten Ecke des Pausenhofs, von der aus sie einen ausgezeichneten Überblick hatten.

»Daniel und Sven treiben sich ziemlich auffällig in Marie-Claires Nähe herum, findet ihr nicht?« Bente wies auf die Mitte des Hofes. Marie-Claire stand dort inmitten ihrer Fangemeinde. Es gab Mitschülerinnen, die sie wegen ihres Aussehens, ihrer Figur und ihrer selbstbewussten Art regelrecht anhimmelten. Eine Gruppe von Jungs stand ganz in der Nähe, beobachtete die Mädchen und tuschelte.

»Stimmt, du hast recht«, sagte Kiki. »Es ist echt zum Heulen, wie die sich blenden lassen. Ich hätte das niemals für möglich gehalten.«

»Ich auch nicht.« Rebecca seufzte noch einmal und wandte sich angewidert ab, um sich den Anblick von Daniel in Marie-Claires Nähe zu ersparen. Seit der Mannschaftswahl ging sie ihm meist aus dem Weg. Der Stachel der Eifersucht saß tief und die Enttäuschung über sein abtrünniges Verhalten trieb Rebecca die Tränen in die Augen.

Am Nachmittag zog sie sich in ihr Zimmer zurück. Eigentlich hatte sie geplant, eine Mail an ihre Eltern zu schreiben, aber irgendwie konnte sie sich auf nichts konzentrieren. Immer wieder wanderten ihre Gedanken zu Daniel und Marie-Claire. Sie warf sich aufs Bett und vergrub das Gesicht in den Kissen.

Kiki ging unterdessen in den Stall. Sie wollte ihr Pferd besuchen und machte auf dem Weg dorthin einen Abstecher durch den Hengststall. Das war zwar eigentlich nicht erlaubt, weil in diesem Stall wertvolle Hengste standen, die im Umgang manchmal nicht ganz ungefährlich waren, aber Kiki setzte sich darüber hinweg. Immerhin war ihr Freund Patrick für die Hengste verantwortlich und sie hegte die vage Hoffnung, ihm dort zu begegnen. In den letzten Tagen war sie ihm absichtlich aus dem Weg gegangen, aber langsam sehnte sie eine Aussprache herbei. So konnte es schließlich nicht weitergehen. Vielleicht war ja alles nur ein blödes Missverständnis und Patrick interessierte sich überhaupt nicht für Marie-Claire?

Als sie die gefegte Stallgasse hinunterging, fiel ihr Blick auf einen schneeweißen Hengst: El'Shaik, der Vollblutaraber von Marie-Claire. Unruhig wanderte der Schimmel in seiner Box hin und her und schnaubte nervös. Er war erst vor ein paar Tagen zusammen mit den Stuten Bayonne und La Petite, die ebenfalls der Familie Montpellion gehörten, mit dem Pferdetransporter gebracht worden und hatte sich noch nicht an die fremde Umgebung gewöhnt. Kiki blieb vor seiner Box stehen.

»Hoho«, raunte sie dem Hengst zu. »Warum regst du dich so auf?«

El'Shaik blieb stehen, hob den Kopf und atmete aus weit geblähten Nüstern. Mit seinen runden, fast schwarzen Augen musterte er sie misstrauisch. Kiki streckte eine Hand aus und wollte ihn gerade streicheln, da ließ eine laute Stimme sie mitten in der Bewegung erstarren.

»Ich würde ihn lieber nicht anfassen!«

Kiki fuhr herum. Vor ihr stand Patrick.

»Der Hengst ist total nervös«, sagte er. »Der lässt sich nur von Marie-Claire anfassen. Und von mir.«

Kiki starrte Patrick an und schnappte nach Luft. El'Shaik nahm seine Wanderung durch die Box wieder auf und schlug dabei hin und wieder gegen die hölzerne Trennwand. Der Hengst Kajal, der in der Nachbarbox stand, wieherte warnend.

»Er bringt den ganzen Stall durcheinander«, lachte Patrick.

»Genau wie seine Besitzerin!«, stieß Kiki hervor.

Patrick zog die Augenbrauen hoch. »Wie meinst du das denn?«

»Wie ich das meine?« Kikis Stimme klang schrill und hysterisch. Sie zählte bis fünf, um sie wieder zu normalisieren. »Seit diese … diese Marie-Claire aufgetaucht ist, bist du wie ausgewechselt. Du hast nur noch Augen für sie und –« Sie brach ab. Es hatte keinen Sinn. Patrick würde sie ja doch nicht verstehen.

»Das ist doch nicht dein Ernst!«, erwiderte er ärgerlich. »Du bist es doch, die sich total verändert hat! Ständig zickst du rum!«

»Wie kann ich rumzicken«, entgegnete Kiki scharf, »wenn wir uns kaum noch sehen? Erklär mir das mal! Du hängst doch ständig mit dieser doofen Gans und ihrem geistesgestörten Pferd zusammen!«

»El'Shaik ist nicht geistesgestört!«

»Ach, jetzt nimmst du ihn auch noch in Schutz!« Kiki stampfte mit dem Fuß auf. »Guck ihn dir doch an! Der ist genauso durchgeknallt wie seine Besitzerin! Umgang färbt ab, kann ich da nur sagen!« Wütend drehte sie sich um.

Nichts wie raus hier, dachte sie. Das ist ja nicht zum Aushalten!

Patrick hielt sie am Arm fest.

»Bist du etwa eifersüchtig?«, fragte er. »Das darf doch nicht wahr sein, Kiki! Ich kann schließlich nichts dafür, dass Daniel Marie-Claire in unser Team gewählt hat!«

»Du hast dich darüber aber gefreut wie ein Schneekönig, ich hab's genau gesehen!«, fauchte Kiki zurück. »Gib's doch zu! Du hast dich in sie verknallt, genau wie all die anderen Jungs! Ihr seid echt nicht mehr zu retten!«

Sie machte sich frei und stapfte mit wütenden Schritten

davon. Patrick blieb wie angewurzelt vor El'Shaiks Box stehen und starrte ihr nach.

Draußen kam ihr Karlchen entgegen.

»Hey, was ist los?«, fragte die Dänin alarmiert.

»Ich sag nur ein Wort beziehungsweise zwei: Marie-Claire!«, schnaubte Kiki. »Ich erklär's dir später, okay? Ich muss 'ne Runde laufen, sonst dreh ich durch!«

»Alles klar, wir sehen uns später im Schloss«, meinte Karlchen. »Ich geh nur kurz zu Snude. Und reg dich nicht so auf«, fügte sie hinzu. »Das ist schlecht für den Teint.«

»Schon okay, Karlchen.« Kiki trabte davon und winkte. »Bis später dann!«

Als Karlchen nachdenklich vor sich hin summend den Weg zur Ponykoppel einschlug, nahm sie am Unterstand der Ponys eine flüchtige Bewegung wahr. Sie blieb stehen und kniff die Augen zusammen.

»Das sind doch …« Sie stieß einen energischen Pfiff aus. Sie hatte Florentine erkannt und Bentes Zwillingsbrüder Bastian und Benjamin. »Hey, was habt ihr da zu suchen?«

Florentine fuhr herum, lachte und winkte ihr zu. Benjamin und Bastian bückten sich schnell und machten sich am Stroh zu schaffen. Als sie sich aufrichteten, vergruben sie die Hände in den Taschen ihrer Jeans.

Karlchen schwang sich über das Gatter. Schnute war durch ihren Pfiff aufmerksam geworden. Er brummelte dunkel und kam auf sie zugetrabt.

»Hej, Snude.« Karlchen fuhr ihrem Norweger liebevoll durch die Mähne. »Komm, wir gucken mal, was die da aushecken!« Mit langen Schritten ging sie auf den Unterstand zu, gefolgt von ihrem falbfarbenen Pferd. Schnute stupste sie an und bat um ein Leckerli. »Tut mir leid, Snude«, sagte Karlchen freundlich zu ihm. »Meinen letzten Schokoriegel hab ich eben selbst gegessen.«

Vor dem Unterstand blieb sie stehen. »Na?«, fragte sie. »Was macht ihr denn hier? Die Hütte ist kein Spielplatz. Hier lagern die Futtervorräte für die Ponys. Also? Was ist so spannend an Heu und Stroh?«

Benjamin und Bastian grinsten verlegen und überließen Florentine das Wort.

»Die Jungs wollten mir alles zeigen«, sagte sie mit unschuldigem Augenaufschlag. »Ich mag Ponys. Ich wünschte, ich hätte auch eins. So eins, wie Benjamin und Bastian haben.« Sie zeigte auf Bommel, einen Haflinger, der mit den anderen Ponys am Gras knabberte. »Aber leider sind meine Eltern der Meinung, Ponys wären keine richtigen Pferde.« Sie rümpfte die Nase. »Bei uns müssen es immer Vollblüter sein.«

»Du Ärmste«, meinte Karlchen mitfühlend. »Deine Schwester ist da wohl ganz anderer Meinung als du, oder nicht?«

»Marie-Claire?« Florentine nickte. »Kannst du dir Marie-Claire auf einem Pony vorstellen?« Sie kicherte.

»Nee, kann ich nicht«, gab Karlchen zu. »Das wäre wohl eindeutig unter ihrem Niveau.«

Sie streichelte Schnute und musterte die Kinder. Sie konnte sich nicht helfen: Irgendwie hatte sie das Gefühl, die drei bei irgendetwas ertappt zu haben. Sie warf einen Blick über Florentines Schulter. »Was ist denn da im Stroh?« Hatte sich da nicht etwas bewegt?

Benjamin und Bastian versperrten ihr blitzschnell den Weg.

»Du darfst es nicht verraten!«, sagte Bastian eindringlich.

»Bitte nicht! Es ist ein Geheimnis!«, flehte Benjamin.

Karlchen lachte. »Meine Güte, was ist es denn? Los, raus mit der Sprache!« Insgeheim vermutete sie, dass die Kinder eine Art Schatz im Stroh verborgen hatten. Etwas, das zu irgendeinem blöden Spiel gehörte. Sie bedauerte es fast, die drei beim Spielen gestört zu haben. Hoffentlich hatte sie ihnen nicht den Spaß verdorben. Als Florentine und die Zwillinge vorsichtig im Stroh wühlten und kurz darauf etwas zutage förderten, riss sie allerdings überrascht die Augen auf.

»Was ist das denn?«, fragte sie und starrte auf zwei kleine Bündel, die Florentine und Benjamin vorsichtig in den Händen hielten. Das eine Bündel war rabenschwarz, das andere grau getigert.

»Katzenbabys!«, verkündete Florentine stolz. »Wir haben sie geschenkt bekommen.«

Schnute machte den Hals lang und schnupperte an dem schwarzen Kätzchen. Es hob den Kopf und maunzte kläglich.

Karlchen schüttelte den Kopf, bevor sie fragte: »Darf ich mal eins halten?«

Bereitwillig legte ihr Florentine das Kätzchen in den Arm. »Es heißt Munkel und ist ein Mädchen. Das andere ist ein Kater. Wir nennen ihn Zündi.«

»Munkel und Zündi?«, fragte Karlchen verwirrt. »Das sind aber ziemlich ausgefallene Namen.« Sie streichelte das Fellknäuel, das leise zu schnurren anfing. »Und wieso habt ihr sie geschenkt bekommen? Woher habt ihr sie?« Sie gab Florentine die Katze zurück und hockte sich auf einen Strohballen. Mit der flachen Hand klopfte sie neben sich auf den Ballen. »Los, setzt euch. Ich will die ganze Geschichte hören.«

Florentine, Bastian und Benjamin setzten sich hin und fingen an zu erzählen. Das heißt, die meiste Zeit sprach nur Florentine. Benjamin und Bastian begnügten sich damit, hin und wieder kräftig zu nicken.

»Sie kommen von dem Bauernhof dahinten.« Florentine wies mit dem Kinn in Richtung eines benachbarten Hofes. Die Hände brauchte sie, um Munkel zu kraulen. »Der Landwirt wollte sie nicht mehr haben und hat sie uns geschenkt. Munkel und Zündi waren die Letzten aus dem Wurf. Natürlich haben wir sie mitgenommen, das war doch unsere Pflicht, oder? Der Bauer war total froh, als er sie los war. Wer weiß, was er sonst mit ihnen gemacht hätte? Vielleicht hätte er sie ermordet oder ausgesetzt!«

Karlchen hatte dem Redeschwall der kleinen Französin sprachlos zugehört.

»Aber was hattet ihr überhaupt auf dem Hof zu suchen?«, fragte sie schließlich. »Ihr wisst doch, dass ihr das Internatsgelände nicht alleine verlassen dürft!«

»Wir waren nicht alleine«, meldete sich Bastian zu Wort. »Wir hatten eine Bio-Exkursion und dabei ist uns der Bauernhof ins Auge gefallen.«

»Wir haben uns in einem unbeaufsichtigten Moment dort umgesehen und haben die Kätzchen gefunden!«

»Und geschenkt bekommen«, murmelte Karlchen tonlos.

»Klar! Die waren so winzig, dass sie locker in unsere Jackentaschen passten.« Florentine strahlte. »Leider sind Haustiere im Internat verboten, was ich total gemein finde. Deshalb wohnen sie jetzt hier bei den Ponys.«

»Aber ihr könnt sie doch nicht ewig hier verstecken. Womit füttert ihr sie eigentlich?« Karlchen stand auf und ging ein paar Schritte auf und ab. Was würde sie jetzt für einen Schokoriegel geben!

»Mit Milch und Aufschnitt vom Frühstücksbüfett«, antwortete Florentine, als wäre das die normalste Sache der Welt. »Bald sind sie groß genug und können Mäuse fangen. Dann brauchen sie uns nicht mehr.«

Karlchen kratzte sich nachdenklich hinterm Ohr. »Hm, ja, aber trotzdem …«

»Was trotzdem? Du hast versprochen, uns nicht zu verpetzen!«, protestierte Bastian.

»Hab ich ja gar nicht vor, beruhig dich!« Karlchen überlegte fieberhaft, dann erhellte sich ihr Gesicht. »Wisst ihr was? Ich glaub nicht, dass jemand was dagegen hat, wenn zwei kleine Katzen bei uns im Stall oder in der Scheune leben würden. Hier im Unterstand können sie jedenfalls nicht auf Dauer bleiben, und im Stall wär's außerdem viel gemütlicher für die Kleinen.«

»Stimmt«, gab Florentine zu. »Daran hab ich auch schon gedacht. Wir haben uns nur nicht getraut, sie dorthin zu bringen.«

»Na, dann werde ich mich wohl trauen müssen.« Karlchen strich den Kätzchen übers Fell. »Ich spreche mit Frau Dr. Paulus und mit Max. Ich wette, der freut sich über zwei Mäusefänger in seinem Stall.«

Florentine, Bastian und Benjamin sahen sich an. Florentine nickte. »Okay, aber nur, wenn du uns versprichst, dass sie uns nicht weggenommen werden.«

Karlchen hob eine Hand wie zum Schwur. »Ich verspreche es hoch und heilig.«

Sie streichelte die Kätzchen und ihr Pony, verabschiedete sich von den Kindern und machte sich auf den Weg zum Schloss, wobei sie immer wieder den Kopf schüttelte und grinste.

Wie versprochen ging sie auf kürzestem Weg zu Maximilian Much. Der Stallmeister stand in der Geschirrkammer und fettete einen Longiergurt ein, während ihm Karlchen das Katzenproblem schilderte. Er nickte und erklärte sich spontan bereit, zu helfen und den Katzen ein Lager im Stutenstall einzurichten. Karlchen bedankte sich überschwänglich.

»Munkel und Zündi?«, brummte der gutmütige Stallmeister. »Was sind denn das für Namen?«

»Na ja, die eine, Munkel, ist eben sehr dunkel«, erklärte Karlchen. »Und Zündi?« Sie überlegte. »Hm, der hat einen schmalen weißen Fleck über der Nase, der aussieht wie eine kleine Flamme. Aber wieso? Sind die Namen so wichtig?«

»Nee, natürlich nicht«, erwiderte Max Much. »Aber ich muss doch wissen, wie ich sie ansprechen soll, nicht? Sag den Kindern, sie können die Kätzchen herbringen. Ich freu mich, wenn ein bisschen Leben im Stall ist.«

Karlchen freute sich ebenfalls. Mit der Einwilligung des Stallmeisters als Trumpf im Ärmel spazierte sie geradewegs zu Frau Dr. Paulus. Auch die Internatsleiterin hörte sich Karlchens Geschichte aufmerksam an. Karlchen mogelte ein bisschen und erzählte, die Kinder hätten Munkel und Zündi beim Spielen in einem Graben gefunden. Sie wollte auf keinen Fall riskieren, dass die drei Ärger bekamen, weil sie sich unerlaubt auf den Bauernhof geschlichen hatten, oder dass Frau Dr. Paulus womöglich verlangte, die Kätzchen zu ihrem ehemaligen Besitzer zurückzubringen.

»Sie hockten einfach so im Graben. Halb verhungert und bis auf die Knochen durchgefroren. Wahrscheinlich hat jemand sie ausgesetzt.« Karlchen seufzte dramatisch und warf der Direktorin einen mitleiderregenden Blick zu. »Die armen Kleinen.«

»Wenn das so ist«, sagte Frau Dr. Paulus, »behalten wir die Tiere natürlich. Es ist doch schön, wenn meine Schüler Tieren in Not helfen. Und Herr Much wird sich freuen, dass wir etwas gegen die Mäuseplage in seinen Ställen tun. Wenn Dr. Tanner das nächste Mal kommt, kann er sich die Kätzchen ansehen. Sie sollten geimpft und entwurmt werden.«

»Juchu!«, jubelte Karlchen und bedankte sich. Als sie die Tür des Direktorats hinter sich zuzog, war sie sehr mit sich zufrieden.

6

Auf schnellstem Weg flitzte Karlchen hinauf in ihr Zimmer und berichtete Bente die Geschichte. Die riss die Augen auf. Sie war Mitglied im Tierschutzbund und half regelmäßig ehrenamtlich im Tierheim. Außerdem leitete sie eine Jugendgruppe. Als sie hörte, was ihre Zwillingsbrüder geleistet hatten, staunte sie.

»Sie haben sich um zwei Katzenbabys gekümmert? Wow! Florentine muss einen echt guten Einfluss auf meine Brüder haben!«

Karlchen nickte. »Gleich nach dem Abendbrot kümmern wir uns um den Umzug. Die Katzen werden sich freuen, und die Kids auch.«

Als Bente und Karlchen ins Nebenzimmer gingen, um Kiki und Rebecca von der Katzenaktion zu erzählen, spürten sie sofort, dass etwas nicht stimmte. Kiki und Rebecca wirkten aufgewühlt und Rebecca hatte knallrote Augen. Es war offensichtlich, dass sie geweint hatte.

»Was ist denn hier los?«, fragte Bente erschrocken.

Kiki saß auf Rebeccas Bett und hatte einen Arm um die Freundin gelegt. »Marie-Claire«, antwortete sie mit düsterer Miene.

»Daniel ist mit ihr in der Reithalle«, schniefte Rebecca. »Ganz alleine!«

»Was!?«, entfuhr es Bente. »Woher weißt du das?«

Kikis Gesicht wurde noch düsterer. »Ich hab vorhin Jamie-Lee getroffen. Sie hat's mir brühwarm erzählt.«

»So eine Gemeinheit!«, schnaubte Karlchen. »Das hat die doch nur gemacht, um euch zu ärgern! Die hängt doch ständig mit Marie-Claire zusammen!«

»Aber was machen Daniel und diese blöde Ihr-wisst-schon-wer in der Reithalle?«, fragte Bente vorsichtig. »Noch dazu mutterseelenallein?«

»Daniel trainiert mit ihr für den Staffelritt.« Rebecca schluchzte auf. »Er gibt ihr Einzelstunden.«

»So ein mieser Typ«, knurrte Bente.

»Hoffentlich stellt er bei der Gelegenheit fest, dass Marie-Claire überhaupt nicht reiten kann«, sagte Karlchen. »Dann ist es bestimmt ganz schnell vorbei mit seiner Verliebtheit und den romantischen Einzelstunden.«

»Marie-Claire ist eine supergute Reiterin, das ist ja das Problem.« Schniefend nahm Rebecca ihre Brille ab und putzte sie mit einem Zipfel ihres Sweatshirts. Ihre Hände zitterten. »Miss Wedgewood hat's mir erzählt. Marie-Claire hat das Silberne Jugendreitabzeichen. Sie ist eine tolle Vielseitigkeitsreiterin und hat mit ihrem durchgeknallten Araber schon jede Menge Turniere gewonnen.«

»Du liebe Zeit … ausgerechnet Vielseitigkeit«, murmelte Bente. »Daniels Lieblingsdisziplin.«

»Aber wieso gibt er ihr Trainerstunden, wenn sie so gut ist?«, fragte Karlchen.

»Dafür gibt's nur eine einzige logische Erklärung«, meinte Kiki. »Daniel geht fremd!«

Die Freundinnen sahen sich erschrocken an. Karlchen versuchte, die Stimmung ein bisschen aufzuheitern und Kiki und Rebecca auf andere Gedanken zu bringen, und erzählte von den kleinen Katzen.

»Das ist schön«, seufzte Rebecca. »Es gibt also doch noch gute Menschen.«

Nachdem sie sich halbwegs beruhigt hatten, beschlossen die vier zu handeln. Jeder Kontakt, und sei er noch so zufällig, zu Daniel, Patrick und Sven sollte mit sofortiger Wirkung eingestellt werden. Sie waren sich absolut einig.

»Wir können uns das nicht länger bieten lassen!«, schimpfte Bente. »Diese Marie-Claire bringt alles durcheinander!«

»Nee«, schnaubte Karlchen. »Nicht mit uns!« Sie streckte eine Hand flach aus, die anderen legten ihre Hände nacheinander darauf und sahen sich an.

»Wie die Musketiere«, stellte Kiki fest. »Alle für eine – eine für alle!«

In den nächsten Tagen stürzten sie sich mit Feuereifer in das Training für den Staffelritt. Sie wussten, dass der Wettkampf die einzige Möglichkeit für sie war, um ihre Rivalin zu schlagen und sie in ihre Schranken zu weisen.

Rebecca verbrachte zudem viel Zeit im Stall, um sich abzulenken. Bei Karfunkel und ihrem Fohlen konnte sie auf andere Gedanken kommen und sich gleichzeitig mit Santana anfreunden.

»Sie ist wirklich lieb«, bemerkte Rebecca.

Miss Wedgewood nickte. »Lusitanos haben einen guten Charakter. Sie stammen aus Portugal und sind mit den spanischen Andalusiern verwandt. Leider gibt es in Portugal immer noch Stierkämpfe, bei denen die Lusitanos eingesetzt werden, weil sie so mutig und nervenstark sind. Zwar werden die Stiere beim portugiesischen Stierkampf nicht getötet, aber trotzdem ist es ein grausamer Sport – wenn man es überhaupt als Sport bezeichnen kann!«

»Die armen Tiere«, sagte Rebecca und strich Santana über die schneeweiße Stirn.

»Wenn in Portugal ein Pferd beim Stierkampf verletzt wird«, erzählte Miss Wedgewood weiter, »ist das eine große Schande. Die Lusitanos werden sehr verehrt und verhätschelt, obwohl sie ein robustes Naturell haben. So, jetzt aber genug mit meinem trockenen Pferdewissen.« Sie lachte. »In den Sattel mit dir!«

Schon nach wenigen Reitstunden fühlte sich Rebecca sehr wohl auf Santana. Die Stute war gut ausgebildet, ruhig und brav. Ein paarmal ertappte sich Rebecca dabei, dass sie sie mit Karfunkel verglich, aber das war unmöglich. Kein Pferd war wie das andere; jedes hatte seine Besonderheiten.

An diesem Nachmittag sollte Rebecca zum ersten Mal mit Santana springen. Die Reithalle war leer und Miss Wedgewood baute ein paar einfache Sprünge auf, als von der Bandentür Geräusche zu hören waren.

Rebecca hörte ein Kichern und gleichzeitig Daniels unverkennbares Lachen. Sie zuckte zusammen, als sie seine dunkle Stimme hörte.

»Tür frei, bitte!«, rief Daniel.

»Ist frei!«, rief Miss Wedgewood zurück.

Rebecca ließ Santana auf dem zweiten Hufschlag gehen und behielt aus den Augenwinkeln die Reithallentür im Blickfeld. Ihr Herzschlag setzte einen Augenblick aus, als sie Daniel und Marie-Claire sah. Die beiden führten ihre Hengste in die Halle und unterhielten sich dabei lachend. El'Shaik wieherte, als er Santana bemerkte. Marie-Claire riss heftig an seinem Zügel und zog seinen Kopf herunter. Daniel stutzte kurz, als er Rebecca sah, und wandte schnell seinen Blick zur Seite.

Rebecca hätte heulen können. Mit tief gesenktem Kopf und hängenden Schultern saß sie im Sattel und strich Santana wie in Trance über den Mähnenkamm. Wie konnte Daniel ihr das antun? Sie überlegte gerade, wen sie lieber erwürgen wollte – Daniel oder Marie-Claire –, da rief Miss Wedgewood plötzlich energisch: »So geht das nicht, Herrschaften! Wir trainieren hier mit einer Stute, da könnt ihr nicht einfach zwei Hengste in die Halle bringen!«

»Daniel und ich haben die Halle um diese Uhrzeit aber sonst immer für uns«, maulte Marie-Claire.

Miss Wedgewoods sonst so freundliches Gesicht verfinsterte sich. »Aber nicht heute«, entgegnete sie. »Ich habe die Hallenstunde rechtzeitig angemeldet. Ihr hättet nur auf den Plan schauen müssen. Bringt eure Hengste raus und wartet, bis wir fertig sind!«

Rebecca hätte Miss Wedgewood am liebsten umarmt.

Marie-Claire warf Daniel einen auffordernden Blick zu, aber der zuckte nur mit den Achseln. »Okay, wir gehen solange auf den Abreitplatz.« Er nahm Mysterys Zügel kürzer und führte ihn aus der Halle.

Marie-Claire schnaubte empört. Sie funkelte Miss Wedgewood giftig an und folgte Daniel hinaus.

»Und macht gefälligst die Tür hinter euch zu!«, rief Rebecca ihnen hinterher. »Es zieht!«

Miss Wedgewood nickte ihr zu. »So weit kommt's noch«, brummte sie. »Zwei Hengste auf einmal … Gegen eine andere Stute oder zwei Wallache hätte ich nichts gehabt, aber zwei Hengste? Das geht zu weit!«

Rebecca lächelte dankbar. Sie hatte das Gefühl, als wüsste die Englischlehrerin genau Bescheid.

Ein paar Tage später – Kiki hatte sich mit ihrer Geige in den Musiksaal zurückgezogen, um in Ruhe zu üben – platzte Karlchen mit der neuesten Hiobsbotschaft in Sachen Marie-Claire in den Aufenthaltsraum.

Rebecca und Bente spielten eine Partie Schach und schauten auf, als Karlchen quer durchs Zimmer auf sie zuschoss.

»Ihr glaubt es nicht«, schnaubte die Dänin. Sie sah sich um und senkte die Stimme, als befürchtete sie feindliche Spione. Tatsächlich spitzten zwei Mädchen am Nebentisch auffallend die Ohren. Karlchen wusste, dass sie zu Marie-Claires Fanclub gehörten.

»Was denn?«, fragte Bente neugierig. Sie war am Zug und hielt ihre ausgestreckte Hand über dem Schachbrett in der Schwebe.

»Die Ponyabteilung war heute zum Pferdeäpfelsammeln eingeteilt«, flüsterte Karlchen. »Patrick war auch dabei. Und wisst ihr, was er gesagt hat?« Sie starrte die Freundinnen an. Beide schüttelten den Kopf. »Er hat gesagt, dass er darüber nachdenkt, auf ein Großpferd umzusteigen! Ewig auf einem Pony durch die Gegend zu reiten, sei wohl nicht das Wahre für einen Mann wie ihn!«

»Das hat Patrick gesagt?«, fragte Bente entsetzt.

»Ja, genau so!« Karlchen schnaubte vor unterdrückter Wut. »Und dann hat er noch gesagt, dass er daran denkt, sich einen Araber anzuschaffen. Die hätten Temperament und Ausdauer.« Sie holte tief Luft und schlug mit der flachen Hand auf den Tisch. »Und ich hab immer geglaubt, er liebt seinen Isländer!«, rief sie, ohne auf die Lautstärke zu achten.

»Dass man sich so in einem Menschen täuschen kann!«, wisperte Rebecca.

»Unglaublich.« Bente ließ ihre Hand sinken. »Und du bist sicher, dass du dich nicht verhört hast?«

»Ausgeschlossen, ich stand genau neben ihm.«

»Nur gut, dass Kiki nicht dabei war«, murmelte Rebecca. »Ich glaub, wir sollten das lieber für uns behalten. Was meint ihr?«

Karlchen und Bente nickten.

»Ist wohl besser«, meinte Bente. »Wenn sie das erfährt, flippt sie aus. Da geh ich jede Wette ein.«

7

Über den Ländereien rund um Schloss Lindental hing kühler Morgennebel, als vier Gestalten in Jogginganzügen Runde um Runde über den Sportplatz trabten.

»Manno, Herr von Hohensee hat gesagt, wir sollen Spaziergänge und Waldläufe machen«, schnaufte Bente und hielt sich die Seite. »Von einem Marathon war nicht die Rede.«

Sie blickte mürrisch auf Rebeccas und Kikis Rücken. Die beiden liefen locker und leicht und schafften es sogar noch, sich dabei zu unterhalten. Und das vor dem Frühstück!

Rebecca drehte sich halb um und grinste. »Je fitter wir sind, umso höher sind unsere Chancen beim Staffelritt. Halt durch! Noch zwei Runden, dann hast du's geschafft.«

»Falls ich dann noch lebe«, hechelte Bente und ließ sich ein paar Schritte zurückfallen. Karlchen hatte ihren MP3-Player an der Jogginghose befestigt und Ohrstöpsel in den Ohren. Unbekümmert lief sie ihren eigenen Rhythmus und summte leise vor sich hin. Bente passte ihre Schritte denen der Freundin an und lauschte auf das gleichmäßige Summen, das Karlchen in schöner Eintönigkeit von sich gab. Bente wischte sich den Schweiß von der Stirn. Wie's aussah, war sie die Einzige im Team mit ernsthaften Konditionsproblemen. Trotzdem sah sie die Notwendigkeit des Trainings nicht so ganz ein.

»So ein Schwachsinn«, brummelte sie vor sich hin. »Das Wichtigste bei einem Distanzritt ist die Kondition unserer Pferde. Die müssen die meiste Arbeit leisten. Wir Reiter müssen nur sehen, dass wir oben bleiben und heil ins Ziel kommen.« Erleichtert atmete sie auf, als Rebecca endlich die letzte Runde einläutete und vom Sportplatz abbog.

Als die vier in Richtung Schloss liefen, kam ihnen ein blonder Junge entgegen. Rebecca verzögerte ihre Schritte und kniff die Augen zusammen.

»Das ist Daniel«, raunte Kiki ihr zu. »Sieht aus, als wolle er auch joggen.«

Als Daniel die Mädchen bemerkte, blieb er stehen und machte ein paar Dehnübungen.

»Guten Morgen«, sagte er freundlich. »Schon so früh auf den Beinen?«

Rebecca nickte knapp und wollte schon an ihm vorbeilaufen, da griff Daniel nach ihrem Arm.

»Warte mal«, sagte er. »Ich muss mit dir reden.«

Rebecca schüttelte ihren Arm und machte sich mit einer unwilligen Drehung frei. »Ich aber nicht mit dir!«, fauchte sie. »Lass mich los!«

Kiki, Bente und Karlchen waren stehen geblieben. Bente hielt erschrocken die Luft an.

Rebecca und Daniel standen sich gegenüber und starrten sich an. Schließlich drehte Rebecca sich um und lief davon. Die anderen liefen schnell hinter ihr her, um sie einzuholen.

»Dann eben nicht!«, rief Daniel. Er machte auf dem Absatz kehrt und rannte mit langen Schritten in die entgegengesetzte Richtung.

»Mensch, Rebecca«, sagte Bente vorsichtig. »Meinst du nicht, du hättest ihn wenigstens anhören sollen? Vielleicht wollte er dir was erklären oder sich bei dir entschuldigen.«

Rebecca riss die Tür zum Waschraum auf. »Da gibt's nichts zu erklären!« Sie zog ihre Joggingschuhe aus und schleuderte sie wütend unter eine Bank. »Und für eine Entschuldigung ist es zu spät!«

Karlchen schaltete ihren MP3-Player aus und nahm die Ohrstöpsel raus. »Ich hab gestern Abend mit meinem Papa telefoniert und ihm von unseren Problemen mit Marie-Claire erzählt. Wisst ihr, was er gesagt hat?«

Kiki seufzte, während sie ihr Duschgel suchte. »Du wirst es uns bestimmt gleich verraten.«

Karlchen grinste. »Er hat gesagt, wir sollen uns keine Sorgen machen. Französinnen wären wie Sternschnuppen!«

»Wie Sternschnuppen?«, echote Bente verwirrt.

»Ja«, kicherte Karlchen, während sie aus ihrem Sportzeug stieg. »Heute Stern – und morgen schnuppe!«

Wegen ihres dänischen Akzents sagte sie nicht »schnuppe«, sondern »snubbe« und sah die Freundinnen dabei triumphierend an. »Ist das nicht genial?«

Kiki lachte. »Und das hat dein Vater gesagt?«

»Klar, als Pilot kommt er viel rum. Da ist ihm bestimmt auch schon mal eine Französin über den Weg gelaufen. Mein Papa kennt sich aus.« Mit diesen Worten verschwand Karlchen unter der Dusche und ließ sich vergnügt das warme Wasser auf den Kopf prasseln.

Während des Frühstücks war Rebecca ausgesprochen schweigsam. Gedankenverloren knabberte sie an einem Marmeladebrötchen. Nicht mal ihre Lieblingslektüre – eine Sammlung physikalischer Gesetze und Formeln – konnte sie aufheitern. Unbeachtet lag das Buch neben ihrer Teetasse.

Kiki versuchte, sie auf andere Gedanken zu bringen.

»Hast du eigentlich schon ein Thema für den diesjährigen Jugend-forscht-Wettbewerb?«, erkundigte sie sich.

»Nein, hab ich nicht.« Rebecca seufzte. Im letzten Jahr hatte sie mit einem Solar-Modell den ersten Preis gewonnen. »Vielleicht mach ich was mit Bio. Ich hab neulich gelesen, dass die Spanische Wegschnecke den Norden erobert.«

»Die Spanische Wegschnecke?« Karlchen schüttelte sich. »Was ist an Schnecken denn so interessant, außer dass sie schleimig sind und alles kahl fressen?«

»Die Spanische Wegschnecke stammt, wie der Name schon sagt, von der Iberischen Halbinsel.« Rebecca rückte ihre Brille gerade. Sie war in ihrem Element. »Das sind diese rotbraunen Nacktschnecken, die in den letzten Sommern überall rumgekrochen sind.«

»Klar«, meinte Bente. »Diese ekligen Dinger ohne Häuschen.«

»Genau«, nickte Rebecca. »Obwohl sie kein bisschen eklig sind, sondern im Gegenteil total faszinierend. Denn wie haben es diese kleinen Spanier aus ihrer südlichen Heimat bis in unseren hohen Norden geschafft?«

»Zu Fuß vielleicht?«, schlug Bente vor. »Es hat sicher ziemlich lange gedauert, aber irgendwann kommt auch eine Schnecke ans Ziel.«

»Unwahrscheinlich, bei dieser Distanz«, entgegnete Rebecca. »Aber das ist ja gerade das Interessante! Sind sie im Gepäck von Urlaubern gereist? Als Schmarotzer in Obstlieferungen? Als unbemerkte Beifahrer an Autos und Lkws? Und warum haben sie sich überhaupt auf die Reise gemacht? Was wollen sie hier?« Sie trank einen Schluck Tee und wischte sich den Mund an einer Serviette ab. »Ich denke, ich werde mich mal etwas ausführlicher mit diesem Thema beschäftigen.«

»Aber wie willst du das alles herausfinden?«, fragte Kiki. »Du kannst die Schnecken schlecht fragen, oder?«

»Ja, stimmt. Darüber muss ich mir noch Gedanken machen«, erwiderte Rebecca stirnrunzelnd.

Benjamin und Bastian unterbrachen die interessante Unterhaltung und schoben sich mit ihren Tabletts am Tisch der Freundinnen vorbei.

»Schon gehört? Unser Team gewinnt den Staffelritt«, sagte Bastian zu Bente.

»Nach neuesten wissenschaftlichen Untersuchungen ist es nämlich erwiesen, dass Vegetarier härter und leistungsfähiger sind als Fleischfresser«, fügte sein Bruder hinzu.

Bente lachte. »Ha, das kann ich sofort widerlegen! Unter den Dinosauriern gab es reine Pflanzenfresser und reine Fleischfresser, und beide sind ausgestorben. Wieso haben die Pflanzenfresser nicht überlebt? Nach eurer Theorie hätten sie die Fleischfresser überleben müssen!«

Benjamin zuckte mit den Schultern. »Gegen Meteoriten sind selbst Vegetarier machtlos.«

»Okay, eins zu null für dich!« Bente stellte ihr Frühstücksgeschirr zusammen. »Wer gehört denn noch zu eurem Team?

Ich glaub, ich hab bei der Mannschaftsaufstellung nicht aufgepasst.«

»Florentine Montpellion und Franziska Ströhlein«, antwortete Bastian. »Zwei Mädchen und wir. Benjamin und Franziska reiten die Ponys, Bommel und Ninjo. Ich darf eins von Florentines Großpferden reiten. Sie hat ja zwei, Bayonne und La Petite.«

Benjamin machte ein wichtiges Gesicht und meinte: »Vielleicht tauschen wir die Pferde auch noch untereinander. Florentine möchte gern ein Pony reiten. Mal sehen, vielleicht leih ich ihr Bommel für den Ritt und ich nehm auch eins von den Großen.«

»Hey, cool!«, rief Karlchen. »Ich drück euch die Daumen! Obwohl, gewinnen werden wir natürlich!«

»Das werden wir ja sehen!«, riefen die Zwillinge einstimmig.

»Findet ihr es eigentlich wirklich so wichtig, dass wir den Staffelritt gewinnen?«, fragte Kiki ihre Freundinnen wenig später, als sie den Speisesaal verließen. »Ich meine, der Ritt soll uns und unseren Pferden doch in erster Linie Spaß machen. Es gefällt mir nicht, dass wir so verkniffen sind und nur noch ans Gewinnen denken.«

»Wir müssen nicht gewinnen«, entgegnete Rebecca mit hochgezogenen Augenbrauen. »Wir müssen nur besser sein als Daniels Team.«

»Und als Patricks Team, was in diesem Fall ein und dasselbe ist«, nickte Bente. »Oder hast du ihm etwa schon verziehen?«

»Ich und dem verzeihen? Im Leben nicht!« Kiki machte ein grimmiges Gesicht. »Ich warte nur auf eine günstige Gelegenheit, um es ihm heimzuzahlen!«

»Und diese günstige Gelegenheit ist der Staffelritt, liebe Kiki«, flötete Rebecca. »Da können wir den Jungs endlich beweisen, was in uns steckt und was uns von Marie-Claire unterscheidet: echte Freundschaft nämlich. Egal, ob wir gewinnen oder nicht.«

Auf dem Weg ins Klassenzimmer stolperte Bente aus Versehen gegen Sven.

»Kannst du nicht aufpassen, wo du hinläufst?«, polterte sie los, obwohl der arme Sven gar nichts für den Zusammenprall konnte.

Er zuckte zurück, als hätte er eine Ohrfeige bekommen. »Entschuldigung. Ich hab dich nicht gesehen.«

»Dann pass nächstes Mal gefälligst besser auf!«, meckerte Bente.

Sven versprach es und wechselte schnell das Thema. »Was ist eigentlich mit deinem Artikel für die Schülerzeitung? Du wolltest doch zur Konferenz kommen.«

Wegen Rebeccas strengem Trainingsplan kam Bente nicht dazu, an ihrer Reportage über Little Mystery zu arbeiten, und hatte sich von der Redaktionskonferenz abgemeldet. Nicht nur aus Zeitmangel, sondern auch, um Sven aus dem Weg zu gehen.

»Mein Artikel steht im Groben«, antwortete sie unfreundlich. »Ich schreib ihn nach dem Staffelritt und der Fohlentaufe fertig. Im Moment hab ich echt Wichtigeres zu tun, als mir meinen Hintern auf so 'ner blöden Konferenz breit zu sitzen. Bist du neuerdings Chefredakteur, oder warum fragst du?«

Sie schüttelte den Kopf und ließ Sven ratlos zurück.

»Dem hast du's aber gegeben«, flüsterte Karlchen. »Er tut mir fast ein bisschen leid.«

»Pah, Männer!« Bente machte eine wegwerfende Handbewegung. »Warum sollte man mit denen Mitleid haben?«

Kiki und Rebecca nickten entschieden mit den Köpfen.

»Genau«, sagten sie wie aus einem Munde.

7

Die Pfingstwoche rückte immer näher und unter den Reitschülern machte sich langsam Nervosität breit. Immer wieder fanden sich Gruppen zusammen, die über den Ritt und die Chancen ihrer Pferde diskutierten. Aber nicht nur der Staffelritt war in diesen Tagen Thema im Reitinternat: Die Rivalität zwischen Rebeccas und Daniels Team war mindestens genauso spannend und hielt alle in Atem. Inzwischen wurden sogar schon Wetten abgeschlossen. Beide Mannschaften hatten Sympathisanten, die sie unterstützten. Die Schülerschaft des Internats schien sich in zwei gegnerische Lager gespalten zu haben.

Als Herr von Hohensee die Reitabteilung zu einem Ausritt um sich versammelte, war Rebecca froh, dass sie Santana und nicht Karfunkel ritt. Normalerweise gingen Karfunkel und Mystery bei Ausritten immer nebeneinander. Mit Santana hatte Rebecca eine perfekte Ausrede, um nicht neben Daniel reiten zu müssen.

»Mystery macht Santana nervös«, behauptete sie einfach. »Ich glaub, sie mag ihn nicht.«

Daniel schluckte und drehte sich wortlos um.

Herr von Hohensee hatte seine liebe Mühe, die Abteilung zu ordnen. El'Shaik, Marie-Claires Araber, stampfte mit den

Hufen und wollte Mystery und Jolly Jumper, dem Fuchshengst des Reitlehrers, imponieren. Mit geblähten Nüstern, den Kopf hoch erhoben, machte er kurze Seitwärtsschritte und versuchte, seine Rivalen zu beißen.

»Marie-Claire! Wenn du es nicht schaffst, deinen Hengst kurzzuhalten, musst du zu Hause bleiben!«, schimpfte Herr von Hohensee.

Marie-Claire saß kerzengerade im Sattel und verkürzte energisch die Zügel. Karlchen sah, dass sie lange Rädchensporen an den Reitstiefeln trug. El'Shaik kaute nervös auf einem scharfen Kandarengebiss.

»So was müsste verboten werden!«, sagte Karlchen laut.

»Manche Hengste brauchen scharfe Gebisse, sonst sind sie nicht zu zügeln. Aber davon verstehst du anscheinend nichts«, sagte Patrick und ritt an Karlchen und Schnute vorbei, ohne sie eines Blickes zu würdigen.

Karlchen war so verblüfft, dass sie ihm mit offenem Mund wortlos hinterherstarrte.

Herr von Hohensee ordnete an, dass Marie-Claire an der Tete gehen sollte. »Wenn er die anderen Hengste nicht mehr sieht, beruhigt er sich vielleicht«, sagte er hoffnungsvoll. »Du übernimmst gemeinsam mit Merle die Spitze. Merle kennt den Weg. Sie bestimmt das Tempo. Halte dich an das, was sie sagt.«

Marie-Claire riss die Augen auf, schnappte empört nach Luft und wollte protestieren, aber der Reitlehrer war schon wieder weg. Er ritt mit Jolly Jumper in der Mitte der Abteilung. Daniel und Mystery sollten das Schlusslicht bilden – weit genug von Marie-Claire und El'Shaik entfernt.

Kiki und Rebecca warfen sich einen Blick zu, der an Schadenfreude kaum zu überbieten war.

»Dumm gelaufen«, war Bentes trockener Kommentar.

Der Ritt führte über die Schlossbrücke direkt in den Lindentaler Forst, ein großes Waldgebiet, das zum Gelände des Reitinternats gehörte und über viele Reitwege verfügte. Lange, leicht ansteigende Galoppstrecken verlangten von den Pferden und ihren Reitern eine gute Kondition. Es gab ein paar Sprünge über flache Gräben und quer liegende Baumstämme, die von den Anfängern umrundet werden konnten. Schon bald schwitzten die Pferde. Die Gesichter ihrer Reiter waren gerötet und konzentriert.

El'Shaik schien sich in seiner Rolle als Anführer der Gruppe wohlzufühlen und galoppierte kraftvoll voraus. Weißer Schaum tropfte auf seine Brust, der Hengst schnaubte. Marie-Claire hielt über die Zügel, die sie lässig in einer Hand hatte, eine lockere Verbindung zum Pferdemaul. Vollkommen entspannt saß sie im Sattel und nahm, ohne zu zögern, jedes Hindernis. Ihr Sitz war perfekt. Sie konnte wirklich reiten, davon mussten sich nun auch ihre größten Neider überzeugen lassen.

Rebecca passte sich Santanas langen Galoppsprüngen an. Es machte ihr Spaß, die Lusitanostute zu reiten, die willig auf jede Hilfe reagierte und mutig sprang.

Kiki, die mit ihrem Torphy neben ihr ritt, warf der Schimmelstute einen bewundernden Blick zu. »Ihr passt echt gut zusammen!«

Rebecca nickte nur.

Kikis Blick wanderte ein Stück weiter nach vorne. Im vorderen Drittel der Abteilung erspähte sie Patrick auf seinem gescheckten Isländer. Snorri schlug mit dem Kopf und schien Schwierigkeiten zu machen.

»Merkwürdig«, wunderte sich Kiki. »Er ist doch sonst so brav.«

»Heja, Snude!« Karlchen und Schnute kamen fröhlich von hinten herangaloppiert. Der dicke Norweger buckelte und hüpfte. Man konnte ihm ansehen, dass es ihm großen Spaß machte, zwischen den Großpferden zu laufen. Seine dunklen Augen sprühten vor Lebensfreude. Auch Karlchen strahlte über das ganze Gesicht. Sie löste eine Hand vom Zügel und klopfte ihrem Pferd den Hals.

Dicht hinter ihr galoppierten Bente und Flippi in versammeltem Tempo. Bente schüttelte den Kopf. »Hey, das ist kein Wettrennen!«, rief sie ihrer Freundin zu. »Du bringst die ganze Abteilung durcheinander!«

Karlchen lachte nur und stürmte mit ihrem Norweger an Kiki und Rebecca vorbei, wobei sie fröhlich zur Seite winkte und Schnute noch mehr anspornte.

»Wenn sie El'Shaik überholt, gibt's Ärger«, sagte Kiki. »Das hat sie hoffentlich nicht vor!«

Karlchen wusste natürlich, dass es verboten war, die Tete zu überholen. Kurz hinter El'Shaik bremste sie Schnute ab.

»Ho, Dickie«, brummte sie. »Tempo drosseln, Landeklappen ausfahren. Für heute hatten wir unseren Spaß.« Liebevoll zauste sie Schnute durch die dicke Mähne und bedankte sich für den Galopp. Der Norweger schüttelte den Kopf. Er wäre zu gern noch weitergerannt.

Als Merle schließlich das Kommando zum versammelten Schritt und das Signal zum Heimritt gab, protestierten einige Reiter. Sie wären gerne noch weitergeritten. In der Ferne sah man schon einen Streifen der Nordsee aufblitzen, ein sanfter Westwind trug würzige Seeluft über das Land. Ein Pferd hob den Kopf und wieherte.

Andere aus der Gruppe atmeten erleichtert auf. Die Pferde sehnten sich nach ihrem Stall, ihre Reiter nach einer Dusche. Herr von Hohensee kündigte an, dass sie morgen ans Meer reiten würden. »Ein Galopp am Strand weitet die Lungen!«, rief er. Ob er damit die Lungen der Pferde oder der Reiter meinte, ließ er offen. Jedenfalls hatten nun auch die Letzten verstanden, dass der heutige Ritt zu Ende war. Die Pferde machten die Hälse lang und streckten sich.

Als sie den Schlosshof erreichten, bemerkte Rebecca den grauen Kombi des Tierarztes vor dem Stall. Dr. Tanner lehnte mit dem Rücken an der Fahrertür und unterhielt sich mit Miss Wedgewood. Munkel und Zündi, die neuen Stallbewohner, balgten sich zu seinen Füßen um ein flatterndes Blatt.

»Dr. Tanner ist da! Heute erfahren wir, ob Little Mystery rausdarf!«, rief Rebecca ihren Freundinnen zu. »Drückt die Daumen!«

»Das wäre der krönende Abschluss eines herrlichen Nachmittags«, sagte Bente poetisch. »Ein Fohlen im grünen Klee!«

Karlchen warf ihr einen spöttischen Blick zu, bevor sie mit den anderen Ponyreitern abbog und den Weg zur Ponyweide einschlug. »Ciao, ihr Süßen! Wir sehen uns später!«, rief sie.

Die anderen ritten mit ihren Pferden auf den Hofplatz und saßen ab. Sie lösten Kinn- und Kehlriemen und lockerten die Sattelgurte. Herr von Hohensee wies alle an, einen sorgfältigen Blick auf Beine und Hufe ihrer Pferde zu werfen.

Ein Mädchen meldete sich: »Siska hat ein Hufeisen verloren!«

Herr von Hohensee nickte. »Ich sag dem Schmied Bescheid.«

Rebecca, Kiki und Bente führten ihre Pferde in den Stall und befreiten sie von Sattel und Zaumzeug. Prüfend fuhren sie mit der Hand über die Sattellage und rieben sie mit Strohwischen trocken. Dann kontrollierten sie Hufe und Beine, kratzten die Hufe aus und warfen ihren Pferden eine Handvoll Heu vor. Santana rieb ihren Kopf an Rebeccas Schulter.

»Tut mir leid, Süße«, sagte Rebecca, »aber ich hab keine Zeit zum Schmusen.« Sie warf einen Blick aus dem Fenster der Box. Dr. Tanner hatte seine Unterhaltung mit Miss Wedgewood beendet. »Ich geh kurz rüber und spreche mit dem Tierarzt!«, rief sie Kiki und Bente zu. »Bin gleich wieder da!« Sie schlüpfte aus Santanas Box und lief mit langen Schritten die Stallgasse hinunter.

Ihre Freundinnen winkten ihr hinterher. Sie hatten Torphy und Flippi mit der Kardätsche übergeburstet, um das getrocknete Fell zu glätten, und verwöhnten ihre Pferde anschließend mit Rübenschnitzen und kleinen Äpfeln.

»Lass uns schnell das Sattelzeug in die Geschirrkammer bringen«, schlug Kiki vor. »Ich will mir Little Mysterys ersten Ausflug in die große weite Welt nicht entgehen lassen!«

Bente nickte. Sie hängte sich Flippis Zaumzeug über die

Schulter und wuchtete den Sattel hoch. »Hoffentlich gibt Dr. Tanner grünes Licht«, meinte sie, während sie das Sattelzeug in die Geschirrkammer trug und unter Flippis Namensschild aufhängte.

Als sie aus dem Stall liefen, kam Rebecca ihnen schon entgegen.

»Das Fohlen darf raus!«, rief sie ihnen zu. Dr. Tanner nickte.

»Es wird höchste Zeit«, sagte er lächelnd. »Der Kleine ist gesund und munter und hat sich gut entwickelt. Die Bewegung an der frischen Luft wird ihm und Karfunkel guttun.« Er reichte Rebecca den Impfpass des Fohlens. »Ich hab vorhin mit dem Stallmeister gesprochen. Du kannst die Pferde auf die Weide hinter dem Schlosspark bringen. Sie liegt schön geschützt und etwas abgelegen. Da haben sie ihre Ruhe und jede Menge Auslauf.«

»Das ist ja cool!«, freute sich Rebecca. »Von unserem Fenster gucken wir direkt auf die Weide! Dann sind Karfunkel und Little Mystery jeden Morgen das Erste, was ich sehe, wenn ich aufstehe!«

Kiki und Bente freuten sich mit ihr. Karlchen stürmte dazu. »Hab ich was verpasst?«, fragte sie atemlos.

»Nein«, antwortete Rebecca gut gelaunt. »Du kommst genau im richtigen Moment!«

Gemeinsam mit ihren Freundinnen ging sie zu Karfunkels Box und legte der Stute ein Halfter an. Little Mystery drängte sich dicht an seine Mutter und beäugte die Mädchen neugierig.

»Gleich wirst du staunen«, sagte Rebecca zu ihm. Sie klinkte einen Führstrick an Karfunkels Halfter und führte sie aus der Box. Little Mystery war so verdutzt, dass er einfach in der Box stehen blieb und schüchtern mit dem Schweif wedelte. Erst als Karfunkel brummelte, folgte er ihr. Mit einem großen Satz sprang er hinter ihr her und drängte sich an ihre Flanke. Karfunkel strich mit der Nase über seinen Rücken, um ihn zu beruhigen.

Rebecca lachte. »Bleib schön bei deiner Mami, dann kann dir nichts passieren.« An die Freundinnen gewandt, bat sie: »Bleibt am besten hinter uns und passt auf den Kleinen auf, falls er sich erschreckt oder wegläuft.«

Ihre Sorge war unbegründet. Als Little Mystery vor dem Stall stand, war er so erstaunt, dass er sich am liebsten unter Karfunkels Bauch verkrochen hätte und seiner Mutter keinen Zentimeter von der Seite wich. Unsicher trippelte er neben ihr her.

Herr von Hohensee und ein paar Mädchen und Jungs aus der Abteilung, die noch im Schlosshof standen und sich unterhielten, hoben die Köpfe.

»Ist der süß!«, rief Florentine entzückt. Mit vorsichtigen Schritten näherte sie sich dem Fohlen und streckte eine Hand aus. »Darf ich ihn mal streicheln?«

»Nee, du, im Moment lieber nicht.« Rebecca wurde etwas nervös wegen der Menschenmenge, die sich um ihre Pferde drängte. Herr von Hohensee kam ihr zu Hilfe.

»Bleibt ein bisschen zurück«, sagte er. »Ihr habt noch genug Zeit, um sie zu bewundern, wenn sie auf der Weide stehen.«

Rebecca warf ihm einen dankbaren Blick zu. Dann zupfte sie am Führseil und beeilte sich, Karfunkel und ihren kleinen

Hengst endlich auf die sichere Koppel zu bringen. Als sie den breiten Sandweg entlanggingen, schnappte Karfunkel nach den langen Grashalmen, die neben dem Weg wuchsen.

»Ach, du Süße«, raunte Rebecca ihr zu. »Du freust dich bestimmt, dass du endlich wieder rausdarfst, nicht?«

Kiki lief ein Stück voraus und öffnete das Gatter. »Bitte sehr«, sagte sie mit einer kleinen Verbeugung. »Euer neues Zuhause!«

Rebecca führte Karfunkel und Little Mystery durch das Tor und nahm ihrer Stute das Halfter ab. Dann trat sie einen Schritt zurück und schloss das Gatter von außen. Sie lehnte die Unterarme auf den Koppelzaun und legte den Kopf darauf. Karfunkel prustete, machte den Hals lang und fing sofort an zu grasen. Ihr Sohn stand neben ihr und sah sich um. Mit hoch erhobenem Kopf und aufgestellten Ohren staunte er über die Welt. Vorsichtig setzte er einen Huf vor den anderen, wieherte glockenhell auf, drehte sich um die eigene Achse und machte aus dem Stand heraus einen übermütigen Bocksprung.

Die Mädchen und Jungs, die hinter der kleinen Gruppe hergegangen waren, lachten laut. Little Mystery erschrak. Er spannte die Hinterhand an und schoss wie eine kleine Kanonenkugel davon. Mit langen Sprüngen preschte er über die weite Koppel und hob triumphierend den Kopf. Als er endlich genug hatte, trabte er mit staksigen Schritten auf seine Mutter zu und trank mit kräftigen Zügen.

»Ich glaub, wir sollten sie jetzt in Ruhe lassen«, sagte Rebecca strahlend. »Morgen ist auch noch ein Tag!«

Mit den anderen ging sie durch den Park zum Schloss zurück. Florentine hatte sich ihnen angeschlossen und plapperte munter drauflos.

»Ich kann's kaum noch aushalten bis zum Staffelritt«, seufzte sie. »Ich freu mich ja so, dass ich Bommel reiten darf! So ein Pony ist viel praktischer, wenn man so klein ist wie ich. Außerdem kommt Didier extra aus Frankreich. Er will sich Marie-Claires Ritt nicht entgehen lassen. Er hat ja solche Sehnsucht nach ihr!«

Kiki, Bente, Rebecca und Karlchen horchten auf. »Didier?«, fragte Kiki. »Aus Frankreich?«

Florentine nickte. »Ja, er hat Marie-Claire nicht mehr gesehen, seit wir im Internat sind, stellt euch das mal vor! Der Ärmste ist total am Boden zerstört. Immerhin sind sie verlobt«, betonte sie mit wichtiger Miene.

»Was?!«, entfuhr es Kiki und Rebecca gleichzeitig. »Marie-Claire ist verlobt??«

»Na klar, wusstet ihr das nicht?«

»Aber sie ist doch nur ein bisschen älter als wir«, krächzte Bente. »Verlobt man sich in Frankreich schon so jung?«

»Nee, also eigentlich nicht«, erwiderte Florentine. »Offiziell sind sie's ja auch gar nicht, aber Marie-Claire hat mir erzählt, dass sie und Didier im letzten Sommer Ringe gekauft haben. Unsere Eltern wissen nichts davon.«

»Ist wahrscheinlich auch besser so«, grinste Karlchen. »Meine Eltern würden glatt ausflippen, wenn ich mich mit vierzehn schon verloben würde. Das ist ja 'n Klops!« Sie schüttelte kichernd den Kopf.

»Na ja«, fuhr Florentine unbekümmert fort, »Didier ist immerhin schon achtzehn. Er studiert in Paris und hat ein eigenes Auto. Damit kann er Marie-Claire schnell mal zwischendurch besuchen. Marie-Claire steht auf reifere Männer, wisst ihr?«

»Interessant«, meinte Bente. »Ich glaub, da haben sich unsere Jungs ein echtes Kuckucksei ins Nest gelegt!«

Kiki runzelte die Stirn. »Was heißt das: Marie-Claire steht auf reifere Männer?«

»Och, sie ist der Meinung, dass Jungs unter achtzehn Jahren noch Babys sind«, erklärte Florentine. »Normalerweise gibt sie sich mit solchem Grünzeug gar nicht erst ab.«

»Jungs unter achtzehn sind für sie Grünzeug?«, fragte Rebecca. »Ist das wahr?«

Florentine nickte. »Klar, was dachtet ihr denn? So, ich muss jetzt gehen, tut mir leid.« Sie drehte sich um und hüpfte schon die Treppe hinauf. »Bis später, ciao!«

»Ciao, Flo!«, rief Karlchen ihr hinterher. »Und danke! Du hast uns wirklich sehr geholfen!« Florentine winkte mit einer Hand und verschwand im Schloss.

Die Freundinnen blieben am Fuß der Treppe stehen und starrten sich ungläubig an.

»Was sagt man dazu?«, murmelte Bente.

»Unglaublich!« Karlchen grinste immer noch. »Das sind ja ganz neue Perspektiven! Mädels, ich hab das unbestimmte Gefühl, dass sich euer Problem von ganz alleine lösen wird!«

»Könnte sein«, erwiderte Kiki. »Obwohl …«

»Was obwohl?«, fragte Karlchen zurück. »Die Sache ist doch klar wie Kloßbrühe: Zu Pfingsten kommt Marie-Claires Verlobter! Und weil Prinzessinnen heutzutage selber reiten und nicht mehr darauf warten, dass ihr Prinz hoch zu Ross erscheint, wird der süße Didier ganz sicher in einem schicken Sportwagen vorfahren und seine Angebetete entführen. Ich freu mich jetzt schon auf die dämlichen Gesichter unserer männlichen Mitschüler!«

»Wie kommst du darauf, dass er in einem Sportwagen auftauchen wird?«, erkundigte sich Rebecca.

»Och, keine Ahnung«, erwiderte Karlchen fröhlich. »Es würde irgendwie zu dem passen, was Florentine erzählt hat.«

»Ist doch ganz egal«, sagte Kiki. »Meinetwegen kann er auch mit der Bahn oder auf dem Fahrrad kommen. Hauptsache, er kommt!«

Rebeccas Augen funkelten. »Da hast du recht!«

»Und wenn Didier zu Fuß kommt: Auf jeden Fall wird es sehr interessant werden. Ich wette, die Jungs fallen vor Schreck vom Pferd«, kicherte Bente.

»Hoffentlich«, grinste Kiki. »Und wenn sie dann so richtig schön am Boden liegen und jammern, reden wir mal Klartext mit ihnen. Ich kann's kaum erwarten.«

»Die Ärmsten.« Karlchen sprang die Stufen hoch und drehte sich um. »Ich hab direkt ein bisschen Mitleid mit ihnen. Aber wirklich nur ein ganz, ganz kleines bisschen«, fügte sie vergnügt hinzu.

9

Das Erste, was Rebecca am Pfingstmorgen auffiel, als sie die Vorhänge zur Seite schob und das Fenster öffnete, war der strahlend blaue Himmel. Kein Wölkchen war zu sehen. Nur ein glänzendes Flugzeug flog in großer Höhe und zog einen milchig weißen Kondensstreifen hinter sich her, der sich schon bald auflöste. Ein paar Schwalben flogen pfeilschnell über den Hof und verschwanden durch ein geöffnetes Fenster in der Reithalle.

Rebeccas Blick wanderte hinüber zu der Pferdekoppel hinter dem Schlosspark. Karfunkel stand mit hängendem Kopf dösend unter einem Baum und schlug träge mit dem Schweif. Neben ihr, vom hohen Gras fast verborgen, lag Little Mystery und schlief.

Rebecca lächelte.

»Heute ist der Tag …«, flüsterte sie. Sie drehte sich um und rief ins Zimmer: »Kiki, wach auf! Es geht los!«

Von Kiki war nur der schwarze Haarschopf zu sehen. Als Rebecca noch einmal ihren Namen rief, murmelte sie eine unverständliche Antwort und schob ihren Kopf unter der Bettdecke hervor. »Was is'n?«, brummte sie. »Wie spät ist es? Ist es schon so weit?«

»Ja, es ist so weit!« Rebecca warf einen Blick auf den Radiowecker. Es war kurz nach sieben. »Wir haben noch so viel zu tun! Wir müssen uns anziehen, frühstücken, die Pferde auf Hochglanz bringen … also, steh endlich auf!«

Kiki streckte sich und schlug die Bettdecke zur Seite. »Immer mit der Ruhe. Sind Bente und Karlchen auch schon wach?«

»Ich hab sie noch nicht gesehen, aber in ihrem Zimmer rumort es schon.« Rebecca klopfte gegen die Wand. Postwendend klopfte jemand zurück. »Sie sind wach, also beeil dich!«

Kiki sah, dass Rebecca bereits fix und fertig angezogen war. Zu ihrer hellen Reithose und den schwarzen Stiefeln trug sie ein dunkelblaues Polohemd. Als Teamkapitän hatte sie vorgeschlagen, dass sie einheitliche Kleidung tragen sollten: helle Reithosen, blaue Polohemden, lange Stiefel. Auch Kiki zog nach einer Katzenwäsche ihr blaues Hemd über den Kopf und stieg in ihre beigefarbene Reithose. Mit einer weichen Bürste fuhr sie noch einmal über die Reitstiefel und schlüpfte hinein. Die langen Haare band sie zu einem Pferdeschwanz zusammen.

»Ich bin fertig«, verkündete sie. »Komm, wir gehen zu den anderen.«

Es versprach ein schöner Tag zu werden, aber zur Sicherheit nahmen die Mädchen noch ihre Sweatshirts mit. Natürlich ebenfalls in Dunkelblau. »Man soll schließlich sehen, dass wir ein Team sind«, fand Rebecca.

Als sie die Tür zum Nachbarzimmer öffneten, kämpfte Bente gerade mit ihren dicken Locken. »Ich krieg sie einfach nicht glatt«, stöhnte sie. »Ich hab schon alles ausprobiert –

Gel, Wasser, Haarspangen. Es ist zwecklos, nach spätestens fünf Minuten stehen sie wieder in alle Richtungen ab!«

»Was soll der Stress? Du trägst nachher doch sowieso deinen Reithelm«, winkte Kiki ab. »Deine Mähne wird gar nicht zu sehen sein.«

Karlchen saß auf ihrem Bett, pfiff fröhlich vor sich hin und spuckte schwungvoll auf einen ihrer Reitstiefel, bevor sie mit einem Lappen darüberfuhr.

»Igitt!«, rief Rebecca entsetzt. »Es gibt Schuhcreme, Karlchen! Spucke ist doch kein Schuhpflegemittel!«

»Bei mir schon«, gab Karlchen ungerührt zurück. »Spucke gibt den besten Glanz, das ist wissenschaftlich erwiesen.«

Rebecca rollte mit den Augen.

»Lass sie doch«, kicherte Kiki. »Vielleicht bringt's Glück.«

Ein paar Minuten später liefen die Freundinnen die Treppe hinunter. Trotz der frühen Uhrzeit herrschte in der Eingangshalle schon lebhaftes Gewusel. Überall standen kleine Gruppen zusammen. Es wurde geschnattert, gelacht und gefachsimpelt. Aber auch ein Hauch von spürbarer Nervosität lag in der Luft. Einige der jungen Reiterinnen und Reiter wirkten ziemlich blass und zupften nervös an ihren Reithosen. Ein Mädchen aus der siebten Klasse jammerte: »Ich glaub, mir wird schlecht!«, und verschwand in der Mädchentoilette. Ihre Freundin folgte ihr mit besorgter Miene.

Laura, ihre Eltern und ihre Freunde aus der Reitclique waren am späten Vorabend angereist und hatten die Nacht im Gästehaus des Internats verbracht. Die beiden auffälligen Transporter vom Auenhof standen auf dem Parkplatz vor dem Schloss, die Pferde gut versorgt im Stall. Laura, Fynn, Silvia und Dennis stürmten auf die Mädchen zu und begrüßten sie überschwänglich. Lauras Wangen glühten vor Aufregung.

»Hey, heute geht's los!«, jubelte sie. »Ich freu mich schon auf den Ritt!«

»Nur schade, dass wir keine Gelegenheit hatten, das Gelände vorher kennenzulernen«, wandte Fynn ein. Er legte einen Arm um Lauras Schultern und wieder einmal stellte Bente fest, wie gut der hübsche Junge mit den braunen Haaren zu ihrer Cousine passte.

»Wir kennen die Strecke auch noch nicht«, antwortete sie und begrüßte Silvia und Dennis, die beiden anderen Mitglieder des Auenhof-Teams.

»Wo steckt denn der Rest?«, wunderte sich Karlchen. »Oder seid ihr alleine gekommen?«

Laura schüttelte den Kopf. »Meine Eltern frühstücken noch. Gertie, Linda und Melanie sehen sich draußen ein bisschen um.«

»Und Tobias?«, fragte Bente. Sie mochte den lustigen Jungen, der ein ehemaliges Zirkuspferd ritt, sehr.

»Der ist mit seinen Eltern über Pfingsten verreist«, erzählte Fynn. »Aber er lässt euch schön grüßen.«

Rebecca reckte den Hals und fragte sich, wo Daniel wohl steckte. Ob er schon im Stall war? Auch von den anderen Mitgliedern seiner Mannschaft war nichts zu sehen.

»Junge, Junge, ist das aufregend!« Karlchen rieb sich die Hände. »Zuerst schnappen wir uns den Pokal und dann taufen wir Little Mystery!«

»Oh ja!«, strahlte Laura. »Ich kann es kaum erwarten, den Kleinen endlich zu sehen! Echt toll von Frau Dr. Paulus, dass sie euch erlaubt hat, ihn heute Nachmittag zu taufen.«

»Sie hat sogar versprochen, den Sekt zu spendieren«, sagte Bente.

»Und Miss Wedgewood und Dr. Tanner sind Little Mysterys Taufpaten.« Rebecca lächelte glücklich. »Ich weiß gar nicht, worauf ich mich mehr freuen soll: auf den Ritt oder auf die Taufe.«

»Am besten auf beides«, schlug Laura vor.

»Also, ich freu mich am meisten auf den Auftritt des großen Unbekannten«, mischte Kiki sich ein. »Ich hoffe, der gute Didier lässt uns nicht im Stich.«

Laura und Fynn zogen fragend die Augenbrauen hoch. Bente erklärte den beiden im Schnelldurchgang, worum es ging und was es mit dem Erscheinen des geheimnisvollen Franzosen auf sich hatte.

»Oh, là, là!«, grinste Fynn. »Da scheint sich ja ein echtes Drama anzubahnen!«

Kiki sah sich um und entdeckte Florentine in der Menge. Die kleine Französin stand mit Benjamin, Bastian und Franziska in einer Ecke der Halle und lachte fröhlich. Das Junior-Team, wie Bente es nannte, wirkte total entspannt und kein bisschen aufgeregt. Kiki konnte es kaum fassen. Sie erzählten sich tatsächlich Witze! Keine Spur von Nervosität. Sie drängelte sich durch die Schülerschar und klopfte Florentine auf die Schulter.

»Guten Morgen, ihr Süßen«, sagte sie. »Ihr seid ja ganz schön munter!«

»Klar«, meinte Benjamin. »Warum auch nicht? Der Pokal gehört schon so gut wie uns!«

»Nur schade, dass er in dieser blöden Vitrine stehen muss«, meckerte Bastian. »Ich würde ihn am liebsten heute Abend mit ins Bett nehmen.«

»Vielleicht lässt sich das ja für eine Nacht einrichten.« Kiki grinste. »Vorausgesetzt, ihr gewinnt ihn tatsächlich. Du, Florentine«, wandte sie sich an Marie-Claires Schwester, »hast du schon was von Didier gehört? Wann wird er denn erwartet?« Eigentlich fand sie es gemein, die Kleine so auszuhorchen, aber andererseits …

Florentine gab bereitwillig Auskunft. »Ich glaub, er kommt irgendwann am Vormittag. Auf jeden Fall rechtzeitig, um unsere Mannschaft gewinnen zu sehen.«

»Ich drück euch die Daumen«, sagte Kiki ehrlich. Es gab keine Mannschaft, der sie den Sieg mehr gönnen würde – außer ihrer eigenen natürlich. »Viel Glück!«

»Danke, gleichfalls!«, rief Florentine zurück.

Benjamin und Bastian winkten strahlend.

Kiki beeilte sich, ihren Freundinnen zu erzählen, was sie in Erfahrung gebracht hatte.

»Sehr schön«, sagte Rebecca genüsslich. »Aber jetzt lasst uns endlich frühstücken. Wir brauchen eine anständige Grundlage für die Aufgaben, die vor uns liegen!«

Laura, Silvia, Dennis und Fynn verabschiedeten sich. Sie hatten schon gefrühstückt und wollten lieber nach ihren Pferden sehen.

»Bis nachher!«, rief Laura und winkte. »Wir sehen uns dann spätestens auf der Siegerehrung!«

Bente lachte. »Klar! Fragt sich nur, wer von uns ganz oben steht!«

»Wir werden's sehen!«, rief Fynn zurück.

Im Speisesaal schlug Rebecca eine Schale Müsli für jeden vor und dazu ein Stück Obst. »Das liefert Energie und Kraftreserven«, sagte sie.

»Okay, du bist der Boss!« Karlchen schnappte sich eine Banane vom Obstteller und füllte sich eine Schale randvoll mit Müsli. »Wenigstens sind Haferflocken drin.«

Während sie frühstückten, besprachen die vier noch einmal den Ablauf des Ritts. Kiki sollte mit Torphy die erste Strecke zurücklegen, den Stab an Bente und Flippi übergeben, die wiederum Karlchen und Schnute auf den Weg schicken sollten. Rebecca wollte mit Santana die Schlussetappe übernehmen.

»Wir werden uns nachher wahrscheinlich nicht mehr sehen und auch keine Gelegenheit haben, miteinander zu sprechen«, gab Rebecca zu bedenken. »Nur an den Wechselpunkten und im Zieleinlauf. Es muss also alles klappen!«

Kiki, Bente und Karlchen nickten.

»Wir reiten volles Tempo«, fuhr Rebecca fort. »Die Hindernisse werden übersprungen, klar? Sie zu umreiten würde viel zu viel kostbare Zeit kosten. Denkt dran: Wir müssen unbedingt schneller sein als die anderen!« Sie sagte nicht, wen sie damit meinte, aber die Freundinnen wussten es auch so: Ihr Hauptgegner bei diesem Ritt war das Team von Daniel! Daniels Mannschaft musste geschlagen werden, das war ihr einziges Ziel!

»Seid ihr nervös?«, fragte Rebecca schließlich. Wieder nickten die Freundinnen. »Das ist gut. Nervosität erhöht die Anspannung und setzt Adrenalin frei. Das ist wichtig für den nötigen Biss! Ach, noch etwas, versprecht mir bitte eins …«

»Was denn?«, fragte Karlchen.

»Lasst das Staffelholz nicht fallen!« Rebecca verdrehte die Augen. »Das wäre so ziemlich das Schlimmste und Peinlichste, was uns passieren könnte! Aus vollem Tempo durchparieren, absteigen, das Holz aufsammeln, wieder aufsteigen und weiterreiten – und währenddessen wird man von allen anderen überholt! Das wäre unser Ende, klar? Dann können wir unseren Sieg begraben.«

»Wir lassen es nicht fallen«, erwiderten Bente, Kiki und Karlchen im Chor. »Versprochen.«

Rebecca nickte zufrieden. Dann seufzte sie und stand auf. »Okay, Mädels, lasst uns die Pferde satteln!«

10

Draußen versammelten sich die Startreiter der Mannschaften auf dem Hof. Kiki hatte einige Mühe, Torphy zu beruhigen. Der dunkelbraune Wallach schnaubte und trat von einem Huf auf den anderen.

Wahrscheinlich färbt meine Nervosität auf ihn ab, fuhr es Kiki durch den Kopf. Sie zwang sich zur Ruhe und strich Torphy mit der Hand über den Mähnenkamm. »Ganz ruhig, Dicker. Gleich darfst du laufen.«

Auch Arkansas, Lauras Hannoveraner-Hengst, machte Probleme. Die fremde Umgebung, die anderen Pferde und die Zuschauer machten den Braunen nervös. Er versuchte zu steigen, aber Laura war eine geübte Reiterin. Sie nahm die Zügel kürzer, legte die Schenkel an und ritt ein paar Volten. Kiki lächelte ihr anerkennend zu. Laura pustete sich eine Haarsträhne aus der Stirn, die sich unter dem Reithelm gelöst hatte, und lachte, während sie Arkansas den Hals klopfte. Ihre Eltern, Bentes Tante Mira und Onkel Thomas, winkten. Fynn reckte siegesgewiss einen Daumen nach oben.

Sven war der Startreiter von Daniels Team. Er ritt Milena, eine stämmige Friesenstute, die dem Reitinternat gehörte. Kiki wunderte sich ein bisschen. Milena war für ihre Gutmütigkeit bekannt und an Trägheit kaum zu überbieten. Warum ritt Sven ausgerechnet so ein langsames Pferd? Andererseits konnte die Rappstute super springen – und das war eindeutig ein Argument für sie.

Kiki runzelte die Stirn und kam zu dem Schluss, dass Milena ihre Langsamkeit vermutlich durch ihr Springvermögen ausgleichen sollte. Sven bemerkte ihren Blick und lächelte. Kiki nickte nur und ritt an ihm vorbei.

»Die Startreiter der Mannschaften bitte an den Start!«, rief Herr von Hohensee in diesem Augenblick. »Richtet eure Pferde in einer Linie aus. Ich zähle von zehn herunter. Viel Glück und Hals- und Beinbruch!«

Kikis Herz machte einen Sprung. Es ging los! Sie gurtete noch einmal nach, nahm Torphys Zügel auf und ritt an die Startlinie. In ihren Ohren rauschte es.

Der Reitlehrer hielt eine Fahne hoch und zählte laut: »Zehn, neun, acht …«

Kiki sah die rote Startfahne herabsausen und spürte in derselben Sekunde, wie ihr Wallach sich anspannte und vorwärtsschoss. Kraftvoll preschte er voran, ohne dass Kiki ihn dazu auffordern musste. Sie hielt das Staffelholz mit der linken Hand fest umklammert, die Zügel führte sie in der rechten. Sie ließ Torphy einfach laufen. Er ließ sich leicht lenken und machte ausgreifende Sprünge, um das Pferd vor ihm einzuholen. Es war Bayonne, eine der Vollblutstuten der Familie Montpellion. Bastian klebte in ihrem Sattel wie ein kleiner Jockey: weit vorgebeugt im leichten Sitz, die Hacken tief. Seine Hände mit dem Staffelholz lagen auf Bayonnes Mähnenkamm. Der Junge war klein und leicht, die Stute schien sein Fliegengewicht kaum zu spüren. Mühelos zog sie davon, nahm das erste Hindernis wie im Flug und verschwand um eine Biegung im Wald.

An Kikis rechter Seite tauchte Arkansas auf. Lauras blonde Haare flatterten im Wind, ihr Gesicht war gerötet. Kiki nickte ihr kurz zu und warf einen Blick über die linke Schulter, wo sie Sven vermutete. Milena war bereits zwei Pferdelängen zurückgefallen. Sven musste sie schon jetzt kräftig vorwärtstreiben. Kiki schnalzte zufrieden mit der Zunge.

»Komm, Torphy!«, rief sie. »Schneller!«

Sven war so gut wie geschlagen, und die Reiter der anderen Teams interessierten sie nicht.

Das erste Hindernis tauchte vor Torphy auf: ein einfacher Lattensprung. Torphy warf sich nach vorn, sprang ab und galoppierte federnd weiter. Kiki hatte das Gefühl, als würden seine Hufe kaum den Boden berühren. Sie achtete nicht auf die Zuschauer entlang der Strecke, die begeistert applaudierten. Sie hatte nur noch Augen für die Strecke, die vor ihr lag. Als sie in den Wald einritt, nahm sie das Tempo zurück. Torphy musste noch lange galoppieren, er schnaubte dunkel und an seinem Hals bildeten sich Schaumflocken. Vor ihm lagen noch ein paar anstrengende Steigungen und Sprünge über Gräben und Baumstämme. Kiki wollte ihn auf keinen Fall überanstrengen.

Nach den ersten Kilometern hatte sie das Gefühl, als würde sie schon ewig lange durch den Wald reiten. Torphy hatte einen gleichmäßigen Rhythmus gefunden, die Hindernisse waren einfach und sie waren von keinem anderen Team überholt worden, nicht mal von Laura und Arkansas.

»Perfekt!«, raunte Kiki ihrem Wallach zu, als sie in der Ferne schon den ersten Wechselpunkt auftauchen sah.

Stallmeister Max schwenkte eine Fahne. Die Zuschauer, Schüler, Lehrer und Gäste, klatschten schon von Weitem Beifall. Aber wo war Bente? Kiki sah die Pferde und Ponys, die sich um den Wechselpunkt scharten und auf den ersten Wechsel warteten. Wie sollte sie in diesem Gewusel Bente und Flippi finden? Plötzlich löste sich ein Pferd von der Gruppe, seine Reiterin winkte hektisch. Bente hatte Kiki gesehen und stellte sich mit ihrer Stute an die Linie – bereit, das Staffelholz für die zweite Etappe zu übernehmen.

Kiki reckte eine Faust in die Luft, als Bente losritt. Der Wechsel hatte geklappt! »Los, Bente! Zeig's ihnen!«

Bente winkte kurz mit dem Staffelholz, ohne sich umzugucken. Flippi galoppierte rasend schnell davon und war schon bald nicht mehr zu sehen. Gleich dahinter galoppierte Furioso, das zweite Pferd des Auenhof-Teams, mit Silvia im Sattel.

Kiki atmete auf und ließ sich von Torphys Rücken gleiten, um ihn zu umarmen. »Danke, Dicker, das hast du toll gemacht!«

Der Stallmeister kam auf sie zu, gratulierte ihr und wies aus dem Wald hinaus auf einen schmalen Feldweg. »Bis zum Ziel habt ihr leider noch einen kleinen Fußmarsch vor euch.«

»Macht nichts«, strahlte Kiki. »Wir können uns jetzt ja jede Menge Zeit lassen. Torphy hat ziemlich geschwitzt. Ich kann ein bisschen verpusten und er trocknet inzwischen sein Fell.«

Bente hatte mit Flippi inzwischen den ersten Graben überwunden. Flippi schlug mit dem Kopf und wehrte sich gegen die Zügel. Sie wollte schneller laufen. Vor ihr lief Ninjo, das Pony von Franziska aus dem Junior-Team. Bente sprach beruhigend auf ihr Pferd ein. »Lass sie laufen, Flippi«, brummte sie. »Den Kleinen geht bestimmt bald die Puste aus.«

Bente konnte es kaum fassen, dass Kiki als zweite Reiterin an den Wechselpunkt gekommen war. Als zweite! Damit hatte sie in ihren kühnsten Träumen nicht gerechnet und sie wollte ihr Bestes geben, um diesen tollen Platz zu verteidigen. Schräg hinter ihr tauchte plötzlich Furioso auf, Silvias Pferd. Der schneeweiße Lipizzaner schien mit irgendetwas nicht einverstanden zu sein und brach immer wieder aus. Bente wusste, dass er als Problempferd auf den Auenhof gekommen war, und hatte Mitleid mit der Freundin. Silvia hatte lange gebraucht, um Furiosos Vertrauen zu gewinnen. Jetzt fiel er immer weiter zurück und hatte keine Chance mehr auf einen der vorderen Plätze.

Flippi hatte sich etwas beruhigt und fiel von sich aus in einen gleichmäßigen Galopp. Bente wandte sich immer wieder im Sattel um. Weit hinter ihr tauchte der zweite Reiter eines anderen Teams auf. Den Reiter konnte sie nicht erkennen, aber das Pferd kannte sie genau. Es war der einzige Schecke im Feld: Patricks Isländer Snorri.

»Na, dann wollen wir uns lieber ein bisschen beeilen, Flippi.« Bente legte die Schenkel an. »Wenn Patrick seinen Snorri tölten lässt, haben wir keine Chance!«

Zu ihrer Verwunderung schaffte sie es trotz des schnellen Galopps nicht, Franziska und Ninjo einzuholen, geschweige denn, die beiden zu überholen. Das kleine Pony stürmte so ungestüm über den weichen Waldboden, dass von seinen Hufen dicke Lehmbrocken zur Seite geschleudert wurden. Hinter sich hörte Bente nun lauter werdenden Hufschlag. Das konnte nur Patrick sein! Sie blickte über die Schulter. Tatsächlich, Patrick und Snorri hatten aufgeholt. Der Isländer war in den Renntölt gefallen und stob vorwärts wie eine Lokomotive. »Vergiss es!«, rief Bente ihm zu und umfasste das Staffelholz fester. »Los, Flippi! Lauf!«

Als der Wechselpunkt am Ende des Waldes auftauchte, lagen Flippi und Snorri gleichauf hinter Franziska und Ninjo. Sie passierten die Wechsellinie Nase an Nase.

»Karlchen!«, schrie Bente.

»Hier!«, rief Karlchen zurück. Sie stand in den Steigbügeln ihres angaloppierenden Ponys und streckte den Arm nach hinten aus. Bente legte ihr das Staffelholz in die weit geöffnete Hand.

»Ich hab's!«, rief Karlchen. »Hoppa, Snude! Auf geht's!«

Schnute machte einen ausgelassenen Bocksprung und Karlchen verlor für einen Moment das Gleichgewicht. Bente hielt erschrocken den Atem an. Ganz kurz sah es aus, als würde Karlchen aus dem Sattel rutschen und das Staffelholz verlieren, aber dann griff sie geschickt nach, zog sich in den Sattel zurück und klemmte sich das Holz zwischen die Zähne.

»Puh«, machte Bente. Sie nahm ihren Reithelm ab und wischte sich den Schweiß von der Stirn, als am Wechselpunkt leichte Unruhe entstand. Zwei Pferde schienen aneinandergeraten zu sein. Bente konnte nicht genau erkennen, was los war, aber es konnte ihr eigentlich auch egal sein. Karlchen war auf dem Weg. An zweiter Position! Zufrieden wandte Bente sich um, saß ab und gab Flippi ein Pferdeleckerli zur Belohnung.

Karlchen wusste, dass ihre Gegnerin auf diesem Teilstück des Staffelritts Marie-Claire war. Sie hatte die Französin am Wechselpunkt gesehen. Aber sie hatte nicht gesehen, dass Patrick und Marie-Claire bei ihrem Wechsel wertvolle Zeit verloren hatten. Snorri war ungebremst auf El'Shaik aufgelaufen, worauf der Araber dem Isländer wütend vor die Brust getreten hatte. Es hatte einen kleinen Tumult gegeben, das Staffelholz war zu Boden gefallen und Marie-Claire hatte den Anschluss an die Spitze verpasst.

Auch der Wechsel zwischen Silvia und Fynn war schiefgegangen. Furioso hatte gescheut und Fynns Apfelschimmel Jimmy war viel zu früh angaloppiert. Pech für das Team vom Auenhof, das dadurch noch weiter zurückgefallen war. Aber Karlchen wusste, dass das letzte Paar, Dennis und sein Temperamentsbolzen Blitz, gleichzeitig auch das schnellste der Mannschaft war. Noch war das Rennen nicht entschieden.

Vor Karlchen und Schnute ritt Benjamin auf La Petite. Die Kinder hatten tatsächlich ihre Pferde getauscht: Florentine würde auf der letzten und alles entscheidenden Etappe Bommel reiten, das Haflingerpony der Zwillinge. Karlchen freute sich, dass die Kleinen vorne lagen. Nicht im Traum dachte sie daran, das Tempo zu verschärfen und Benjamin zu überholen. Sie strich ihrem Norweger über den Hals und lobte ihn. Schnute kam gut voran. Er schnaubte und fügte zwischen seinen Galoppsprüngen immer mal wieder einen fröhlichen Buckler ein. Karlchen lachte – so gut das mit einem Staffelholz zwischen den Zähnen ging.

Von selbst fiel Schnute schließlich in einen weichen Schaukelgalopp. Karlchen entspannte sich, nahm das Staffelholz aus dem Mund und klemmte es sich unter den Arm. Mit einer Hand griff sie in die Tasche ihrer Reithose und zog einen zerdrückten Schokoriegel hervor. Seelenruhig wickelte sie die Süßigkeit aus und biss hinein, als Schnute plötzlich die Ohren anlegte und einen Ausfallschritt zur Seite machte.

»Ist was, Dicker?«, mümmelte Karlchen. Sie wischte ihre klebrigen Finger an Schnutes Mähne ab und warf einen Blick über die Schulter nach hinten. Das letzte Stück Schokolade wäre ihr fast im Halse stecken geblieben.

»Himmel!«, entfuhr es ihr. »Das gibt's doch gar nicht!« Sie schluckte und nahm die Zügel auf. Hinter ihr kam El'Shaik im Renngalopp auf sie zugestürmt. Er sah aus, als wollte er Schnute glatt über den Haufen rennen.

»Platz da!«, rief Marie-Claire. »Mach gefälligst den Weg frei!«

»Ich denk ja gar nicht daran!«, rief Karlchen zurück. Sie stellte sich in die Steigbügel und machte sich ganz leicht. »Heja, Snude, leg einen Zahn zu!«

Der kleine Norweger gab sein Bestes. Er streckte sich und verlängerte die Galoppsprünge, aber der immer näher kommende Hengst verunsicherte ihn. Schnute zuckelte seitwärts und brach schließlich aus. Schwer atmend blieb er stehen und ließ El'Shaik einfach an sich vorbeiziehen. Marie-Claire lachte höhnisch und tippte sich mit dem Staffelholz an den

Schirm ihres Reithelms. »Wir sehen uns bei der Siegerehrung!«

Karlchen stieß einen wilden Fluch aus und schüttelte die Faust. Dann beruhigte sie ihr Pony.

»Okay, Snude«, brummte sie ihm ins Ohr. »Dann rollen wir das Ganze eben von hinten auf, kein Problem!«

Sie brachte ihr Pony zurück auf den Weg und murmelte ihm beruhigende Worte zu.

»Schluss mit der Bummelei, Snude«, sagte sie streng und legte die Schenkel an. »Die olle Kröte schnappen wir uns!« Sie hatte gesehen, dass ein Stück weiter hinten schon Fynn und Jimmy auftauchten. Um nichts in der Welt wollte sie sich von einem weiteren Team überholen lassen.

Am letzten Wechselpunkt trabte Rebecca auf Santana unruhig hin und her und fragte sich, wo Karlchen blieb. Miss Wedgewood kam auf sie zu und streichelte ihr Pferd.

»Ganz ruhig, Rebecca. Versuch, dich zu entspannen. Santana fliegt wie ein Vogel. Lass sie einfach laufen und stör sie nicht im Maul, dann kann gar nichts schiefgehen.«

Rebecca nickte nervös. »Ich reite dann mal zur Wechsellinie. Die ersten Reiter müssen jeden Moment kommen.«

»Viel Glück!« Miss Wedgewood nickte ihr zu und entließ Santana mit einem sanften Klaps auf die Kruppe.

Als der erste Reiter auftauchte, gab es am Wechselpunkt laute Begeisterungsrufe. Locker übergab Benjamin sein Staffelholz an Florentine, woraufhin die kleine Französin Bommel die Zügel freigab. Wie von einer Sprungfeder geschnellt, schoss der Haflinger davon.

Rebeccas Blick streifte Daniel, der neben ihr auf die Übergabe wartete. Er fing ihren Blick auf und lächelte. Rebecca konnte nicht anders und erwiderte sein Lächeln. Als er kurz darauf wegschaute und seinen Hengst versammelte, wusste Rebecca, was das zu bedeuten hatte: Marie-Claire lag vor Karlchen. Daniels Team würde vor ihrem wechseln!

Daniels Gesicht war angespannt und konzentriert. Er fasste die Zügel kürzer. Als Marie-Claire die Wechsellinie passierte, bäumte sich El'Shaik unter ihr auf. Seine Augen waren aufgerissen, die Flanken des Arabers bebten. Seine weiten Nüstern verrieten, dass seine Reiterin volles Tempo gegangen war. Marie-Claire brachte ihn mit einer kurzen Parade zum Stehen und warf Daniel das Staffelholz zu. Geschickt fing er es auf und jagte auf Mystery davon.

Rebecca starrte auf den Waldweg, auf dem Karlchen erscheinen musste. Da, endlich! Müde und ausgepumpt galoppierte Schnute die letzten Meter. Genau auf der Linie blieb er abrupt stehen. Er hatte genug getan. Karlchen rutschte ihrem Pony auf den Hals und schaffte es gerade noch, Rebecca das Staffelholz in die Hand zu drücken.

»Schnapp ihn dir!«, rief sie ihrer Freundin hinterher.

Nur wenig später übergab Fynn den Stab an Dennis. Der Schlussreiter des Auenhofs legte die Schenkel an. Blitz machte seinem Namen alle Ehre und stob davon. Karlchen hielt den Atem an. Der Fuchs war wirklich unglaublich schnell! Rebecca musste jetzt nicht nur Daniel überholen, sondern gleichzeitig aufpassen, dass Dennis ihr nicht den Platz unter den ersten drei streitig machte. Keine leichte Aufgabe.

Rebecca achtete nicht auf das, was hinter ihr geschah. Sie spürte Santanas Muskeln unter dem Sattel und hatte grenzenloses Vertrauen zu der Stute. Daniel und Mystery waren nur ein paar Pferdelängen vor ihr. Rebecca wusste, dass sie es schaffen konnte.

Sie ließ Santana das Tempo bestimmen und bemühte sich, die Stute so wenig wie möglich zu stören. Als sie eine flache Senke durchritt, hatte sie Daniel schon fast eingeholt. Plötzlich strauchelte Mystery an einem Graben, aber Daniel fing sich schnell wieder. Er hielt den Trakehner zurück, damit er sein Gleichgewicht wiederfand.

»Ganz ruhig«, hörte Rebecca die Stimme ihres Freundes. »Alles bestens.«

Daniel drehte sich im Sattel um und erstarrte, als er Rebecca sah. Für den Bruchteil einer Sekunde streiften sich ihre Blicke. Diesmal lächelte Rebecca nicht, sondern kniff konzentriert die Augen zusammen.

»Hopp, Santana!«, rief sie. Die Stute zögerte keine Sekunde und zog mit langen Galoppsprüngen an Mystery vorbei, dicht gefolgt von Dennis und Blitz.

Santana galoppierte durch das Waldstück, nahm das letzte Hindernis mit einem Satz und bog in die Zielgerade ein.

Rebecca sah die bunten Fähnchen und Wimpel. Sie spürte die Sonne auf ihrer Haut und hörte die lauten Begeisterungsrufe der Zuschauer. Florentine und Bommel waren im Ziel. Das Junior-Team hatte den Staffelritt gewonnen!

Über das weite Feld flogen Rebecca und Santana dem Ziel entgegen. Hinter ihnen versuchte Dennis vergeblich, mit Blitz an ihnen vorbeizuziehen.

»Ja!«, rief Rebecca. Sie ließ die Zügel sinken und riss die Arme hoch, als sie im Ziel war. Erschöpft und überglücklich ließ sie sich nach vorne fallen und umarmte Santana. Die Stute senkte den Kopf und prustete zufrieden.

Dennis brachte Blitz zum Stehen und klopfte seinem Fuchs den schweißnassen Hals, bevor er Rebecca gratulierte. Die lachte.

»Hey, du bist Dritter geworden!«, rief sie. »Laura wird ausflippen vor Freude!«

Fynn strahlte über das ganze Gesicht. Der dritte Platz für den Auenhof – das war wirklich nicht schlecht!

Auch Daniel parierte sein Pferd durch. Er ritt an Rebeccas Seite. Sein Gesicht war gerötet, seine blauen Augen strahlten. Er sah Rebecca an und reichte ihr die Hand.

»Du bist toll geritten«, sagte er. »Herzlichen Glückwunsch!«

»Danke.« Rebecca erwiderte seinen Händedruck. Dann wendete sie ihr Pferd und ritt davon, um ihre Freundinnen zu suchen.

11

»Ich fürchte, der gute Didier hat uns im Stich gelassen.« Kikis Blick wanderte über den Hof.

Weit und breit war keine Spur von einem schnittigen Sportwagen zu sehen, geschweige denn von einem attraktiven Franzosen, der ihn fuhr.

»Vielleicht kommt er zu Fuß?«, wandte Bente ein. »Das kann natürlich dauern!«

»Noch ist nicht aller Tage Abend«, grinste Laura. »Ich wette, der kommt noch.«

Sie lehnte sich gegen Fynn und schloss verträumt die Augen. Dass die Gäste vom Auenhof den dritten Platz belegt und Daniels Mannschaft noch in letzter Sekunde auf den vierten Rang verdrängt hatten, war eine kleine Sensation. Immer wieder kamen Schüler auf die Gruppe zu und gratulierten ihnen. Auch Tante Mira und Onkel Thomas konnten ihre Begeisterung nicht verbergen.

»Der Ausflug hat sich wirklich gelohnt«, strahlte Onkel Thomas. »Wer hätte gedacht, dass wir einen Pokal mit nach Hause nehmen!«

»Ich nicht«, gab Tante Mira zu. »Was für ein herrlicher Tag!«

»Und er ist noch nicht zu Ende«, sagte Laura.

Bente nickte versonnen. Ihre Brüder hatten den Staffelritt gewonnen – unglaublich! Aber was fast noch unglaublicher war: Rebecca, Kiki, Karlchen und sie durften als zweites Team auf das Podest. »Kneif mich mal«, sagte sie zu Karlchen, »damit ich weiß, dass ich nicht träume.«

Karlchen kam der Bitte prompt nach. Bente jaulte auf.

»Aua! Doch nicht so doll!«

Die Siegerehrung fand auf dem Schlosshof statt. Bunte Fahnen und Luftballons flatterten im Wind. Die Reiter und Zuschauer hatten sich an einem kalten Büfett gestärkt und mit kühlen Getränken erfrischt. Die Ponys und Pferde standen auf den Koppeln rund um das Schloss und ruhten sich im Schatten der alten Weidebäume von den Strapazen des Ritts aus. Vor dem Schloss warteten alle gespannt auf den Höhepunkt des Tages: die offizielle Siegerehrung für die erfolgreichen Mannschaften!

Herr von Hohensee betrat in Begleitung von Frau Dr. Paulus ein kleines Podest, das ein paar Helfer vor dem Schlossportal aufgebaut hatten.

»Sehr geehrte Damen und Herren, liebe Gäste, liebe Reiterinnen und Reiter«, sagte der Reitlehrer mit kräftiger Stimme. »Ich bitte die Sieger des diesjährigen Staffelritts, zu mir auf die Ehrentribüne zu kommen: Florentine Montpellion, Franziska Ströhlein und Benjamin und Bastian Brandstätter!«

Lauter Jubel und Beifall brach los, als das Junior-Team das Podest erklomm und den großen Wanderpokal entgegennahm.

Frau Dr. Paulus gratulierte den Kindern. »Gleich morgen früh bringe ich den Pokal in die Stadt, damit eure Namen eingraviert werden.«

»Morgen erst?« Benjamin hielt den Pokal so fest umklammert, als wollte er ihn nie wieder hergeben.

»Dann können wir ihn heute Abend ja noch mit ins Bett nehmen«, grinste Bastian.

Alle lachten. Auch Frau Dr. Paulus, die die Idee der Zwillinge zwar ungewöhnlich fand, aber schließlich die Erlaubnis gab, den Wanderpokal für eine Nacht mit aufs Zimmer zu nehmen.

Als zweite Sieger wurden Rebecca, Kiki, Karlchen und Bente auf die Tribüne gebeten. Sie gratulierten dem siegreichen Junior-Team – Bente gab ihren Brüdern ein Küsschen und platzte fast vor Stolz –, bevor sie von Frau Dr. Paulus einen silbernen Teller entgegennahmen, der mit dem Wappen des Internats verziert war.

»Eure Namen werden auch noch eingraviert«, lächelte Frau Dr. Paulus. »Und falls ihr ebenfalls den Wunsch verspürt, den Teller mit ins Bett zu nehmen ...«

Rebecca lehnte lachend ab und gab die Trophäe an Karlchen weiter, die sie wie ein Fußballspieler über den Kopf hob und einen Jubelschrei ausstieß.

Vor der Verleihung des dritten Preises – eines kleinen Silberbechers – gab es im Zuschauerraum leichte Unruhe. Marie-Claire weigerte sich lautstark, an der Siegerehrung teilzunehmen. Ihre schrille Stimme war bis in den letzten Winkel des Schlosshofes zu hören.

»Der vierte Platz!«, kreischte sie außer sich vor Zorn. »Für mich zählt nur der Sieg! Ein vierter Platz ist für mich nicht akzeptabel!«

Daniel schleuderte etwas sehr Unfeines zurück und starrte die Französin wütend an.

Frau Dr. Paulus zog die Augenbrauen zusammen. Herr von Hohensee beeilte sich, zu Daniels Team zu gelangen, um die Wogen zu glätten.

Kiki, Karlchen, Bente und Rebecca sahen sich an und grinsten. »Oh, là, là! Französisches Temperament«, sagte Bente und rollte mit den Augen.

In diesem Moment rollte ein kleiner, roter Citroën über die Schlossbrücke und hupte. Auf dem knirschenden Kies kam der Wagen zum Stehen.

»Er hat ein französisches Kennzeichen!« Bentes Wangen glühten vor Aufregung. »Jetzt wird's interessant!«

»Perfektes Timing«, sagte Kiki mit Genugtuung. »Besser geht's nicht!«

Ein schmaler junger Mann kletterte aus dem Wagen und sah sich unsicher um. Er strich sich eine Haartolle aus der Stirn und versuchte gleichzeitig, seinen zerknitterten Blazer zu glätten.

»Didier!«, erklang ein schriller Schrei.

Marie-Claire bahnte sich mit den Ellbogen einen Weg durch die Menge, fiel dem jungen Mann um den Hals und küsste ihn.

»Na, so was!«, entfuhr es Frau Dr. Paulus.

Die Direktorin beobachtete das Schauspiel mit leicht missbilligendem Blick, bevor sie von der Bühne stieg und mit energischen Schritten durch das Spalier der Schüler auf das

Auto mit dem französischen Kennzeichen zuging. Dort angelangt, tippte sie Marie-Claire auf die Schulter. »Sei bitte in fünf Minuten in meinem Büro, Marie-Claire«, sagte sie, bevor sie sich an Marie-Claires Freund wandte. »Und Sie, Monsieur«, sagte sie in einwandfreiem Französisch, »entfernen bitte Ihr Fahrzeug vom Schlosshof. Sie befinden sich hier auf einem Privatgrundstück. Der Parkplatz für Besucher ist dort hinten.« Sie wies auf einen Parkplatz hinter hohen Bäumen, drehte sich um und ging zurück zum Podest.

»Junge, Junge«, kicherte Karlchen. »Das hat gesessen!«

Endlich konnten Laura, Fynn, Dennis und Silvia ihren Silberbecher und die Glückwünsche entgegennehmen. Sie strahlten und versprachen hoch und heilig, im nächsten Jahr wiederzukommen.

Marie-Claire verschwand im Schloss und tauchte nicht wieder auf. Auch nicht zur Fohlentaufe, die im Anschluss an die Siegerehrung stattfand. Frau Dr. Paulus hatte ein Gespräch unter vier Augen mit ihr geführt und sie auf ihr Zimmer geschickt, um über ihr unmögliches Verhalten nachzudenken.

»Jetzt liegt sie auf ihrem Bett und heult«, wusste Florentine zu berichten. »Und der arme Didier kann postwendend wieder nach Hause fahren.«

»Der Ärmste«, fand Bente. »Er kann schließlich nichts dafür, dass sie sich so doof benommen hat. Zuerst bringt sie die ganze Siegerehrung durcheinander und beschwert sich, weil sie nur Vierte geworden ist, und dann knutscht sie vor allen Leuten mit ihrem Freund rum!«

»Kein Wunder, dass die Pauli sauer war«, sagte Laura. »Immerhin war die Siegerehrung noch nicht zu Ende. So was geht einfach nicht.«

Die anderen nickten.

Rebecca ging los, um Karfunkel und Little Mystery von der Weide zu holen. Mit einem Tuch putzte sie ihre Rappstute noch einmal über und legte ihr ein Halfter an. Dann führte sie sie auf den Schlosshof.

Der kleine Hengst lief brav neben seiner Mutter her. Sein kurzes Fohlenfell glänzte in der Sonne wie Ebenholz, als er den Kopf hob und schnupperte. Mit großen, erstaunten Augen musterte er die Menschen, die sich versammelt hatten, um bei seiner Taufe dabei zu sein.

Rebecca stellte sich mit Karfunkel neben die Schlosstreppe und strich ihr über die Nase.

Frau Dr. Paulus erschien, gefolgt von Herrn von Hohensee, Miss Wedgewood und Dr. Tanner, dem Tierarzt. Sie gratulierten Rebecca und bewunderten die Stute und ihr schwarzes Fohlen.

Als Letzte kam Frau Wuttig aus dem Schloss. Die Küchenchefin hatte zur Feier des Tages ihre geblümte Schürze gegen ein schickes Sommerkleid ausgetauscht. Mit stolzgeschwellter Brust schritt sie die Schlosstreppe hinunter und balancierte dabei ein Tablett mit einer Schale aus Kristall vor sich her, bis zum Rand gefüllt mit prickelndem Sekt.

Miss Wedgewood und Dr. Tanner tauchten ihre Finger in die Schale und bespritzten Little Mystery mit dem Sekt.

»Hiermit taufen wir dich auf den Namen Little Mystery«, sagte Miss Wedgewood.

»Aus dir soll ein großer und starker Hengst werden«, fügte

Dr. Tanner hinzu. »Und falls du mal gesundheitliche Probleme haben solltest, was ich natürlich nicht hoffe, wende dich jederzeit vertrauensvoll an mich. Ich bin immer für dich da!«

Kiki, Karlchen, Bente, Laura und die anderen klatschten begeistert. Rebecca lachte, als ihr kleiner Hengst erschrocken schnaubte. Ein Sekttropfen hatte ihn mitten auf die Nase getroffen. Er kräuselte entsetzt die Nüstern und versteckte sich schnell hinter seiner Mutter. Dann drehte er sich um, präsentierte allen sein rundes Hinterteil und fing laut schmatzend an zu trinken. Little Mystery hatte die Tauffeierlichkeiten auf seine Weise für beendet erklärt.

Rebecca ließ ihn in Ruhe fertig trinken, dann führte sie die beiden Pferde zurück auf die Weide und verabschiedete sich von ihnen. Little Mystery reckte seinen Schweif in die Höhe und jagte buckelnd davon, um sich von der Aufregung zu erholen.

Währenddessen verschwand Frau Wuttig durch einen Seiteneingang im Schloss und kehrte kurz darauf mit einem zweiten Tablett zurück. Diesmal balancierte sie langstielige Gläser mit Sekt und Orangensaft, reichte das Tablett herum und bot allen ein Gläschen an.

»Frau Dr. Paulus hat erlaubt, dass ihr einen Spritzer Sekt in eurem Saft haben dürft«, wisperte sie den Freundinnen zu. »Zur Feier des Tages.«

»Na, Frau Wuttig, wenn das mal gut geht!« Karlchen nahm sich eins der Gläser, probierte einen Schluck und schüttelte sich. »Brr, das schmeckt ja eklig! Darf ich tauschen? Ich nehm doch lieber O-Saft pur!«

Auch Kiki, Laura und Bente wählten reinen Orangensaft.

Rebecca, Silvia und die Jungs von der Auenhof-Clique nahmen mutig ein Glas mit Saft und Sekt, ebenso wie Tante Mira und Onkel Thomas.

Rebeccas Blick wanderte über den Hof, der sich inzwischen fast geleert hatte. Einige Mitschüler waren in ihren Zimmern oder in den Aufenthaltsräumen verschwunden, andere bummelten durch den Park. In einer Ecke standen Daniel, Patrick und Sven. Auch sie hielten Gläser in den Händen und unterhielten sich.

»Sie könnten uns wenigstens gratulieren, oder?«, fragte Kiki bissig.

Rebecca nickte. »Stimmt. Aber wie's scheint, haben unsere geschätzten Jungs das letzte Fitzelchen ihrer guten Erziehung eingebüßt. Marie-Claire hat ganze Arbeit geleistet.«

Karlchen hatte zugehört. »Aber spätestens heute hätten die Jungs doch merken müssen, was für einem blöden Biest sie auf den Leim gegangen sind«, meinte sie. »Sind Daniel, Patrick und Sven wirklich so bescheuert?«

»Ihr müsst wohl davon ausgehen«, nickte Laura mitfühlend.

In diesem Moment sahen die Jungen auf. Sie bemerkten die Mädchen und grinsten. Patrick hob sein Glas und prostete Kiki zu.

»Blödmann!«, zischte Kiki. »Bildet der sich wirklich ein, ich würde mit ihm anstoßen?« Sie drehte sich um und zeigte ihrem Freund demonstrativ den Rücken.

»Ich hab's geahnt«, murmelte Bente. »Sie versuchen tatsächlich, sich wieder bei uns einzuschleimen! So eine Frechheit!«

»Ach, kommt schon, lasst euch den schönen Tag doch nicht vermiesen«, meinte Laura. »In zwei Stunden müssen wir unsere Pferde verladen und uns auf den Heimweg machen. Wollen wir nicht vorher noch ein bisschen feiern?«

»Auf jeden Fall!«, rief Fynn und hob sein Glas. »Kopf hoch, Mädels! Nicht alle Jungs sind so gemein wie eure Exfreunde!«

»Na, wenn du das sagst …«, seufzte Bente und stieß mit ihm an. »Dann will ich's mal ausnahmsweise glauben.«

12

Ein paar Stunden später saßen die vier Freundinnen auf ihrem gemeinsamen Balkon und genossen den Anblick der Abendsonne, die wie eine dicke, leuchtende Apfelsine langsam am Horizont versank. Sie hatten mitgeholfen, die Pferde vom Auenhof zu verladen, und sich von ihren Gästen verabschiedet. Laura und ihre Freunde hatten versprochen, schon bald wiederzukommen.

Karlchen rekelte sich in einem Liegestuhl und streckte die Beine weit von sich.

»Was für ein Tag …«, seufzte sie verträumt. »Der tolle Ritt, unser zweiter Platz, Little Mysterys Taufe. Von mir aus könnte es immer so sein wie heute.«

»Florentine hat mir vorhin erzählt, dass Didier sich ein Zimmer im Gästehaus genommen hat«, berichtete Kiki. »Er will sich morgen noch einmal formvollendet bei Frau Dr. Paulus vorstellen und hofft, dass sie Marie-Claires Stubenarrest lockert.«

»Dann war seine weite Reise vielleicht doch nicht ganz umsonst«, meinte Rebecca. »Und wer weiß? Vielleicht hat Didier sogar einen positiven Einfluss auf Marie-Claire und bringt ihre guten Seiten zum Vorschein?«

Kiki schnaubte. »Die und gute Seiten? Vergiss es!«

»Kann uns doch ganz egal sein. Der Ritt ist vorbei und wir haben unser Ziel erreicht.« Bente griff in die Lakritztüte, die auf Karlchens Schoß lag, und schob sich eine Handvoll Katzenpfötchen in den Mund. »Marie-Claire wird nie unsere Lieblingsmitschülerin werden. Am besten gehen wir ihr weiterhin aus dem Weg. Aber was ist mit den Jungs?« Sie wandte sich an Kiki und Rebecca. »Ob die wieder zur Vernunft kommen?«

»Keine Ahnung«, murmelte Kiki. Sie legte den Kopf in den Nacken, schloss die Augen und seufzte. »Vielleicht sollten wir sie mitsamt Ihr-wisst-schon-wem vom Hof jagen?«

»Gute Idee«, nickte Rebecca. »Aus den Augen, aus dem Sinn. Ich wär froh, wenn Daniel mir nicht mehr unter die Augen treten würde. Ich bin echt enttäuscht von ihm!«

Unter dem Balkon ertönte ein leiser Pfiff. Es raschelte im Gebüsch, jemand unterdrückte ein Kichern.

Karlchen stand auf und warf einen Blick übers Geländer. »Au Backe!« Sie setzte sich wieder hin. »Wenn man vom Teufel spricht! Besuch für euch, Mädels«, sagte sie zu den anderen. »Aber haltet mich bitte aus der Sache raus, okay? Damit will ich nichts zu tun haben. Das sind eure Freunde.«

»Wer?«, fragte Bente.

»Na, die, von denen wir eben gesprochen haben«, erwiderte Karlchen trocken. »Patrick, Daniel und Sven.«

»Was??« Kiki und Rebecca sprangen gleichzeitig auf und beugten sich über das hohe Balkongeländer.

Bente schien kurz nachzudenken, dann stand sie auch auf und spähte hinunter.

Im Rosenbeet unter dem Balkon standen die drei Jungs.

Sie hielten die Hände hinter ihren Rücken verborgen und grinsten, wobei ihre Gesichter ziemlich frech aussahen. Patrick stieß Daniel den Ellbogen in die Seite. »Los«, zischte er. »Jetzt!«

Gleichzeitig rissen die drei ihre Arme hoch und präsentierten den verblüfften Mädchen große, bunte Blumensträuße. Patrick warf seinen in die Luft. Kiki fing ihn geschickt auf. Daniel zog eine langstielige Margerite aus dem Strauß und klemmte sie sich hinters Ohr, dann warf auch er seine Blumen hoch. Rebecca griff blitzschnell zu.

Sven hielt gleich zwei dicke Bündel bunter Feldblumen in den Händen.

»Der ist für dich!«, rief er Bente zu. »Und der andere für Karlchen!« Er holte Schwung. Beide Sträuße flogen über das Balkongeländer und landeten punktgenau auf Karlchens Schoß.

»Nanu? Wo kommt ihr denn her?« Karlchen sammelte die Blumen auf, reichte sie Bente und warf einen prüfenden Blick in den Abendhimmel. »Im Wetterbericht war gar nicht die Rede davon, dass es Blumen regnen würde! Merkwürdig.«

Die Freundinnen wechselten einen Blick. Bente zuckte mit den Schultern.

»Darf man fragen, womit wir das verdient haben?«, fragte Kiki schließlich.

»Wir wollen euch gratulieren!«, rief Patrick.

»Wozu?«, wollte Bente wissen.

»Zu eurem zweiten Platz, zur Taufe von Little Mystery und zu diesem herrlichen Sonnenuntergang.« Daniel zog die Margerite hinterm Ohr hervor und warf sie Rebecca zu.

»Außerdem wollten wir euch einladen«, fügte Sven hinzu. »Zu einem kleinen Ausritt ans Meer.«

»Mit anschließendem Picknick am Strand«, ergänzte Patrick.

»Morgen Nachmittag um drei«, schloss Daniel.

Die Mädchen zogen ihre Köpfe zurück und tuschelten miteinander. Kiki kicherte. »Also, so was! Das hätte ich denen gar nicht zugetraut!«

»Ich auch nicht«, meinte Bente. »Aber irgendwie süß, oder?«

»Auf jeden Fall witzig«, fand Karlchen. »Ein Ausritt ans Meer ist nicht zu verachten, und ein Picknick erst recht nicht.«

Rebecca schnupperte an den Blumen. »Wollen wir's ihnen wirklich so leicht machen? Ich finde, sie hätten es verdient, noch ein bisschen zu schmoren.«

Kiki stimmte ihr zu. »Eigentlich schon, aber andererseits: Vielleicht wollen sie sich ja bei uns entschuldigen? Wir sollten ihnen eine Chance geben.«

»Ach, Karlchen ...«, rief Patrick in diesem Moment nach oben. »Steven kommt auch mit!«

Karlchen fuhr hoch. »Steven McFall aus der Ponyabteilung?«

Patrick nickte. »Genau der. Einen Ausritt mit dir an den Strand will er sich auf keinen Fall entgehen lassen.«

»Hat er das etwa gesagt?«

»Wortwörtlich.«

Karlchen ließ sich in ihren Liegestuhl fallen. »Ach herrje ...«, murmelte sie. Steven McFall war Amerikaner, fast sechzehn und sah supergut aus. In der Ponyabteilung ritt er eine freche Norwegerstute. Allein das machte ihn für Karlchen schon ungeheuer sympathisch. »Ich bin dabei!«, rief sie Patrick zu.

»Klasse, und ihr anderen?«

Rebecca und Bente zögerten. Kiki nickte ihnen energisch zu. »Los, sagt Ja. Wenn sie sich blöd benehmen, kehren wir sofort um.«

»Okay, geben wir ihnen eine Chance«, seufzte Rebecca und warf einen Blick über das Geländer. »Morgen um drei. Aber seid pünktlich!«

Die Jungen klatschten sich ab und vollführten eine Art Indianertanz im Blumenbeet.

»Jetzt übertreiben sie aber ein bisschen«, grinste Bente.

»Hey!«, rief Karlchen. »Wo habt ihr eigentlich die Blumen her? Aus dem Gewächshaus geklaut?«

»Nicht doch!«, rief Daniel empört zurück. »Die haben wir eigenhändig in der Wildnis gepflückt! Das war ziemlich anstrengend!«

»Ach, ihr Ärmsten«, lachte Kiki. »Dann geht jetzt mal schön in eure Bettchen und ruht euch aus, damit ihr morgen fit seid. Wir sehen uns.«

Patrick warf ihr eine Kusshand zu, nahm seine Freunde links und rechts am Arm und verschwand mit ihnen im Park. Daniel drehte sich noch einmal um und winkte.

»Diese Jungs …« Karlchen betrachtete versonnen die Blumenpracht.

»Wir sollten sie gleich ins Wasser stellen«, meinte Bente.

Kiki prustete laut los. »Wen? Die Jungs?«

»Ja, klar, vielleicht gedeihen sie dann besser!«

Lachend hoben die vier ihre Blumensträuße auf und trugen sie in ihre Zimmer.

Am nächsten Tag war kein Unterricht. Es war Pfingstmontag. Die Lehrer gratulierten den Teilnehmern des Staffelritts noch einmal zu ihren Erfolgen. Frau Dr. Paulus ging mit ihrer Klasse in den Schlosspark, wo sie sich mit den Mädchen und Jungs unter einen Baum ins Gras setzte und ihnen eine lustige Geschichte von Mark Twain vorlas.

»So lass ich mir das Internatsleben gefallen«, nuschelte Karlchen und kaute genüsslich auf einem Grashalm. »Friedliche Lehrer, Lesestunde im Freien … Was will man mehr?«

Als Frau Dr. Paulus ihr Buch zuklappte und sich verabschiedete, blieben die Freundinnen sitzen. Ein schöneres Plätzchen als den blühenden Park gab es nicht.

»Hast du Miss Wedgewood schon gefragt, ob du heute Nachmittag Santana reiten darfst?«, fragte Kiki Rebecca.

Die nickte. »Ja, sie hat gesagt, dass ich Santana jederzeit reiten darf, solange Karfunkel noch im Mutterschaftsurlaub ist. Sie ist sogar froh darüber, dass ich sie regelmäßig bewege. Sie kommt im Moment kaum zum Reiten.«

»Ach ja, so ein Lehrerleben kann ganz schön hart sein«, sinnierte Karlchen.

Bente warf ihr ein Gänseblümchen an den Kopf. »Mit dir als Schülerin bestimmt!«

Pünktlich um drei standen sie mit ihren Pferden vor dem Stall. Der Himmel hatte sich leicht bezogen, aber es war warm und windstill. Karlchen ließ sich rückwärts auf Schnutes Kruppe sinken und guckte verträumt in die Wolken. Lautes Hufgetrappel ließ sie hochfahren.

»Wow!«, staunte Bente. »Pünktlich auf die Minute.«

Vier Reiter bogen um die Ecke und winkten ihnen fröhlich zu.

»Hallo, Mädels«, sagte Patrick vergnügt.

»Hi!« Steven lächelte Karlchen zu. Seine Norwegerstute schob die Nase vor und begrüßte Schnute.

»Hallo, Wilhelmine«, sagte Karlchen freundlich. Sie streckte die Hand aus und strubbelte der Fjordstute durch den dicken Stirnschopf. »Hi, Steven.«

Rebecca stutzte. »Heißt sie wirklich Wilhelmine?«

Steven und Karlchen guckten sie an und nickten.

»Ja, warum denn nicht?«, fragte Karlchen zurück. »Das ist doch ein sehr schöner Name für eine kleine Norwegerdame.«

Daniel lachte. Er nahm die Zügel seines Trakehners in eine Hand und beugte sich im Sattel zu Rebecca. Er strich ihr kurz über die Wange. »Schön, wieder mit dir zusammen zu sein.«

Rebecca wollte etwas erwidern, aber sie überlegte es sich schnell anders. Sie wollte mit Daniel über alles reden – über Marie-Claire, sein Verhalten ihr gegenüber und wie sehr er sie verletzt hatte. Aber nicht jetzt. Und schon gar nicht vor den anderen. Vielleicht ergab sich später die Gelegenheit für ein Gespräch. Sie klopfte Santanas Hals und fragte: »Wollen wir?«

Wenig später klapperten die beschlagenen Hufe der Pferde über die Schlossbrücke. Die Jungs trugen Rucksäcke mit dem

Proviant auf dem Rücken. Rebecca drehte sich im Sattel um und warf einen Blick zurück. Karfunkel stand auf der Weide und wieherte ihren Stallgenossen sehnsüchtig hinterher. Little Mystery stand neben ihr und spitzte die Ohren.

»Bald geht Little Mystery bei Fuß und ich darf Karfunkel endlich wieder reiten«, freute Rebecca sich. »Ich kann's kaum erwarten.«

»Santana steht dir aber auch gut«, stellte Daniel fest. »Das ist mir schon beim Staffelritt aufgefallen. Du hast Mystery und mich ganz schön abblitzen lassen, als du an uns vorbeigeprescht bist.«

Rebecca lächelte vergnügt.

Der Ritt an die nahe gelegene Nordsee führte über einen gewundenen Sandweg. Links und rechts standen windzerzauste Kiefern, die in der Wärme einen würzigen Duft verströmten. Kiki und Patrick ritten schweigend nebeneinanderher. Gedankenverloren zupfte Kiki ihrem Pferd ein paar Kletten aus der langen Mähne.

»Du, Kiki …«, begann Patrick zögernd. »Neulich im Stall, du weißt schon, unser Streit …«

»Hm?«, machte Kiki, ohne ihren Freund anzusehen.

»Also, ich wollte dir nur sagen, dass es mir leidtut«, murmelte Patrick. »Ich find's schlimm, dass wir uns wegen Marie-Claire gezofft haben. Sie ist es nicht wert.«

»Ach? Wann hast du das denn festgestellt?«, fragte Kiki spitz. »Gestern vielleicht? Als ihr Verlobter aufgetaucht ist?« Sie warf ihm einen empörten Blick zu. »Bisschen spät, findest du nicht?«

»Ob du's glaubst oder nicht«, erwiderte Patrick, »Marie-

Claire interessiert mich nicht. Sie hat mich auch nie interessiert. Ich konnte sie vom ersten Tag an nicht ausstehen. Aber du hast mir überhaupt keine Chance gegeben, dir das zu sagen. Du warst ja fast blind und taub vor Eifersucht!«

Kiki biss sich auf die Unterlippe und blickte stur geradeaus. »Und du warst blind vor Liebe!«, schleuderte sie zurück. »Diese Marie-Claire hat euch doch allen den Kopf verdreht mit ihrem Aussehen und ihrem blöden Getue! Gib's doch zu!«

»Klar, sie sieht ziemlich gut aus«, antwortete Patrick ehrlich. »Aber das ist auch schon alles. Frag die anderen: Wir haben Marie-Claire vom ersten Moment an durchschaut. Außerdem hat sie uns jeden Tag von ihrem tollen Freund vorgeschwärmt und gesagt, dass wir gegen den die reinsten Babys wären.«

»Was? Und trotzdem habt ihr sie in euer Team gewählt?« Kiki glaubte, sich verhört zu haben.

»Wir wollten euch eins auswischen«, grinste Patrick. »Schließlich habt ihr uns einfach unterstellt, dass wir in Marie-Claire verknallt wären, und du musst zugeben, dass wir keine Möglichkeit hatten, euch das Gegenteil zu beweisen.«

»Stimmt«, gab Kiki zu. »Wir sind euch absichtlich aus dem Weg gegangen. Aber wir waren traurig und verletzt. Verstehst du das denn nicht? Kaum taucht ein hübsches Mädchen auf, da benehmen sich alle Jungs wie, wie …«, sie suchte nach der passenden Formulierung, »wie durchgedrehte Paviane auf dem Affenfelsen!«

Patrick zog den Kopf ein und nahm ihre Hand. »Ich hab dich vermisst, Kiki. Denkst du, wir können die blöde Geschichte vergessen und uns wieder vertragen?«

»Vergessen werd ich das bestimmt nicht so schnell«, meinte Kiki. »Aber vertragen? Ja, ich finde auch, dass wir uns wieder vertragen sollten.«

»Echt?«

»Echt.« Kiki lächelte. »Und für den Rest des Tages wäre ich sogar bereit, die Sache vorübergehend zu vergessen. Ich möchte den Ausritt nämlich genießen und nicht ständig an Marie-Claire erinnert werden.«

»Einverstanden«, nickte Patrick. Er drehte sich im Sattel um und gab das Zeichen zum Galopp.

Die Norweger Wilhelmine und Schnute galoppierten fröhlich hinter den Großpferden her und stampften mit ihren kurzen Beinen über den sandigen Boden. Als Schnute den Kopf senkte und nach hinten ausschlug, lachte Karlchen fröhlich. Sie merkte nicht, dass Steven ihr einen bewundernden Blick zuwarf.

Als sie schon fast am Meer waren, parierten sie durch. Um an den Strand zu kommen, mussten sie über einen Deich klettern. Ein paar Schafe blökten und ergriffen die Flucht. Über den Köpfen der Pferde schwebten graue Seemöwen. Ab und zu wandte eine den Kopf und stieß einen heiseren Schrei aus.

Es war Ebbe. Die Nordsee war verschwunden. Nur ganz weit hinten am Horizont konnte man einen schmalen Streifen Wasser erkennen. Die Pferde trabten über den harten Untergrund. Unter ihren Hufen knirschten der Sand und kleine Muscheln. Eine frische Brise wehte. Die Pferde blähten die Nüstern und spitzten die Ohren. Ihre Mähnen flatterten im Wind. Sie liebten es, am Strand zu laufen.

»Wo wollen wir unser Picknick machen?«, fragte Daniel.

»Wie wär's dahinten am Deich?« Patrick zeigte ein Stück weiter nach vorn. Daniel nickte.

Sie ließen ihre Pferde am langen Zügel gehen und saßen im Windschatten des Deiches ab. Karlchen und Steven nahmen ihren Fjordpferden Sättel und Zaumzeuge ab und ließen sie frei herumstromern.

»Glaubt ihr, das ist eine gute Idee?« Rebecca machte ein skeptisches Gesicht, als sie sah, wie die beiden Ponys sich langsam entfernten.

»Die sind daran gewöhnt, sich frei zu bewegen«, erwiderte Karlchen gelassen. »Keine Sorge, die kommen schon wieder.«

»Wilhelmine kommt auf Zuruf«, meinte Steven. »Kein Problem.«

»Na, wenn ihr meint.« Rebecca löste Santanas Sattelgurt, öffnete Kinn- und Kehlriemen und behielt die Zügel lose in der Hand. Die anderen machten es ihr nach.

Patrick packte seinen Rucksack aus. »Die Getränke sind ziemlich durchgeschüttelt.« Er buddelte ein Loch in den feuchten Sand und stellte die Flaschen bis zum Hals hinein. »Wenn wir die jetzt schon aufmachen, gibt's eine Explosion.«

Sven zog ein paar lange Baguettestangen aus seinem Rucksack. Dazu gab es Weintrauben, Äpfel und Käsewürfel. »Zum Nachtisch gibt's Pudding von Frau Wuttig.« Er nahm die flachen Plastikdosen aus dem Rucksack.

Karlchen horchte auf. »Pudding? Können wir die Vorspeise nicht weglassen und gleich mit dem Nachtisch anfangen?«

Alle lachten. Hinter dem Deich war es warm und gemütlich. Sie setzten sich in den weichen Sand und sahen Schnute und Wilhelmine zu, die sich ein paar Meter entfernt ausgiebig wälzten. Nachdem sie aufgestanden waren und sich geschüttelt hatten, beknabberten die beiden Norweger sich gegenseitig das Fell.

»Die mögen sich«, sagte Steven zu Karlchen und sah sie aufmerksam an. Karlchen lächelte.

Daniel und Rebecca saßen etwas abseits der Gruppe. Rebecca griff in den Sand und ließ ihn durch die Finger rieseln.

»Du«, sagte sie leise.

»Ja?«

»Kannst du mir erklären, was mit dir los war?«

»Du meinst, was mit uns los war«, erwiderte Daniel und strich ihr über die Hand. »Wir waren beide ziemlich blöd, oder?«

»Ja, kann sein.« Rebecca zuckte mit den Schultern und seufzte. »Aber nur, weil du dich in Marie-Claire verliebt hast.«

»Wer? Was? Ich?« Daniel riss völlig überrascht die Augen auf. »Wie kommst du denn darauf?«

»Pscht!«, zischte Rebecca. »Das muss doch nicht gleich jeder hören!«

Daniel stand auf und klopfte sich den Sand von der Reithose. »Von mir aus kann es die ganze Welt hören!«, rief er noch lauter und breitete die Arme aus. »Ich liebe nur ein einziges Mädchen: dich!«

Rebecca wurde puterrot und flehte Daniel an, sich sofort wieder hinzusetzen.

Lachend ließ er sich neben sie fallen und nahm sie in die Arme. »Dachtest du echt, ich mach mir was aus Marie-Claire? Die ist doch überhaupt nicht mein Typ!«

»Da hatte ich aber einen ganz anderen Eindruck«, sagte Rebecca. »Was sollten denn zum Beispiel diese blöden Einzelstunden in der Reithalle? Dachtest du, ich fände das witzig?«

Daniel erzählte ihr in etwa das, was kurz vorher auch Patrick Kiki erzählt hatte: dass sie sauer waren und ihnen einen Denkzettel verpassen wollten und dass das Ganze niemals ernst gemeint war. Er sah sie offen an und meinte: »Gegen dich kommt kein anderes Mädchen an. Ich hab dich unheimlich lieb und will dich nicht verlieren. Weißt du, diese Marie-Claire ist doch nur eine, eine …«

Rebecca grinste. »Eine Sternschnuppe?«

»Sternschnuppe?« Daniel zog eine Augenbraue hoch. »Wieso das denn?«

»Heute Stern und morgen schnuppe«, erklärte Rebecca lachend. »Hoffe ich jedenfalls.«

»Im Training hat sie mich eher an eine Furie als an eine Sternschnuppe erinnert«, stöhnte Daniel. »Du hast doch gesehen, wie unmöglich sie sich bei der Siegerehrung benommen hat. So ging's die ganze Zeit über. Es war echt nicht lustig, das kannst du mir glauben.«

Rebecca lachte immer noch. »Weißt du was? Das glaub ich dir aufs Wort!«

Bente und Sven schlenderten ein Stück über den Strand. Ab und zu bückte sich Bente, um eine Muschel aufzuheben. Sven ging neben ihr her und guckte ihr zu. Die Hände hatte er tief in seinen Hosentaschen vergraben. Nach einer Weile blieb er stehen und malte mit der Hacke seines Reitstiefels

Kringel in den Sand. »Du, ich wollte dir schon lange was sagen.« Er räusperte sich und sah einer Möwe hinterher.

Bente richtete sich auf. »Was denn?«

»Ähm, tja … Vielleicht hast du's schon gemerkt«, druckste Sven. »Also, ich mein, was ich sagen will, ist …« Er trat auf eine leere Krebsschale. Es gab ein knirschendes Geräusch. Endlich löste er den Blick von der Möwe und sah Bente an. »Tja, also, ich wollte dir eigentlich nur sagen, dass ich dich mag.«

Bente ließ vor Schreck ihre Muscheln fallen und starrte Sven an, der sich halb umwandte und ein paar Schritte ging.

»Du musst jetzt nichts dazu sagen«, sagte er mit gesenktem Kopf. »Ich wollte nur, dass du's weißt.«

Bente war komplett verwirrt. Sie holte tief Luft und sagte: »Ich mag dich auch.«

Hilfe!, dachte sie im selben Augenblick. Hab ich das wirklich gerade gesagt?

Ja, stellte sie fest. Und sie hatte es auch so gemeint.

Sven drehte sich um. »Ehrlich?«

Bente nickte und ging auf ihn zu. »Ich glaub, ich mag dich schon ziemlich lange. Aber so richtig gemerkt hab ich es erst in den letzten Tagen. Sag mal«, sagte sie plötzlich. »Kann es sein, dass du gewachsen bist?« Sie stand jetzt genau vor Sven und stellte erstaunt fest, dass er genauso groß war wie sie. Er war doch sonst immer kleiner gewesen!

»Hm, meine Mutter hat mich das auch schon gefragt, als ich das letzte Mal zu Hause war.« Er zuckte mit den Schultern. »Wahrscheinlich ein Wachstumsschub oder so was.«

Als sie zu den anderen zurückgingen, sagte Bente: »Mein

Artikel für den Lindental-Boten ist übrigens fertig. Hättest du Lust, ihn noch mal mit mir durchzugehen und gegenzulesen, bevor ich ihn abgebe?«

»Ob ich Lust hab?« Sven strahlte über das ganze Gesicht. »Ja klar! Passt es dir morgen in der Freistunde?«

Karlchen hatte sich lang ausgestreckt. Ihre Augen waren geschlossen. Sie schien zu schlafen. Plötzlich fuhr sie hoch, sah sich um und fragte: »Gibt's jetzt endlich was zu futtern? Ihr hattet uns doch ein Picknick versprochen!«

Steven zuckte schuldbewusst zusammen. Er hatte neben Karlchen gesessen, in den Himmel gestarrt und Wolkenbilder beobachtet. Er sprang auf. »Klar. Soll ich dir was holen?«

»Sehr verlockend, danke«, erwiderte Karlchen grinsend. »Aber lass mal, ich bedien mich schon selbst. Hilf mir mal hoch.« Sie hielt Steven die Hände hin und ließ sich von ihm auf die Füße ziehen. Steven hielt ihre Hände einen Augenblick länger fest, als es nötig gewesen wäre.

Patrick und Daniel hatten das Picknick schon aufgebaut. Die Trauben, der Käse und die Äpfel lagen auf Plastiktellern, die Baguettestangen hatten sie in Stücke gebrochen. Auch die Dosen mit den verschiedenen Desserts waren geöffnet.

»Rote Grütze mit Vanillesoße!«, rief Karlchen. »Ich sterbe für rote Grütze!«

»Hoffentlich nicht«, sagte Steven. »Du wirst noch gebraucht!«

Patrick öffnete die Limonadeflaschen und füllte kleine Pappbecher, die er den anderen reichte. Als alle einen Becher in der Hand hielten, schlug er vor, anzustoßen.

»Worauf denn?«, fragte Daniel.

»Auf die Mädchen«, meinte Sven grinsend.

»Nee, auf die Pferde«, widersprach Karlchen. »Ohne die wären wir schließlich nicht hier!«

»Auf uns alle«, sagte Rebecca und hatte das letzte Wort.

Sie stießen an und widmeten sich vergnügt dem Picknick. Karlchen verputzte gerade die zweite Portion Erdbeergrütze, als sie erschrocken die Augen aufriss.

»Hilfe, die Pferde!«, rief sie. »Wo sind Snude und Wilhelmine?«

»Genau hinter dir«, lachte Bente und deutete über Karlchens Schulter. »Die beiden sehen aus, als würden sie auch gerne von den Desserts probieren.«

Karlchen drehte sich um. Schnute und Wilhelmine standen mit gesenkten Köpfen dicht nebeneinander und blinzelten ihr frech zu. Karlchen lachte.

»Nee, ihr Süßen! Die Grütze gehört mir!« Sie nahm zwei Äpfel in die Hände und reichte sie den Ponys.

Die anderen Pferde hatten die ganze Zeit geduldig in der Nähe gestanden, gedöst und am dürren, salzigen Gras des Deiches geknabbert. Plötzlich hob Mystery den Kopf, weitete die Nüstern und scharrte mit dem Vorderhuf im Sand.

»Das Meer kommt zurück!«, rief Sven und sprang auf.

Tatsächlich: Mit trägen, plätschernden Wellen kam die Flut. Die Priele, schmale Wasserarme im Watt, füllten sich mit grauem Wasser. Die Flut kam näher. Wo vorher nur Sand gewesen war, breitete sich jetzt Wasser aus.

»Wir sollten uns beeilen«, meinte Daniel, »sonst holen wir uns nasse Füße!«

»Bis an den Deich kommt die Flut höchstens bei Sturm«, entgegnete Rebecca. »Wir müssen nichts überstürzen.« Sie warf einen Blick zum Horizont und zog die Schultern hoch. Es war deutlich kühler geworden. Die Sonne stand tief am Himmel, der sich rosa und purpurn verfärbte. Daniel hatte recht: Es wurde langsam Zeit für den Heimritt.

Die Jungs räumten den Picknickplatz auf, warfen die Abfälle in einen Mülleimer und packten ihre Rucksäcke. Die Mädchen sattelten die Pferde. Mystery stampfte mit den Hufen und gab zu verstehen, dass er zurück in den Stall wollte.

Kiki schwang sich als Erste in den Sattel.

»Was für ein herrlicher Tag!«, rief sie den anderen zu und breitete die Arme aus. »Pferde, Freunde und ein Sonnenuntergang am Meer! Kann es was Schöneres geben?«

Torphy hob den Kopf und wieherte. Es hörte sich an, als wäre er ganz ihrer Meinung.